A E
& I

La Hermandad de la Buena Suerte

Autores Españoles e Iberoamericanos

Fernando Savater

La Hermandad
de la Buena Suerte

Premio Planeta
2008

 Planeta

Obra editada en colaboración con Editorial Planeta – España

© 2008, Fernando Savater
© 2008, Editorial Planeta, S.A. – Barcelona, España

Derechos reservados

© 2008, Editorial Planeta Mexicana, S.A. de C.V.
Avenida Presidente Masarik núm. 111, 2o. piso
Colonia Chapultepec Morales
C.P. 11570 México, D.F.
www.editorialplaneta.com.mx

Primera edición impresa en España: noviembre de 2008
ISBN América: 978-84-08-08528-7

Primera edición impresa en México: noviembre de 2008
Primera reimpresión: enero de 2009
ISBN: 978-607-7-00054-9

Impreso en los talleres de Litográfica Cozuga, S.A. de C.V.
Av. Tlatilco núm. 78, colonia Tlatilco, México, D.F.
Impreso en México – *Printed in Mexico*

Para J. L. C., que se empeñó.
Y para José Luis Martínez, jockey campeón.

El furor es el distintivo de los caballos.

VIRGILIO, *Geórgicas*, III, 262

Y pisa el lagar del vino del furor.

Apocalipsis, 19,15

PRÓLOGO

—

EN LA ISLA

Desde la terraza soleada, el hombre miró al mar, que resplandecía allá abajo. Siempre lograba descubrir tonos y matices variados en el azul, que iban desde la transparencia delicadamente glauca de la orilla rocosa hasta el puro índigo de la lejanía. Y todos los días volvía a maravillarle la claridad, la luz casi aterciopelada del Mediterráneo, tan distinta de la bruma para él más dulce y entrañable de su isla natal, en el lejano norte.

Allí también estaba a gusto, sin duda. Incluso debía reconocer que hacía mucho tiempo que no se encontraba en una forma física tan excelente. Sin embargo, ya comenzaba a impacientarse. Se acercaba el momento de partir. Francamente, tenía ganas de tomar una copa. O, mejor, varias. Fumar yerba es grato, sin duda, relajante y todo eso. Pero nada puede sustituir a un buen whisky, un Jameson bebido con amigos en un pub suficientemente concurrido y ruidoso, mientras por el televisor pasan las carreras del Curragh.

Además, ya tenía la respuesta que había venido a buscar. Mucho más sencilla y comprensible de lo que había en principio imaginado. ¿Decepcionante? No, tampoco podía descalificarla así. Lo que ocurre es que ya la sabía de antes, siempre la supo. Pero hacía falta la ocasión para revelarla y ponerla en claro, como quien pasa al papel una fotografía preciosa cuyo negativo ha llevado encima demasiado tiempo. Ahora ya estaba hecho. Podía largarse.

La casa permanecía totalmente silenciosa. No se veía a nadie. Tanto mejor. Aunque nunca le dijeron explícitamente que no podía marcharse cuando quisiera, desde el principio tuvo la impresión de que no facilitarían su partida. Irse sin que le vieran, mientras los demás hacían la compra en el pueblo o atendían otras obligaciones, le ahorraría sin duda dificultades.

Bajó la gran escalera de piedra que descendía desde la terraza, ancha y solemne como la de un castillo medieval. Abajo, en la cala, sería fácil encontrar una de las zodiac que hacían servicio de taxi hasta el aeropuerto. Si no recordaba mal, a primera hora de la tarde había al menos dos vuelos, nunca demasiado concurridos salvo en verano: uno a Palma de Mallorca y otro a Bastia, en Córcega. Desde luego, prefería el de Palma porque allí encontraría conexiones a todas partes. Además no estaría mal pasar un par de días en Palma, acostumbrándose de nuevo al bullicio urbano. Y hasta quizá pudiera acercarse al hipódromo y ver una de aquellas simpáticas carreras de trotones que tanto le divertían. Eran como carreras de juguete…

Echó a andar por el sendero arenoso, lleno de piedras. Sin duda, el antiguo cauce de un torrente olvidado. Respiró hondo y se llenó los pulmones, quizá por última vez, con el delicioso aroma de naranjos y limoneros. Sólo se oía el rumor de las chicharras, que no callan jamás, y muy lejos el motor de un yate que cruzaba frente a la isla, pintando su raya blanca de espuma en las aguas azules.

Luego oyó otro sonido, más inquietante. Era un ronroneo hondo y cavernoso, continuo, ya para él inconfundible. A unos diez metros, subiendo lentamente por el sendero que él descendía, venía un león. Llevaba baja la enorme cabeza, ensalzada por una melena corta y mucho más oscura que el dorado de la piel. Se detuvo un momento y miró al hombre. Después entrecerró los ojos como si el sol le molestase y bostezó, terriblemente. Luego siguió subiendo, sin apresurarse ni dejar su grave ronroneo. No se mostraba agresivo, ni falta que hacía.

El hombre retrocedió unos pasos, sin perderle de vista. No había nada que hacer, por allí no podía seguir. Con un suspiro se dio media vuelta y caminó hacia la casa. Estaba seguro de que entonces el león se detendría, satisfecho de verle regresar al redil. Misión cumplida.

1

EL PRÍNCIPE NO CONTESTA
(contado por el Profesor)

¡Oh, pozo sagrado! Te busco y quiero beber de ti y así jamás estaré sediento otra vez.

LORENZO DE MÉDICIS, *Laudi Spirituali*

Estamos en el hipódromo, no sé en cuál de ellos, desde luego no es Goodwood, nadie puede equivocarse con el glorioso Goodwood. Final de primavera o más bien ya comienzos de verano, por la ligereza diáfana y templada del aire. Mucha gente pero vestida de cualquier modo, *à la diable,* como suelo decir yo y el Doctor siempre carraspea con desaprobación al oírme. ¡Esnobismo, humpf, grumpf! Todos se apresuran hacia las apuestas o para ocupar su puesto en las tribunas, porque los caballos ya han salido a la pista y trotan rumbo a los cajones de partida. A pesar de la distancia veo pasar a tres, muy juntos, y no conozco los colores de ninguno de ellos. Los buscaré en el programa... ¡ah, no tengo! Se lo he debido de prestar al Príncipe. Siempre olvida el suyo, se lo deja en cualquier parte. Frecuentemente se lo regala a una mujer, con pronósticos anotados de su puño y letra (acierta rara vez, no se puede ser afortunado en todo). La verdad es que me impacienta y me desazona no tener programa, incluso aunque no piense hacer apuestas. No saber quién corre, en qué condiciones, con qué peso... me siento como si estuviera desnudo. También suele desazonarme estar desnudo, en cualquier circunstancia.

Yo estoy apoyado en el pedestal de la estatua de un caballo, bronce oscuro, a todo galope y sin jinete. No tengo ni idea de cuál puede ser el nombre de este héroe y sonrío para mis adentros: es un monumento al Caballo Desconocido. ¡El Caballo Desconocido! Buen golpe, de ingenio limpio, repentino. Me gustaría poder compartirlo con alguien, pero los aficionados presurosos se han retirado ya, estoy casi solo. Incluso echo de menos al Doctor, aunque rara vez celebra mi ingenio y desde luego los *calembours* hípicos no le hacen ninguna gracia. De pronto, a pocos metros, veo al Príncipe. Aislado, sin nadie cerca (¡qué raro!), enfrascado en la consulta del programa, de *mi* programa. Parece que la carrera no le interesa, o aunque le interese no puede evitar estar pensando ya en la próxima. Es un aficionado inquieto, sin sosiego, como es inquieto en todo lo demás: siempre tiene la atención puesta en lo que ha de venir, el presente lo da por sentenciado, o sea que lo ha sentenciado él. Nunca admitirá que es precisamente el presente quien nos sentencia a todos. Estudio su figura, ahora que no me ve. Hay que reconocer que no es muy alto, pero tiene hombros anchos y siempre camina sumamente erguido, como si tuviera que ofrecer a cada paso el máximo de sí mismo. Alguien ha dicho que la dignidad humana es la expresión moral de nuestro andar con la cabeza bien alta, el *Homo erectus*... y que nadie vaya a entenderme mal. El porte del Príncipe es especialmente digno, en tal sentido: cuando estoy cerca de él me avergüenzo un poco de sentirme tan *plegable*. Pero hoy no siento ni vergüenza ni pudor: me acerco rápidamente a él, muy decidido, sonriendo todavía para mis adentros por mi reciente *bon mot*: ¡el monumento al Caballo Desconocido! Nada, tengo que contárselo. El Príncipe levanta los ojos un poco húmedos, me mira con desaprobación contenida, resignada, como quien contempla un plato poco apetitoso pero que no puede rechazar para no desairar a su anfitriona. Entonces llego hasta él, sobre él (soy bastante más alto), tomo su cara entre mis manos y le beso en los labios. Bofetada al canto, tremenda, como era de prever, pero acompañada por lo más doloroso, una risita entre dientes.

Entonces me despierto, con sobresalto y asco, apenado también. Dice Van den Borken que los sueños son una congestión de la imaginación, sobrecargada por las palabras no dichas, los actos no realizados, los afectos de odio o de amor que no expresamos ni nunca expresaremos. También los besos no dados, añado yo, los besos que se nos pudren dentro como mariscos verdosos, cada vez más fétidos por el calor. Arrellanado en su confortable siglo diecisiete, el maestro Franciscus nada dice de besos ni tocamientos impuros. Claro. Es uno de los pocos reproches que pienso hacer a su pensamiento límpido —demasiado límpido— cuando llegue al capítulo de objeciones que sin duda finalizará mi tesis sobre su obra. Estoy deseando verla ya acabada, de modo que cualquiera de estos días la empiezo: basta de notas, de apuntes y dilaciones. Pero tengo claro que en cuanto comience a redactar se desvanecerá el placer de mi *maestría*, un dominio que sólo siento cuando pienso… incluso cuando sueño. Y vendrá la desazón de no lograr ordenar nunca del todo cuanto he leído y de saber que siempre me quedará mucho más por leer. Seguro que en este mismo momento se están escribiendo artículos y monografías sobre mi personaje, prolijas, minuciosas, indispensables. Nunca estaré del todo al día: cualquier estudio, al intentar darle forma, se revela como insuficiente. Primero mucho trabajo y después bastante frustración. Y las críticas de los fementidos colegas, los comentarios desdeñosos…

En cualquier caso, no necesito bibliografía para saber de dónde viene este sueño hípico que acabo de padecer. Consta en acta que el Príncipe nos llamó por fin al Doctor y a mí, después de casi dos meses de abandono. «Tengo algo para nosotros, chicos. Un verdadero regalito. ¡Diversión y aventura! También ganancias, desde luego, aunque ya conozco vuestro altruismo…» Yo le hice una pregunta y él no me contestó. Fue luego, al final, después de que nos hiciera un bosquejo muy elemental de todo el asunto. Demasiado elemental: hasta el Doctor, que no es precisamente suspicaz (carece de imaginación, la matriz de toda sospecha), me miró de reojo y puso la cara característica que pone al gruñir, aunque no gruñó. Su mueca de: «¡Pues vaya!» Lo que el Príncipe esquematizó era un esqueleto —¡esqueletizó!— de relato, simplemente una forma desganadamente cortés y en el fondo más desdeñosa que otras de tocar el silbato para llamarnos a formar. Por lo pronto sólo nos iba a decir lo mínimo, casi a regañadientes: pues «Ahora sólo cuenta contar con vosotros, el resto os lo contaré después…». Demasiados cuentos para que me salgan las cuentas, pensé yo. Y me abstuve de mirar al Doctor para no verle pensar lo mismo. Conocerse desde hace demasiado tiempo es una forma de peste, como la que se desprende si no te lavas durante un mes.

La cosa viene a ser más o menos así: *Espíritu Gentil* vuelve a las pistas, a la competición, a la batalla. Esto sí es un verdadero sueño hípico, acunado sin esperanza ni reproche por tantos aficionados de todo el mundo, y no ese otro más bien indecoroso que yo he tenido hace poco. *¡Espíritu Gentil!* El sueño nostálgico de quienes le vimos correr, la leyenda de quienes no lo vieron. Para los verdaderos aficionados del *turf*, los que aún guardamos culto romántico a los caballos de carreras (los demás son ludópatas, viciosos de bingos o loterías sobre césped), el *Espíritu* fue ese acontecimiento a cuya espera nunca se renuncia pese a la rechifla de los cínicos, la confirmación de la maravilla en la que quizá nadie cree del todo, la llegada del ángel. Un ángel con cuatro patas y cola tremolante, pero aún más angélico por esos rasgos bestiales, sublimados. ¿Caga estiércol el ángel? En bolas suaves y melocotonosas, que huelen divinamente. Y nos cura de nuestros males, puedo dar fe. Uno se siente mínimo y solo, incomprendido y despreciable, comprensiblemente despreciado, embadurnado de angustia: y aparece el ángel. Entonces, por un momento, intenso momento, vuelve la ligereza al alma y regresamos a la víspera de nuestra mejor Navidad. Sabemos que no puede durar, que se irá, que los dioses o el destino nos van a privar de él y por eso lo queremos aún más. Y, en efecto, de pronto el ángel cayó, terrible caída. Nos quedamos sin él, desangelados. Sólo con la angustia puede contarse para siempre. *Espíritu Gentil* desapareció de las pistas, tocado por la fulminación y la deshonra. Y ahora parece que vuelve. ¿Vuelve? ¿Tendremos ángel otra vez?

En todo caso, una tarde nada más, sólo una gran jornada. Según dicen —asegura el Príncipe— será la última vez que le veremos, la definitiva, la inolvidable. Y regresa nada menos que a por la Gran Copa, la única que falta en su palmarés, la que perdió el año pasado de una manera inexplicable. A esta derrota, que padezco como mía, aún no me he resignado. Que *Espíritu Gentil* perdiese una carrera era difícil de asumir, pero yo lo habría aceptado con todo el coraje de la veneración que siento por la auténtica excelencia, sea hípica, humana… o angélica; que llegase segundo de cualquier otro caballo inferior a él —puesto que todos lo son— me dolería, claro, cómo no, pero sin duda hubiera aceptado la catástrofe comentando con una sonrisa de valeroso sufrimiento que las carreras son así. Lo espantoso, lo insoportable y realmente atroz… es que llegó tercero. ¡Tercero en la Gran Copa y tras dos jacos vulgares del Sultán! Tercero llega cualquiera, no *Espíritu Gentil*. Finalizada la hecatombe se improvisó el ineficaz consuelo de varias explicaciones: había tenido algo de fiebre un par de días antes, le oyeron toser esa misma mañana, había pisado mal al ir hacia la salida y se dolía de la mano derecha… Exceso de atenuantes dudosos: uno sólo, probado y resolutivo más allá de cualquier duda, nos habría venido mucho mejor a sus abrumados feligreses.

Suscribí todas estas coartadas y algunas más en acaloradas discusiones con escépticos o burlones, empezando por el maldito Doctor: «Siempre te dije que no era para tanto…» ¡Qué sabrá él, que sólo va al hipódromo cuando lo llevan a rastras y se pasa todo el tiempo haciendo comentarios críticos —los chaqués, las pamelas, el champán entre risas frívolas y fotografías destinadas al papel *couché*— inspirados en una sociología maniquea que mamó en su remota adolescencia! Yo argumentaba con furor justificaciones del desastre y trataba de rebatir a los escépticos, pero en el fondo de mi fondo sin creer ni por un momento lo que estaba diciendo: ¡coño, hablábamos de *Espíritu Gentil*, no de cualquier otro sufrido cuadrúpedo avasallado por los caprichos de la fisiología! Cualquiera puede meter la pata, pero los ángeles deberían al menos ser inmunes al elemental tropezón. De modo que casi sentí alivio cuando días más tarde se anunció que iba a ser momentáneamente retirado de las pistas y así siguió durante meses y meses, hasta que todos pensamos que su marcha era ya definitiva. Me sentí absuelto de mi adoración, condenado al abismo y por tanto libre otra vez. Resultaba más llevadero padecer por no ver al ángel que por verle perder otra vez. ¡Tercero, imaginarse siquiera *eso* de nuevo, no: jamás! Y así comenzábamos ya a olvidar prudentemente a *Espíritu Gentil,* como se olvida lo que más apreciamos, lo único que cuenta —el amor o la juventud, por ejemplo— desde que vemos aparecer allí, precisamente allí, inesperadas grietas que comprometen el resto de nuestra mediocre armonía.

Pero ahora el antiguo arrebato nos devuelve bailando al controvertido furor de la plaza: ¡vuelve! ¡*Espíritu Gentil* vuelve! Y vuelve para intentar ganar donde perdió o para arrastrarnos a todos sus fieles al infierno con él. También Satán era un ángel, el principal y mejor de todos. Es preferible acompañar al ángel controvertido en su caída que olvidar que hay, que hubo, que quizá alguna vez volverá a haber ángeles... aunque ya no sea para nosotros. La desgracia de los ángeles, que fue su pecado de orgullo (tengan dos, cuatro patas o alas de querubín), no es nada comparada con la nuestra si ya no hay ángeles ni esperanza de ellos. A lo nuestro: ¡vuelve *Espíritu Gentil,* ese pedazo de angelote!

Todo el énfasis de esta noticia es mío, desde luego. El Príncipe nos la transmitió como de pasada, dando por hecho —o fingiendo dar por hecho— que ya estaríamos enterados del asunto por la rumorología tabernaria. ¡Como si uno, al menos yo, pudiera oír semejante clarinazo celestial sin celebrarlo frenéticamente de algún modo! Desde luego el Doctor asintió impasible, con cara de aburrido, bostezando casi... «Y ¿qué más? Pasemos a lo importante.» Lo hacía para molestarme, por descontado, para dar ejemplo de la verdadera imperturbabilidad del sabio y mostrar al mundo que él sí que tiene una auténtica jerarquía de valores, no un batiburrillo de apasionamientos más pueriles que románticos como el que me aqueja… A la vuelta te espero, compadre.

En el hervor de mi cólera contra tanta suficiencia apenas escuché los sucesivos comentarios a pie de página que el Príncipe añadía, con expresión maliciosa. El retorno del campeón destronado es un empeño personal, un capricho bilioso —hablemos claro— del Dueño en su guerra interminable contra el Sultán. El narrador aludió oscuramente a nuevos agravios de índole muy privada, incluso obscena, entre ambos plutócratas. Todas las provocaciones del Sultán contra el Dueño se rematan por lo visto con una referencia a la humillante derrota —¡llegó tercero, ter-ce-ro!— de *Espíritu Gentil*. Y para el Dueño sólo cabe imaginar ya una venganza suficiente, la única revancha a la altura de las reiteradas ofensas, tanto más graves cuanto que sutiles y hasta corteses: arrebatar la Gran Copa al malnacido y precisamente con el mismo caballo que éste imagina definitivamente destituido de la aspiración a la victoria. ¡Ah, debe llegar por fin el día de la revancha y el castigo, la última batalla, Armageddon *cum* Ragnarök, todo en uno!

Pero… ¿qué pinta el Príncipe —y nosotros con él— en este diferido y dudoso ajuste de cuentas? Ahí el asunto se envolvió en imprecisión, a medida que nuestro jefe marginaba lo concreto para parapetarse tras sus habituales mañas de seductor: guiños, melindres, sonrisas de iniciado, alzamiento de hombros suplicante, parpadeos encandiladores de falso desconcierto: «¡No me pidáis que sea indiscreto! A su debido tiempo…» Sin duda, *sabe* seducir y está seguro de que nadie se le va a resistir, al menos nosotros no, coteja como indudable que le seguiremos sin reticencias y apenas con preguntas, agradecidos de que nos haya llamado… ¡a pesar de cómo nos salieron las cosas la última vez! Silba y acudimos: lo desea en voz alta, después abre la puerta y allí estamos, jadeando con la lengua fuera sobre el felpudo: bienvenidos. ¡Maldita sea mi…! Francamente, ya todos somos mayorcitos y el Doctor y yo podemos llamarnos viejos sin exagerar demasiado. No es decente seguir pidiéndonos una fe ciega y una disponibilidad total, a la espera de instrucciones perentorias que no llegan hasta el último minuto. Somos fieles, vale, pero también humanos (¿cuenta esto para él, sin embargo?): de modo que quisiéramos conocer algo mejor lo que se espera de nosotros. No sólo en cuanto a la práctica, desde luego, sino ante todo —hablo por mí, el Doctor nunca condesciende a tantas sutilezas— en lo tocante a la adhesión moral. Asumo que se me ordene sin rechistar, pero quiero saber al menos lo que significo para quien me da las órdenes y recibe mi obediencia sin reservas. El Príncipe no me lo dirá, estoy seguro, se regodea en nuestra entrega con todas las luces apagadas: le gusta vernos tropezar tras de él, abnegados y serviles, jugando a la gallina ciega.

    ¿Nuestra tarea? Insistí con un énfasis casi ridículo en la formulación: ¿cuál va a ser *nuestra* tarea? Y él, sin misericordia y sonriendo, se limitó a repetir una clave enigmática: «Tendremos que asegurar el requisito de la victoria. No os digo más, confiad en mí.» Ese requisito parece ser cierto jinete, cuya monta resulta imprescindible para amarrar la posibilidad de triunfo. Lo dejó entender luego, después de comprobar que nos resignábamos disciplinadamente a no saber nada. Yo intenté un balido de protesta, porque *Espíritu Gentil* siempre será el mismo, el campeón, lo monte quien lo monte, su gloria no puede depender… Entonces el Príncipe me dirige una mueca dulce y atroz, irresistible. ¡El requisito de la victoria! Luego añade, como para sí mismo: «Lo demás que lo ponga el caballo.» El Doctor carraspea agónicamente, hace pucheros truculentos, farfulla con aparente indignación: está vencido. Y yo antes que él, claro: y por más graves y frustrantes motivos.

Luego viene lo otro, la probabilidad del riesgo, el tanto por ciento en que nos jugamos el pellejo: ¡hombre, que nos lo diga! A medias palabras, entre chascarrillo, asoma un perfil mal perfilado que se parece a una calavera. Creo entender que se está refiriendo a cierto peligro o peligros en la poco explicitada misión y el Príncipe me lo confirma, para luego reírse. ¡Claro, tienes razón, no te confundes, es el abismo! O puede ser el abismo… pero sígueme. Vamos, sígueme. Siempre quedo confundido cuando estoy cerca de él. Y yo le miraba entonces, le miré, le miro intentando sondear el precipicio de lo mucho que calla para lograr traspasar la opacidad caprichosa de lo que nos propone, descubriendo al fin la voluntad de poder que hay más allá. Pero todo se resolvió finalmente en detalles menores, instrucciones parciales que no alcanzan lo esencial aunque nos dan materia de entretenimiento. Volveremos a vernos pasado mañana, entonces será más explícito… si le da la gana. No me conformé al oírle, ni me conformo ahora al recordarlo. Pero asentí con la cabeza, sin rechistar. Sin embargo, no me rendí del todo. Mis ojos, que quisiera desafiantes y presiento turbios de súplica cuando se fijan en él, melancólicos, le interrogaron aunque no para preguntarle «¿Qué vamos a hacer?», sino «¿Qué esperas de mí?». Como podía haber supuesto ya de antemano, ni a lo uno ni a lo otro había de responderme.

2

EL REQUISITO DE LA VICTORIA

La conexión de los caballos con la riqueza y la aristocracia es tan antigua como la conexión de los caballos con la guerra.

S. Budiansky,
La naturaleza de los caballos

Al salir de la última curva, *Nosoygato* se proyectó hacia el exterior de la recta final. Todos los demás participantes se apiñaron combativamente junto a los palos para disputar la llegada de la prueba, vislumbrada a medio kilómetro de allí, pero él optó por abrirse hasta el otro lado de la pista, regalando tres o cuatro cuerpos con despilfarro suicida. Algunos pensaron que su jinete, el joven Johnny Pagal, se había despistado al negociar la curva, otros que iba desestribado. Mientras, Johnny recordaba el consejo del entrenador Wallace: «Inténtalo por fuera. La pista está ahí mucho menos pataleada y no tendrás que temer ninguna interferencia.» «Cuándo debo soltarle del todo —preguntó el muchacho—, braceo o mejor saco la fusta, le pido a los trescientos o…» Y el preparador le puso la mano en el hombro, socarrón: «Tú agárrate bien y déjale tranquilo, chico, él sabe lo que tiene que hacer.» *Nosoygato*, cinco años y diecinueve carreras (tres ganadores y siete colocaciones), un verdadero profesional. En el pelotón que marchaba por los palos la batalla rugía sin cuartel, tres delante cabeza con cabeza y medio cuerpo atrás otros cuatro agrupados con igual proximidad. Ganaba el cinco, se imponía el dos… nadie se ocupaba del exiliado que galopaba libremente en paralelo a ellos, fuera de su vista. Al cruzar la meta, el jinete del cinco levantó la fusta en señal de triunfo. Sin duda había logrado imponerse a los de su paquete... pero ello no le daba la victoria. Cuerpo y medio le faltó aún para alcanzar al ganador de la prueba, *Nosoygato*, embalado sin trabas y feliz por todo el exterior de la pista.

El regreso hasta las tribunas, donde esperaba el ritual establecido del círculo de ganadores y el pesaje que confirmaría lo impecable de la victoria, constituyó un exquisito placer que Johnny Pagal hubiera querido hacer durar horas o, aún mejor, inmovilizar de forma imposible en el tiempo. Detente, momento, porque eres tan hermoso... El caballo trotaba de regreso a través de la anchura afelpada y ahora tranquila de la gran pista. Johnny estaba seguro de que el júbilo triunfal que le esperaba, los parabienes y palmadas en la espalda, los apretones de manos, el reconocimiento de los entendidos y la gratitud de los apostantes que iban a cobrar un buen dividendo... nada sería mejor que el silencio rumoroso que ahora le rodeaba, sólo puntuado por el galope del resto de los caballos que volvían delante de él y por los resoplidos hondos y responsables de *Nosoygato,* que recobraba pausadamente su aliento con técnicas espontáneas de maestro zen. Al fondo, al final del verde centelleo de la pista barnizada por el sol aún vigoroso de la tarde veraniega, esperaban las gradas rebosantes de figuritas multicolores de las que brotaba un zumbido constante de enjambre, que le llegaba apagado pero nítido como el duradero y tenaz canto de una dinamo.

Al bajar por fin del caballo, entre vítores tan cariñosos como previsibles, Johnny intentó explicar que el mérito era del entrenador, felicitándole públicamente por el acierto de su consejo. Pero el señor Wallace se adelantó, proclamando en voz alta para los reporteros que estiraban el cuello junto a él: «¡Buen trabajo, chico! Excelente idea abrirte en la curva. Cada vez lo haces mejor…» De modo que sólo le correspondió sonreír tímidamente, mientras cargaba con la silla y sus aditamentos engorrosos para dirigirse hacia la báscula. No sin antes haber apoyado un instante su rostro agradecido en el ancho cuello blanqueado por el sudor de *Nosoygato,* que permanecía imperturbable en la fatiga como antes durante el esfuerzo: «No es nada, chaval. Cuando llegues a mi edad ya te habrás visto en otras buenas y en muchas malas. Relájate y no le concedas demasiada importancia…» Camino del vestuario, el aprendiz disfrutó los amistosos empellones de un par de jockeis veteranos y buscó con la vista al único cuyo reconocimiento hubiera de veras significado mucho para él. Pero no estaba. Como ayer, como todo el resto de la semana, faltaba Pat Kinane. Johnny Pagal echó de menos su gruñido escéptico de aprobación, que nunca le negaba después de cada ganador e incluso cuando solamente lograba colocarse segundo o tercero pero administrando bien un caballo difícil: «¡Bah! Has estado mejor que el primero…» ¿Dónde se habría metido Pat Kinane?

Uno de los primeros que felicitaron al aprendiz victorioso en cuanto desmontó fue el propietario de *Nosoygato.* A don José Carvajal Ferreira todo el mundo le conocía sencillamente por el Dueño. Sin duda existían en el mundillo hípico muchos otros dueños y propietarios, pero esa condición de poseedores era un complemento —por destacada que fuese su fortuna— del resto de su personalidad social. En cambio la apropiación era la esencia misma de Carvajal, su forma de relacionarse con las cosas y con las personas. Sobre todo con las personas. Ante él, nadie dejaba de sentirse a la venta, en oferta voluntaria o involuntaria… y cuando estrechaba una mano con puño firme y sonrisa breve, el afectado sentía como si acabasen de colgarle un rótulo: «Adquirido.» Con la imparcialidad del buen amo, el Dueño palmeó el dorso de Johnny y el musculoso flanco de su caballo. Luego retrocedió un paso y se cruzó de brazos, como si temiera haberse excedido en sus efusiones. En ese momento se le acercó un joven pelirrojo, bajo pero ancho de espaldas, cargado con una gran funda de prismáticos que parecía casi desaforada para él. Le comentó algo en tono discreto y ambos se retiraron juntos, camino a las instalaciones del Jockey Club.

Diez minutos más tarde compartían un discreto rincón en el bar de esta institución patricia, con sendos whiskies de malta servicialmente próximos. Y hablaban de negocios, claro. A fin de cuentas, nadie podía hablar de otra cosa con el Dueño, fuera el que fuese el tema oficialmente tratado.

—Samuel, le necesito.

—Naturalmente, don José. Siempre es un placer poder echarle una mano para… en lo que sea.

—Samuel, ni usted ni yo somos imbéciles, permítame decirlo así. O sea que tenemos la misma opinión sobre el romanticismo. ¿Me equivoco?

—Seguramente no, don José.

—Mi opinión sobre el romanticismo es muy mala. Malísima, fatal.

—La mía no es mucho mejor, aunque soy un poco más indulgente.

—Será porque es usted más joven y espera beneficios de tan simpática condescendencia. Las mujeres…

—Tampoco soy un romántico, si es a eso a lo que vamos.

—De acuerdo, entonces. Ya sabía yo que hasta aquí no íbamos a discrepar. Voy al grano. Escuche: quiero que *Espíritu Gentil* gane la Gran Copa este año.

—¡Un campeón inolvidable! En veinte años de afición, desde el más corto de mis pantalones cortos, no recuerdo otro igual. Merece su revancha... pura justicia poética.

—Veo que no aborrece usted el romanticismo tanto como yo. Para mí cualquier caballo es una forma aristocrática y a veces demasiado cara de mueble, nada más. Una herramienta menos fiable que otras. Una cosa bonita que corre y caga en lugar de estarse quieta en el salón cogiendo polvo, como los aparadores estilo Imperio. No hago excepciones. *Espíritu Gentil* tiene a mi juicio idéntica consideración que el resto.

—Ha ganado mucho dinero en premios.

—¡Venga, que soy un hombre de negocios! Sumando lo que me costó comprarlo con los gastos de mantenerlo, entrenarlo, matricularlo en grandes premios y llevarlo de aquí para allá, por no hablar del seguro millonario, cualquier otra inversión me hubiera producido más rendimiento. Como a mí la cría caballar no me interesa, el día que me deshaga de él y lo venda como semental será el único que realmente me produzca beneficios. Y ya no tendré que preocuparme de si amanece sano, enfermo o cojo. No veo la hora de librarme de él.

—Creí entender...

—Déjelo, pienso en voz alta sólo para que vea que no acabo de caerme del nido. Lo único que debe entender es esto: dentro de mes y medio mi jodido caballo tiene que humillar de una vez por todas a los del Sultán. Después lo retiraré de las pistas, lo dedicaré a la cría o lo castraré para que aprenda, me lo comeré estofado o lo nombraré mi heredero universal. Calígula, ¿recuerda? Algo así. Ya lo pensaré. Lo importante es que gane la Copa... aunque luego reviente.

Se miraron en silencio y, casi al unísono, bebieron un trago de licor. El Dueño sintió un leve escalofrío como si tomase algo helado, su interlocutor enrojeció como si acabara de ingerir de golpe algo muy caliente. Luego recurrieron a sus respectivas servilletas de papel para secarse los labios. Ninguno de los dos se sentía plenamente a gusto en compañía del otro.

—No me dirá, Samuel, que no tiene usted también cuentas que ajustar con el Sultán.

—Puede que sí. Pero en cualquier caso no son de las que se resuelven con una carrera de caballos.

El Dueño descartó la objeción con un gesto brusco de su manaza peluda.

—¡Vamos, vamos! Nadie ha olvidado lo que le ocurrió a su padre y desde luego usted menos que nadie. Ya sé que una carrera de caballos no resuelve nada, pero le aseguro que para alguien como el Sultán o... o como yo, es un puñal, la espada de la revancha. Una ordalía, como decían los medievales: ¡el juicio de Dios! Por alguna parte debe empezar la venganza...

—¿No habíamos liquidado ya el romanticismo? «Venganza» es un término romántico, don José. Y ordalía, ni le cuento.

El Dueño cambió de posición ruidosamente en la butaca y el cuero restalló como si hubiera expulsado una ventosidad.

—¡No me venga con subterfugios! Su padre...

—Mi padre fue asesinado, don José. Y no sabemos

quién le mató. Cada cual puede tener sus sospechas. Desde luego, me guardo las mías. Pero si yo tuviera pruebas de que el responsable de su muerte fue el Sultán, exigiría justicia y no venganza. En cualquier caso, incluso si decidiera vengarme, esté seguro de que no me dedicaría a organizar carreras contra él.

—Pero ¡vamos a ver, hombre! ¿Quiere usted hacerme caso o no? ¿Hablo en chino o es que está usted distraído?

—Le escucho con monstruosa atención, don José.

—Pues no se me pierda. Yo tengo mis motivos y estoy haciendo un esfuerzo para que los entienda, aunque sea a medias. Sus agravios sólo me interesan como referencia, pero si no sirven ni siquiera para eso olvide que los he mencionado. Éste es el mensaje que importa, sin adornos: *Espíritu Gentil* correrá de nuevo y por última vez en la Gran Copa, para dejar a los caballos del Sultán con un palmo de narices.

—¡Estupendo! Me voy a quedar ronco animándole desde la tribuna. Pero, si no recuerdo mal, esa misma victoria ya la intentó conseguir en idéntico compromiso el pasado año. Y perdió, aunque fuese por poco.

Rugiendo casi, el Dueño parecía a punto de una congestión mortífera. Su furioso gruñido fue tan espectacular que el camarero acudió, servicial y discreto, creyéndose requerido. Le fueron encargados otros dos whiskies y se largó a cumplir con su obligación, contento aunque algo sobresaltado.

—Está abusando de mi paciencia, Samuel.

—Pues le juro que lo hago sin querer…

—¿Acaso no sabe que *Espíritu Gentil* fue montado aquel día de una manera indigna, indecente, asesina? Hasta el último chiquilicuatre del hipódromo le dirá que mi caballo hubiese ganado por tres cuerpos si le montan como es debido. ¡A ver si se atreve alguien a decirme…!

—La monta no fue afortunada —concedió Samuel, reflexivo y como para sí mismo.

—¡Asquerosa! Ese puñetero yanki es el peor jinete del mundo. Inútil total, total…; si por mí fuera, le retirarían la licencia. ¡Y cuando pienso en lo que me costó traerle!

—No tanto, don José: incluso ganó un Gran Premio, ¿se acuerda? Pero esa vez no montó bien. La verdad es que nunca se hizo del todo con el caballo, lo dejó ir demasiado libremente. Después yo creo que se precipitó en la curva, debería…

El Dueño agitó los brazos en aspa, como si estuviera dirigiendo el aterrizaje de un avión.

—¡Déjese de explicaciones técnicas, maldita sea! Resulta evidente que la monta fue un desastre, me traen sin cuidado los detalles. No soy jockey, de modo que no sé cómo había que haber montado a mi caballo para que ganase. Pero sé muy bien con quién nunca hubiera perdido. Es decir, con quién nunca perdió.

—Pat Kinane…

—¿Lo ve? ¿Ve como estamos de acuerdo? ¡Ahora empezamos a entendernos! Vamos por partes, poco a poco: *Espíritu Gentil* es el mejor, ¿verdadero o falso?

—Verdadero.

—Pero hasta ese gran campeón puede fallar alguna vez, si todo se le pone en contra, ¿verdadero o falso?

—Sin duda eso es verdad.

El propietario se inclinó sobre la mesa, hasta poner su cara inflamada a pocos centímetros de la de su interlocutor.

—De modo que es preciso garantizar el requisito principal para asegurar que correrá como es debido y ganará como le corresponde, ¿no es verdad? ¡Verdadero, verdadero!

—O sea...

—O sea que Pat Kinane, el jinete que mejor le entiende, el único con el que nunca ha perdido ni perderá, debe montarle ese día en la Gran Copa. ¡Verdadero y necesario!

El joven pelirrojo asintió, mientras miraba discretamente su reloj y se removía en su asiento, porque no quería perderse la próxima carrera. Le habían dado un soplo y estaba bastante ilusionado con pillar ese ganador. De modo que intentó abreviar los meandros emocionales y estratégicos del debate.

—Buena idea. Pat suele hacer fáciles las cosas difíciles y es un especialista en la Copa. ¿Cuántas veces la ha ganado ya? ¿Tres o cuatro?

—Ni lo sé ni me importa. Lo que cuenta es que debe ganar este año, con mi caballo. ¡Que se joda el Sultán! Pero...

—Siempre hay un pero, don José.

—Quítese la sonrisita de la boca, que la cosa no es para reírse. El caso es que no hay manera de localizar a Pat Kinane. No acude a los entrenamientos, no viene al hipódromo, ha fallado sin dar explicaciones a cinco montas que tenía comprometidas... ¡Cinco, nada menos!

—Alguien tendrá noticias suyas...

—Pues no, creo que no. En fin, no lo sé. —Volvió a empujar su ancho rostro hacia el de Samuel—. Usted me lo dirá. Para eso le he llamado, para que encuentre a Kinane. Tráigamelo, Príncipe, y lo pondremos a buen recaudo hasta la Copa. Lo demás corre de mi cuenta. Confío en mi caballo, montado como es debido.

—Eso de Príncipe...

—Así le llaman, ¿no?

—Sólo mis hombres, por una rareza del cariño.

—Claro, su padre era el Rey…

—Me llamo Samuel Parvi, don José. Y no creo que a Pat Kinane se lo haya tragado la tierra. Estará por ahí borracho, con alguna furcia. Aparecerá él solito, mañana o pasado.

—Muy bien, mejor para usted. Cobrará igual y ya sabe que no regateo. Quiero a Kinane para mi caballo. Le quiero entero y de una pieza, sobrio y a salvo de amenazas. Consígalo, Samuel, emplee a toda su gente, haga lo que haya que hacer. Poco o mucho, lo importante es el resultado. Al día siguiente de la Copa le daré un cheque firmado y usted pondrá la cantidad. ¿De acuerdo?

Puesto en pie, le sacaba al pelirrojo más de una cabeza de estatura. Se estrecharon las manos.

—Creo que tira usted la pasta, don José. Pero veré qué puede hacerse para asegurar la monta de Kinane. Y ahora tengo que darme prisa o no podré jugar a *Río Revuelto*. Va a ganar la próxima y aún iba diez a uno hace unos minutos. A mí no me sobra tanto el dinero como a usted, de modo que no quiero que se me escape esa ganga…

Fuera, la gente se apresuraba hacia las gradas para conseguir buen sitio, con su apuesta en el bolsillo y sobre todo también en la cabeza, como una maldición de la que sólo podrían librarse cuando los caballos cruzasen la meta. Una vieja empeñada en leer el programa sin gafas, pegándoselo a la nariz y con el bolígrafo en la mano, dio un tremendo tropezón y estuvo a punto de rodar escaleras abajo por la tribuna. Un niño de unos diez años le tiraba de la manga a su padre distraído, chillando incansable: «¡El cuatro, el cuatro! ¡Va a ganar el cuatro!»

3

SEREMOS CUATRO

(contado por el Doctor)

La mayoría de los hombres llevan vidas de
tranquila desesperación.

H. D. Thoreau

No, Lucía, te digo que no es lo mismo lo uno que lo otro. Ahora no se me ocurren mejores ejemplos, pero estoy seguro de que tengo razón. Y tú también lo sabes, no me mires con esa cara tan seria pero llena de guasa. ¡Venga, que estás a punto de echarte a reír! ¿Lo ves? ¡Anda que no te conozco…! A lo que iba: en efecto, quien pretende la felicidad suele fracasar; pero los que se esfuerzan en estropear su vida se salen siempre con la suya. De modo que más vale tener una actitud positiva ante las cosas, aunque desde luego sin permitirse ningún género de esperanza. A fin de cuentas estamos perdidos, bueno, pero nada más: mientras tanto se las puede arreglar uno.

De acuerdo, esa fórmula «actitud-positiva-ante-las-cosas» es una ridiculez, un lema de manual de autoayuda de la peor especie, un rótulo idiota para algún embaucador que vende crecepelos espirituales. Que sí, que estamos de acuerdo. Pero hay tan pocas cosas a las que aferrarse… No tenemos orientación. Hablo por mí, como bien sabes, desde que tú ya no… ¡Bueno, olvídate de una maldita vez de la actitud positiva! Retiro lo dicho. En fin, déjame un último intento: fíjate en el Príncipe. ¿Ves lo que quiero decir? El Príncipe no tiene esperanza pero tampoco miedo: va por el mundo con una actitud… sí, con una actitud positiva ante las cosas, no sé expresarlo mejor. No frunzas el ceño, ya sé que el Príncipe no te gusta. Mejor dicho, sé que no te gusta que nos guste tanto a nosotros, sus amigos, sus compinches. ¡Qué le vamos a hacer! Para ti el Príncipe nunca ha sido más que el Príncipe, y para nosotros, fervorosamente, es ni más ni menos que el Príncipe.

En cualquier caso, no te lo menciono para irritarte ni como ideal, sino sencillamente porque él ejemplifica la modalidad de ánimo con que yo quisiera afrontar la puñetera existencia, es decir, lo que me queda de ella. La peor parte, ya sin ti. Vivir, lo que se dice propiamente vivir, no pido que con júbilo pero al menos sin que cada bocanada de aliento duela, es empeño que me parece inabordable. Incluso seguir simplemente tirando, puesto que hay que tirar inevitablemente hacia algún lado, me resulta enormemente difícil. Necesito un rumbo, no un rumbo que me interese especialmente sino algún rumbo, cualquiera, igual que un coche necesita tener la carrocería de uno u otro color, feo o bonito, lo que sea. Mera cuestión práctica, para poder hacer lo que sea sin hacerme ilusiones. De encontrar ese rumbo, de imaginarlo siquiera, soy incapaz por mí mismo, pero creo —o quiero creer— que algo puedo conseguir de más o menos efectivo si le sigo. Me refiero al Príncipe, claro. ¿Alguien puede garantizarme más? Ya no, desde que no te tengo. Puestos a soñar despiertos, me gustaría recobrar la fuerza que tú me dabas, pero lo cierto es que ahora estamos como estamos, tú allá y yo acá. Desolado aunque incapaz de rendirme aún. De modo que no me queda más remedio que conformarme con seguir al Príncipe.

Tengo que volver a él, perdona. Por lo visto planea otra aventura, algo de apariencia bastante insignificante que le ha encargado el Dueño. Bien pagado, muy bien pagado, claro está: lo bueno del Dueño es que no recompensa según la dificultad de la empresa sino de acuerdo con la prontitud con que se cumplen sus deseos. El asunto es banal, encontrar a un jockey que ni siquiera sabemos si se ha perdido y asegurarnos de que podrá montar a cierto caballo en cierta carrera. Como no me interesan nada los asuntos hípicos, poca información puedo darte ni sobre aquél, ni sobre ése ni sobre ésta. Supongo que el trasfondo del asunto es la pugna interminable del Dueño con el Sultán: choque de plutócratas o, mejor, desafío al amanecer entre la vanidad millonaria de dos insignes indeseables. El uno quiere humillar al otro, derrotando a sus caballos, como si los corceles propiedad de un hombre representaran su dignidad o lo intangible de su persona. ¡En qué miserables absurdos llega a creer la gente que carece de la paciencia de conocer y de la humildad de amar! A mí desde luego me da igual, lo que quiero es tener un proyecto compartido y poder acompañar al Príncipe en cualquier tarea que —por venir de su voluntad— me haga sentir significativamente vivo. Voy a conectar mi anemia a su chorro de energía... De modo que ya me he puesto a sus órdenes otra vez. Por favor, mi Lucía, no me mires con reproche.

El Príncipe me llamó a capítulo el otro día. Lugar de reunión, nuestro habitual apartado en Las Tres Calaveras, que yo no pisaba desde... ya sabes, desde lo tuyo. Al entrar me encontré con el Profesor, tan peripuesto y retórico como de costumbre. No es mala persona, en el fondo, pero no aguanto sus tiquismiquis de huerfanita perdida en la selva. Por favor, admito que un hombre puede llorar en público, pero no hacer pucheros. ¡Y cómo mira al Príncipe! A su edad, porque no es ningún adolescente, ya hay que tener un poco de contención y de pudorosa ironía. A nadie se le puede reprochar conservar intacto el deseo, porque eso no depende de nosotros (más bien yo diría que nosotros dependemos de ello), pero la exhibición desordenada del apetito debe tener fecha de caducidad. De modo que el Profesor me irrita con su demasiado visible y arrebatada languidez en cuanto se avecina a nuestro jefe, aunque en el fondo le entiendo demasiado bien. En mi relación contigo aprendí que el verdadero apasionamiento no es fruto hormonal de la juventud, sino que llega con los años y los desengaños. La juventud es época de ilusiones, no de pasiones: la pasión es el castigo y la ardiente conquista de la madurez, incluso de la senilidad.

Pero bueno, allá estaba el Profesor, tropezando en sus prisas por sentarse en el reservado junto al Príncipe, como si pensara en la posibilidad de acariciarle la rodilla por debajo de la mesa... lo que podría de hecho costarle la vida. Yo me acomodé frente a ellos, mostrando una compostura un puntito irónica. Estoy a su disposición pero no quiero entregarme por entero a su servicio. Pedimos las bebidas —whisky el Príncipe y yo (el mío bien aguado, descuida), el Profesor su coca *light* de alcohólico reformado— y me dispuse a escuchar los detalles del encargo que nuestro jefe iba a hacernos. Pero pasaban los minutos y sólo nos entretenía con rememoraciones de aventuras antiguas, amablemente idealizadas y preguntas no menos corteses y superfluas acerca de cómo nos trataba la vida. Francamente, logró impacientarme. De vez en cuando miraba discretamente el reloj, de modo que no hacía falta ser un sabueso para darse cuenta de que esperaba a alguien. Y, finalmente, alguien llegó. ¡A que no eres capaz de adivinar quién! Te dejo decir cinco nombres... o diez, si aún quieres más ventaja. Nada, que no aciertas.

Desbordando con su voluminosa y truculenta figura la recoleta estrechez del apartado, irrumpió el Comandante. Más barbudo que nunca, más estentóreo que nunca, más gigantesco y fanfarrón que nunca: es decir, como siempre. Después de la sorpresa inicial, seguro que te habrías reído al verle. No puedo decirte dónde se sentó, porque dio la impresión de sentarse en todas partes a la vez, sobre todo encima de las míseras criaturas que allí acompañábamos al Príncipe. En modo alguno pretendía humillarnos, claro. Su prepotencia ni siquiera es intencionada: eso resultaría a fin de cuentas lo más humillante de todo, si por un momento uno cometiera el error de tomarle en serio. De inmediato proclamó con vozarrón de ogro las numerosas razones por las que se sabía indispensable para la misión que íbamos a acometer y de la que ninguno —y él menos que nadie— sabíamos absolutamente nada. Su autoalabanza incluyó un somero y hagiográfico repaso a su hoja de servicios a las órdenes del padre del Príncipe, de quien había sido —si fuésemos a creerle, lo que no es el caso— mano derecha, perro fiel, confidente y genio tutelar. Se emocionó tanto al recordar al patrón asesinado, pese a sus desvelos (y supongo que en parte por su torpeza), que hasta se le escaparon unas lágrimas de megaterio dolorido. Afortunadamente, el Príncipe logró atajar con firme discreción su torrente de efusiones y autobombo. Levantó la mano izquierda, como sabe hacer para detener las tormentas y pedir atención. La torrencial verbosidad del Comandante frenó de golpe, gracias a los dioses, como el toro que pega un topetazo contra la barrera y se queda medio atontado. Luego, empezó por fin a explicarnos la tarea para la que requería nuestra ayuda. La de todos nosotros, claro está.

El asunto es en apariencia tan trivial que me desasosiega un poco. Es como uno de esos contratos demasiado ventajosos que uno siempre supone que deben de tener alguna trampa escondida entre los renglones de la letra pequeña. Por lo que sabemos —mejor dicho, por lo que *no* sabemos—, el jinete perdido podría estar montando en cualquier hipódromo de provincias… o del ancho mundo. Si no me equivoco, no tiene ninguna obligación de decirle a nadie adónde se va a ir ni por qué. Ni siquiera tiene un agente que le organice las montas, como todos sus colegas: debe de ser el único de su gremio que carece de representante. Un tipo raro, todo se lo guisa y se lo come él solito. Cierto, no se ha presentado a un par de compromisos menores que tenía apalabrados, por lo que se ha ganado sin duda una buena multa. Pero es una informalidad que según parece ya había cometido antes más de una vez. Como cuando le da la gana de cumplir es hábil y competente, los entrenadores siguen contando con él a pesar de sus ocasionales groserías. ¡Ah, es un genio, es único!, comenta el Profesor con un suspiro de arrobo: todos los verdaderos artistas son caprichosos.

No hay cosa que más me fastidie que este impostado romanticismo que rodea las carreras de caballos, según algunos cursis como el Profesor. En el fondo siguen siendo un entretenimiento feudal, corrompido con el paso de los años por el negocio de las apuestas y agujereado por más trampas que un proceso de canonización del Vaticano. Y los jockeis no son en su inmensa mayoría más que mozos de cuadra venales y fulleros, cuyas derrotas deliberadas para cobrar algún soborno suelen tener más arte que sus victorias, que siempre se deben a la superioridad del caballo y nada más. ¡Artistas! ¡Bah! Ni más ni menos artistas que esos cocineros que engañan a los esnobs con sus mejunjes carísimos o los futbolistas que cobran fortunas por hacer con desgana lo que cualquier chaval hace mejor gratis en un patio.

¿Dónde estará ese tal señor Kinane? Si quieres que te diga lo que pienso, probablemente durmiendo la mona en algún tugurio después de haber empalmado una juerga tras otra durante más de una semana. Ni más ni menos. Aparecerá en cualquier momento, con resaca y apestando a meados. Son todos iguales; como no pueden comer a sus anchas para vigilar el peso, se desquitan con la bebida; y como suelen ser bajitos, el alcohol se les sube en seguida a la cabeza, ja. Pero, claro, si nosotros podemos encontrarle antes de su resurrección espontánea y de ese modo ganarnos un buen dinero, pues no se hable más, vamos a ello. Éste fue el tenor de los comentarios que aporté a nuestro conciliábulo, aunque algo edulcorados porque los otros tres son románticos del *turf* y por tanto susceptibles ante cualquier menosprecio de sus héroes. Los hice en ese tono ligero y risueño, aunque debidamente malicioso, que a ti tanto te gustaba en nuestras sobremesas. Aunque ahora, ni risueño ni ligero, el corazón ya no está.

Para mi sorpresa, al Príncipe parecieron desagradarle indudablemente mis observaciones, incluso me atrevería a decir que le inquietaron un poco, como si pusie-

45

ran en peligro nuestra misión. Con rostro muy serio, adusto (¡cómo se parece en esos momentos a su padre!), levantó de nuevo la mano imperiosa para atajar mis palabras. ¡Nada de bromas!, exigió. El asunto puede ser más difícil de lo que parece. Y sobre todo más peligroso. No sólo tenemos que encontrar a Kinane, sino garantizar que montará al caballo del Dueño en la Copa. Y por lo visto hay sombras potentes que se opondrán a ello. El Príncipe hizo un silencio algo teatral —¿te acuerdas de cuando le vimos de muy jovencito en aquella representación de *Cuento de invierno*? Sobrio y eficaz, por encima de lo que suele llamarse «teatro de aficionados»— y nos miró a los ojos, uno tras otro. «Es probable que tengamos enfrente al Sultán», tal fue su última palabra, dicha en un tono que no explicaba nada pero sugería cualquier cosa. Si quería impresionarnos, desde luego lo consiguió. El Profesor martilleó la mesa con los nudillos, tratando de parecer despreocupado pese a que a mi modo de ver estaba peligrosamente cerca de la histeria. Por su parte el Comandante se puso a tararear entre dientes la sintonía de «Perdidos en el espacio». Se trata de uno de sus múltiples rasgos absurdos: cuando quiere cantar algo para calmar los nervios no opta por la ópera ni por el rock, sino que prefiere recrear con desoladora torpeza alguna de las más populares tonadillas de las series televisivas. Para tormento de quienes le rodean, se las sabe todas, incluso las más cutres y eventuales, pero todas se las sabe mal. Si esos himnos desdichados tienen letra, sólo evoca una palabra de cada diez: «¡Taturit, tit, turatit, tit-tip, de mi almaaa! ¡Por favor, no me tataritut, tut, taratot, tim-yom, de mi corazón!» Etcétera. En fin, que sólo yo supe guardar la actitud debida. En silencio, bajé la cabeza —para evitar cualquier apariencia de desafío imprudente e injusta ante el jefe—, aunque no me privé de esbozar una sonrisa que dejase clara mi final independencia: obediente pero nunca esclavo.

Quizá por decir algo, por mostrarse cálido y simpático, el Profesor comentó: «¿De modo que puede haber... cierto peligro?» Sin aligerar la gravedad de su rostro, el Príncipe asintió: «Desde luego, no lo dudéis. Peligro de muerte.» Inmediatamente, al constatar nuestro unánime respingo —supongo que es lo que buscaba—, soltó una de sus irresistibles carcajadas pícaras. Pero ¿quería con su risa desmentir como algo ridículo lo que acababa de decir tan serio o se burlaba del peligro y de la mismísima muerte, por presentes que pudieran llegar a estar en nuestro empeño? Sinceramente, no lo sé. El Comandante coreó y amplificó hasta lo atronador la carcajada principesca, como era de suponer, mientras el Profesor y yo nos limitábamos a un je-je conejil. El resto de la velada fue meramente técnico. Reparto de tareas, instrucciones sobre los primeros pasos a dar, etc. Luego pasamos a cosas más triviales, como recuerdos comunes cien veces celebrados y anécdotas personales más recientes de cada cual que los otros no conocían. Cuando nos levantamos para despedirnos, el Príncipe volvió a ponerse severo y comentó: «De modo que ya lo sabéis, vamos a ser cuatro en esto. Nosotros cuatro.» Extraño énfasis en lo obvio. Como si no quisiera que ninguno se desligase o se considerara dispensado del esfuerzo, como tratando de evitar cualquier escisión o enfrentamiento entre nosotros. Y también: como para convencernos de que formamos juntos algo único y especial, un mundo dentro del mundo.

Dicha como advertencia o provocación amistosa, la expresión «peligro de muerte» siguió dándome vueltas en la cabeza durante horas. La tengo aún dentro, la mosca atrapada en la botella que intenta levantar vuelo y choca con los infranqueables cristales, con la barrera invisible. Me ocurre frecuentemente en los últimos tiempos, esto de quedarme atascado con la palabra «muerte». No era así antes. Aunque del rango más modesto, siempre me he tenido por un científico. Y precisamente la ciencia busca establecer certidumbres, de modo que la muerte —lejos de ser un enigma o un misterio— es la evidencia científica por excelencia. Así lo he creído hasta hace bien poco. Si hace un año alguien me hubiese preguntado «¿Qué será de mí tras la muerte?», le hubiera respondido sin vacilar: «Primero serás una efigie lamentable y exánime que después se convertirá poco a poco en algo abominablemente hórrido, que más tarde se desplomará en cascotes, para hacerse luego polvo y finalmente acabar en nada.» No hay mucho más que añadir. Y sigo pensando así, créeme: mantengo esta versión científica de la muerte.

Y sin embargo, junto a ella, desde hace un año atisbo algo más… Se me impone otra evidencia: inexplicable, incomprensible, negra y también escandalosa y opacamente consoladora. Si es que se puede llamar consuelo a que el dolor siga vivo y no se resigne al acatamiento final de lo necesario. De esta perplejidad contradictoria, como de tantas otras dulces o amargas de mi vida, eres la responsable. Para entendernos: yo sé que has muerto, Lucía, asistí a la devastación del cáncer y a su culminación lógica, irresistible, fatal. También estoy seguro —estremecido, escalofriantemente seguro— de que ahora sigues los diversos estadios degradantes que establece para cualquiera de nosotros y para todos el concepto científico de la muerte. No quiero imaginarte hoy, ahora, no puedo, no lo soporto. Todo eso lo sé, lo comprendo, doy razón de ello. Pero hay algo más, que se opone a toda mi acrisolada sensatez. Te sigo viendo, Lucía. Sí, te veo. Ni mejor ni peor de lo que siempre fuiste, tan imprescindible para mí como en cualquier otro momento desde que nos conocimos, atenta, irónica, enfurruñada, a veces displicente aunque sabes que eso no me gusta. Conmigo, no. Te veo y te hablo. Tú lo sabes muy bien y me comprendes, ¿verdad? Claro que sí.

Por supuesto que no estoy loco ni tengo nada de místico, de modo que ya sé que esto no puede ser. Pero precisamente porque soy hombre de formación científica no quiero negar la evidencia de mis sentidos: no digo ni mucho menos que lo imposible pueda ser, sólo me limito a constatar que lo imposible *es*. Llego a casa y me esperas sentada en tu sillón favorito, en el que leías una tras otra novelas policíacas, o en la cocina, o incluso un par de veces te he encontrado en el retrete y me he retirado tras cerrar de prisa la puerta, murmurando «¡Huy, perdón!».

Entonces... ¿la muerte? Y que conste que no pienso ahora mejor de ella que antes. Pero, claro, resulta que te veo y por tanto puedo hablar contigo. Me respondes asintiendo o negando con la cabeza, sonriendo, amenazándome con el dedo, sacándome la lengua... No sé si podría evitar verte, pero desde luego no quiero. ¡Hace tanto que no sé vivir sin tu compañía! Quizá se trata de eso: lo mismo que una tira de papel enrollado guarda cuando se lo alisa la tendencia a recuperar su formato anterior, puede que el alma también adquiera el pliegue de las frecuentaciones y los afectos que le han sido imprescindibles. Entonces eso quiere decir que tú sigues conmigo por costumbre, y por dulce y menesterosa costumbre te sigo viendo yo. Ahora mismo, ahora mismo te veo: igual que siempre, intacta y cotidiana, un poco despeinada, algo impaciente por mi manía de darle tantas vueltas a las cosas. Te veo como fuiste, es decir como eres, o sea como estoy convencido de que nunca dejarás de ser, aunque lo demás haya cambiado por fuera horriblemente. Te veo así, tal cual, tú misma. Te veo como si te estuviera viendo.

4

FICHAS SEMIPOLICIALES

(de las que la policía puede no tener cabal noticia)

*** Parvi, Samuel. Apodado «el Príncipe». Edad: 33 años. Soltero. Un metro sesenta y cinco de estatura, setenta kilos de peso. Estudios: bachillerato en colegios privados (buenas calificaciones en historia y matemáticas, idiomas, sobresaliente en gimnasia y actividades deportivas); cursos universitarios de historia del arte, arqueología y numismática, que abandonó sin concluir ninguna licenciatura poco después de la muerte de su padre. Hijo de Israel Parvi, también llamado «el Rey», que se denominaba a sí mismo «agente especial *free lance*» y que efectivamente ejercía como mercenario de gama alta al servicio de complejos intereses internacionales; cayó en una emboscada y fue asesinado por persona o personas desconocidas a los 52 años. Las actividades de Samuel siguen la impronta paterna: servicios muy particulares, protección de personalidades a veces indefendibles legalmente, quizá en ocasiones tráfico de obras de arte robadas (sospechoso, nunca acusado formalmente). Aficiones: equitación en todas sus formas activas y pasivas, música clásica. Deficiencias: sordo del oído derecho por un accidente de la infancia, alérgico al marisco.

*** Circus, Alan. Apodado «el Profesor». Edad: 47 años. Soltero. Un metro setenta y ocho de estatura, ochenta kilos de peso. Estudios: varios años de seminario católico, fulminantemente concluidos por un escándalo de índole sexual con un compañero de rezos. Licenciado en filosofía y especializado en pensadores racionalistas holandeses del siglo XVII. En realidad, aventurero y mercenario. Estuvo casi veinte años a las órdenes del Rey y después ha seguido colaborando en tareas similares con el Príncipe. Aficiones (confesables): las carreras de caballos y el pensamiento de Franciscus Van den Borken, un libertino holandés que quizá influyó en Spinoza, sobre el que dice preparar una tesis doctoral. Particularidades: es zurdo y alcohólico rehabilitado.

*** Zauf, Karl. Apodado «el Doctor». Edad: 50 años. Viudo, sin hijos. Un metro setenta y dos de estatura, setenta y cinco kilos de peso. Estudios: bachillerato en escuelas públicas gracias a diversas becas, después cursos de medicina y farmacia que finalmente abandonó tras una breve condena por haber intervenido en un aborto ilegal. Aventurero y mercenario, colaboró muchos años con el Rey. Después ha seguido ayudando esporádicamente al Príncipe, aunque durante un tiempo regentó con su mujer un herbolario hasta el fallecimiento de ésta. Aficiones: documentales sobre biología marina, literatura de anticipación científica. Particularidades: perdió el dedo meñique de la mano izquierda en un accidente doméstico.

*** Infante, Fidel. Apodado «el Comandante». Edad: 40 años. Casado varias veces, hijos más de uno (no se conocen demasiados detalles). Un metro noventa de estatura, cien kilos de peso. Estudios: primarios, después se alistó voluntario en el Ejército. Ha sido sucesivamente guerrillero y paramilitar en varios países hispanoamericanos. Conoció al Rey cuando intentaba secuestrarle (cumpliendo el encargo de un capo mafioso rival) y en seguida se convirtió en su guardaespaldas y hombre de confianza. Le acompañaba el día de la emboscada que le costó la vida y sufrió heridas de consideración en la refriega. Últimamente se ha puesto a las órdenes del Príncipe «por fidelidad a la promesa que hizo a su padre de velar siempre por él». Le gusta imaginar que se parece físicamente al entrañable capitán Haddock, eterno compañero de Tintín, pero en realidad se asemeja más a Edward Teach, conocido como *Barbanegra,* un pirata especialmente brutal del siglo XVII. Aficiones: paracaidismo, artes marciales, prostitutas.

*** Carvajal Ferreira, José. Apodado «el Dueño». Edad: 61 años. Casado en segundas nupcias con una ex Miss Universo, sin hijos legítimos. Un metro ochenta de estatura, noventa y ocho kilos de peso. Autodidacta, se crió en la calle y desempeñó diversos oficios (recadero, peón albañil, capataz de obras sin licencia, etc.) hasta llegar a ser uno de los mayores promotores inmobiliarios europeos. Procesado en dos ocasiones por soborno a funcionarios públicos, en ambos casos fue absuelto (probablemente merced al soborno de otros funcionarios). Actualmente sus propiedades e inversiones cubren los campos más diversos, desde el patrocinio de equipos de fútbol hasta la producción cinematográfica. Hace cuatro años, por cuestión de prestigio, compró unos establos en

Irlanda y varios purasangres, que ganaron para él importantes pruebas internacionales. En ese terreno se hizo patente su feroz rivalidad con el Sultán (véase), antes ya iniciada cuando ambos compitieron por la hegemonía del mercado en otras áreas. Aficiones: poseer lo que los demás desean.

*** BASILIKOS, Ahmed. Apodado «el Sultán». Edad: entre 58 y 70 años. ¿Casado, hijos? Hay que suponer que de todo habrá. Estatura mediana, complexión más bien robusta pero sin exceso de grasa, salvo en la cintura. Se dice que nació en Líbano de padre griego, aunque otros prefieren sostener que nació en Salónica de madre libanesa. De su infancia, adolescencia y juventud sólo sabemos que purgó varios años de condena por homicidio involuntario (?). Cuando empezó a ser conocido —hace unos quince años— ya estaba a la cabeza de numerosas redes internacionales de tráfico de armas, de blancas y de drogas. Se le supone responsable de todo tipo de delitos o se le atribuyen todos los delitos que permanecen impunes. Su gran afición es el *turf*: ha comprado prácticamente una minúscula isla en el Mediterráneo para criar y entrenar caballos de carreras, que vuelan desde allí hasta los más destacados hipódromos del mundo y obtienen incesantes triunfos. En una subasta en Chantilly pujó por un *yearling* llamado *Espíritu Gentil*, que finalmente le fue adjudicado al Dueño. Otras aficiones: dicen que disfruta con la poesía de Omar Jayán y con el pensamiento sufí, pero puede tratarse de una leyenda hagiográfica; más probable parece otro pasatiempo que se le atribuye: el cine pornográfico.

*** Espíritu Gentil, caballo alazán, hijo de *Gran Caruso* y *La Favorita*. Edad: 4 años. Propiedad del Dueño, que lo adquirió en Chantilly por consejo del entrenador de su cuadra, pujando contra el Sultán. Debutó a dos años, perdiendo por un cuello en el Curragh. Después ganó fácilmente el Grand Critérium de Longchamp y el Dewhurst de Newmarket. A tres años venció en el Derby de Epsom (por dos cuerpos) y en el Irish Derby (cinco cuerpos). A final de temporada disputó la Gran Copa, quedando tercero a un cuerpo y medio cuerpo de dos caballos del Sultán. Alejado de las pistas desde entonces, se rumoreó que estaba lesionado y no volvería a correr. Preferencias: la milla y media es su distancia ideal, en terreno bueno o ligeramente blando. Características: en contra de lo que puede sugerir su nombre, es arisco —incluso violento a veces con los cuidadores— y difícil de montar: tiene «mucha cabeza», según dicen los entendidos.

5

CERCA DE LAS PISTAS

No nos engañemos, la profesión más antigua
del mundo es la de ladrón.

R. EDER, *Ironías*

—Por favor, el seis ganador, cinco veces. Y la gemela seis-ocho, tres veces. También otras tres veces el seis con... con el cinco, con el cuatro y con el nueve. Y también...

El hombre gordo comprobó cuidadosamente que le habían vendido las apuestas solicitadas. Después, satisfecho, se retiró de la ventanilla guardándose la cartera en el bolsillo del pantalón, mientras volvía a consultar el programa. Fue en ese momento cuando actuó el Pinzas, que aguardaba pacientemente tras él en la cola. Ninguna cámara de seguridad habría podido captar su gesto, oculto por la posición de su propio cuerpo. No, para ver el fugaz y elegante juego de manos hubiéramos necesitado a un observador de agudeza sobrenatural, quizá el Dios del obispo Berkeley o un vigía de rango semejante. Y sólo tan elevada como improbable criatura podría zanjar la duda básica que suscita este caso: ¿llegó a entrar realmente la cartera en el bolsillo, para ser extraída de allí con celeridad prodigiosa, o nunca alcanzó puerto sino que pasó de una mano a otra mientras una presión a la altura debida en la tela que cubre el muslo fingía en el bolsillo el peso que nunca fue? En cualquier caso la perplejidad resulta ya meramente bizantina porque lo que cuenta es el resultado técnico: el hombre gordo se fue sin la cartera y el Pinzas se anotó su primer tanto del día.

Ya era hora, desde luego. Hasta ese momento, el Pinzas estaba francamente descontento de sí mismo. ¡Un sábado soleado, el hipódromo alegremente lleno de candidatos al expolio de la más variada condición y habían transcurrido ya dos carreras sin pescar absolutamente nada! No es que el Pinzas fuese apresurado ni ambicioso, tenía para eso demasiados años de práctica a sus espaldas. El primer mandamiento de su decálogo profesional ordenaba la paciencia por encima de todo. Siempre que lo había transgredido, acabó en comisaría. ¿Otros mandamientos? Fijar bien el objetivo y familiarizarse con él (hacerse su sombra, en la jerga del Pinzas, hasta el punto de que la cartera del prójimo vigilado llegase a parecerle suya incluso antes de apoderarse de ella); anticipar la ocasión favorable un minuto antes de que efectivamente se presentara, de tal modo que la mente iniciaba el gesto definitivo anticipándose con visión de futuro al instante de ponerlo en práctica; llegado el momento, actuar con decisión, sin vacilación ni enmienda, siempre una sola vez y no más; si el gesto fracasaba a la primera, renunciar de inmediato, nunca insistir, alejarse discretamente y buscar otro objetivo. Y aguardar, siempre aguardar: cuanto hiciese falta y hasta un poco más todavía.

Pero incluso siguiendo estas sanas reglas de conducta —así reflexionaba el Pinzas, que siempre mostró inclinación por la consideración general, incluso filosófica, del empeño humano en este mundo hostil—, lo cierto es que solían detenerle a uno. Veamos: él se consideraba sin vanagloria ni falsa humildad entre la gama alta de su gremio. Pues, bueno, aun así lo normal era que le pillasen al menos una vez cada tres meses. Su récord, establecido precisamente el pasado año, estaba en doscientos quince días operativos sin interrupción legal. Una racha de suerte, para qué engañarse. El período de bonanza normal oscilaba entre noventa y ciento diez. Después, el manido fastidio del calabozo, la inane charla con el juez, el breve paso por algún establecimiento público cuyo funcionamiento conocía desde luego mejor que sus administradores. ¿Merecía la pena ese trasiego? El Pinzas suspiró (aunque sólo mentalmente, porque mientras tanto se desplazaba con diligencia desde las taquillas de apuestas hacia el *paddock,* así que no era cosa de derrochar aliento) y se dijo que la pregunta adecuada no era ésa, sino más bien esta otra: ¿tengo alguna otra alternativa fiable, rentable y alcanzable, aquí, ahora y a mi edad? Como tantísimos otros antes que él —profesores de metafísica, banqueros, políticos, grandes generales, esposos y esposas sin alivio, vendedores de electrodomésticos, el mismísimo Héctor dubitativo antes de enfrentarse a su asesino Aquiles—, la respuesta que se volvió a dar el Pinzas fue la misma de siempre, la previsible, la irremediable, la que a fin de cuentas mejor nos arropa: no.

En torno al *paddock,* por cuyo circuito discurrían ya ensillados algunos de los participantes de la próxima carrera a fin de someterse al escrutinio de los aficionados, se concentraba un moderado grupo de expertos y simples curiosos. La mayoría de ellos —pensó el Pinzas, que seguía de talante amargo pese a su reciente éxito— no eran capaces de distinguir un caballo inválido de un campeón ni aunque llevara muletas. Asistían al carrusel equino con cabeceos de entendidos pero en el fondo por mera rutina, a la espera de algún soplo llegado «de la boca misma del caballo» (como suele decirse) que los sacara de su ignorancia y les permitiera después alardear de dotes adivinatorias. Pero el carterista no estaba allí para descubrir al ganador sorpresa de la prueba, sino para efectuar otro sustancioso ejercicio de pericia en algún bolsillo descuidado. Y desde tal perspectiva, el panorama no resultaba demasiado prometedor: la gente era numerosa pero no estaba apretujada, de modo que cualquiera podía intercalarse entre los mirones sin dar codazos aparentemente justificados ni fingir empujones circunstanciales que permitiesen el culpable milagro de la sustracción. Con otro suspiro moral de los suyos, el Pinzas añoró la cerveza despreocupada paladeada a sorbitos en el rincón de un *pub* lleno de humo, en compañía de buenos amigos. Se regodeó en la imagen nítida de su sueño nostálgico, dolorosamente clara y seductora. Imposible, sin embargo: porque ya no dejaban fumar en los *pubs*, maldita sea; y además él no tenía verdaderamente amigos.

Algunos conocidos, todo lo más. Por ejemplo, el tipo atildado que estaba prácticamente al lado suyo. Sabía que le llamaban el Profesor y que era un auténtico entusiasta de las carreras. Por lo general, los hípicos arrebatados —esos que aúllan durante toda la recta final tratando de propulsar con ultrasonidos a su favorito y luego se arrancan el pelo desesperados maldiciendo «¡Por una cabeza!» o agitan felices su boleto ganador ante las narices de todos los circundantes— solían ser los mejores «pacientes» del Pinzas porque llevados por el arrobo del momento es fácil que presten menos atención de la debida a sus carteras. Precisamente por eso, en una memorable tarde hace menos de un año, el Pinzas se arrimó con disimulo profesional a la retaguardia del Profesor cuando éste gritaba hasta enronquecer y trataba de mantener ante sus ojos los prismáticos que bailoteaban de emoción: «¡Venga, *Espíritu,* vamos, campeón!» La situación era propicia y ya la mano hábil levantaba con suavidad el faldón de la chaqueta para acceder al prometedoramente abultado bolsillo posterior del pantalón. En ese momento los caballos cruzaron la meta y de pronto el Profesor se volvió bruscamente, como si no pudiera seguir soportando el espectáculo de la pista. Pero no fue ese sobresalto lo que conmocionó al Pinzas, que de inmediato había resguardado la mano en su propio bolsillo con plena naturalidad. No, lo que le dejó atónito fue que el Profesor estaba llorando: dos regueros húmedos le surcaban las arrugas de la cara y sollozaba. Coño, sollozaba *de verdad,* en plena tribuna, entre la gente que aplaudía o comentaba el resultado de la carrera. «¡Como un niño!», pensó el Pinzas, con un sentimiento raro que tenía algo de desdén, claro, porque él era un hombre de mundo, pero también mucho de inesperado afecto. A partir de ese momento, sin reflexión precisa ni más argumentos, el Pinzas borró al Profesor de su lista de objetivos potenciales.

Pero ahora, en el *paddock,* el Profesor estaba menos atento que de costumbre al carrusel de los caballos. Comentaba algo con mucho interés a la persona que le acompañaba, un tipo con gafas y mal afeitado al que el Pinzas no recordaba haber visto antes por el hipódromo. «Nada de nada, como te lo digo. Ni el entrenador ni nadie sabe nada. Todos lo mismo: Kinane no ha venido hoy, Kinane no vino ayer ni anteayer, Kinane falta desde la semana pasada. Y se encogen de hombros. De ahí no hay quien los saque.» Como siguiendo la consigna general, su interlocutor se encogía también de hombros. «Pues, chico, si no te cuentan nada a ti, que conoces a todo el mundo...» Y siguieron dándole vueltas al asunto, fuera el que fuese, pero en cuyo debate volvía una y otra vez un mismo nombre: Kinane, Kinane...

Ese apellido tenía para el Pinzas resonancias especiales, y no sólo ligadas a los éxitos hípicos del jinete (que le interesaban poco, porque el Pinzas era un trabajador del hipódromo y no un aficionado a las carreras). Estaba vinculado a una reciente hazaña, aparentemente menor pero que por su especial riesgo le había hecho sentirse bastante satisfecho de sí mismo: su incursión furtiva en el cuarto de jockeis, por primera vez en tantos años de profesión. Hay jinetes que viven estrictamente al día, pero otros son pudientes, incluso algo más: ricos. Y algunos de ellos llevan encima habitualmente bastante dinero y hasta objetos de valor, porque frecuentemente se apresuran de hipódromo a hipódromo en un mismo día sin tiempo siquiera de regresar a sus casas. ¿Dónde suele quedar ese tesoro cuando sus propietarios salen a competir en una de sus cabalgadas? Pues precisamente en el cuarto de jockeis, el sanctasanctórum que sirve de escenario para el cambio de las ropas talares por las sedas policromas que caracterizan su oficio, como sacerdotes que toman los hábitos antes de una ceremonia. Es un lugar vigilado, desde luego, pero —como tantos otros santuarios— menos de lo que debiera: a los rutinarios feligreses no les es fácil imaginarse la probabilidad del sacrilegio. Colarse en él le exigió al Pinzas más resolución que verdadera habilidad: cuestión de caradura, ni siquiera de arte.

Una vez dentro, mientras todos se concentraban en el

drama de la carrera —unos como protagonistas y otros como espectadores—, tuvo ocasión de actuar a sus anchas: las febles taquillas apenas puede decirse que constituyeran un reto para él. Los beneficios logrados fueron bastante menores de lo esperado, seamos sinceros, pero la satisfacción moral obtenida no resultó pequeña. Quizá lo más sustancioso del botín le vino precisamente de las posesiones (que cambiaron inmediatamente de dueño) del tal Kinane. Dinero en efectivo, una estilográfica anticuada y valiosa —él sabía dónde vender con el mejor provecho ese tipo de mercancías— y hasta un amuleto de oro en forma de serpiente que se mordía la cola. Incluso un teléfono móvil de última generación que tenía entre sus prestaciones la de servir como un minúsculo ordenador y que el Pinzas prefirió también vender antes de afrontar el reto de aprender a utilizarlo. Por tanto ese apellido, Kinane, Kinane... sonaba para los oídos del Pinzas como una grata balada irlandesa.

Andando o mejor trotando con premura, el Pinzas se dirigió al bar principal. Tenía que darse prisa si no quería perder la tarde por completo. A esas alturas de la jornada, como bien había supuesto, el local estaba ya agobiante y hasta pavorosamente concurrido. Para qué engañarse, aproximadamente un buen treinta por ciento del público no venía propiamente al hipódromo, sino, para ser precisos, al bar del hipódromo. En líneas generales, su idea de pasar jubilosamente la tarde hípica no incluía por obligación cobrar un buen dividendo en alguna carrera ni ver una monta extraordinaria, pero implicaba sin rodeos cogerse una buena cogorza. Hombre de mentalidad escépticamente abierta, tolerante siempre e incluso ocasionalmente volteriana, el Pinzas no tenía nada que objetar a este proyecto festivo. Si acaso, le extrañaba que para emborracharse tanta gente necesitara desplazarse hasta un hipódromo, dado que el sin duda gratificante paraíso etílico es de los más portátiles y de más fácil acceso doméstico que hay. Pero la sencilla verdad es que todos los seres humanos estamos un poco chalados y hasta no estarlo es una forma especial de chaladura también (el dictamen es de Pascal, pero el Pinzas —que no tenía el gusto ni el disgusto de conocer a Pascal— había vuelto a descubrirlo por su cuenta, sin vanagloriarse de ello). Filosofías aparte, la embriaguez tiene efectos mejores o peores según las personas, aunque es una constante que disminuye la desconfianza instintiva propia de cada ser humano hacia su prójimo y la capacidad de salvaguardar los propios bienes. De modo que el Pinzas la tenía por una aliada fiel cuando afectaba a los demás y un peligro atroz si la disfrutaba él. Desde luego en el hipódromo estaba a salvo de este último delicioso riesgo porque jamás bebía en su jornada laboral.

En el bar no había humo, como solía ser asfixiantemente habitual hasta hace poco, porque como ya queda dicho estaba prohibido fumar. ¡También allí, donde fumar había sido la mitad del placer de beber! Lo cual tenía como principal efecto que los frustrados fumadores bebieran ración doble para olvidar que no fumaban. De tal modo que la ruidosa bruma de la embriaguez, audible pero no visible aunque casi palpable, saturaba el recinto, empequeñecido por el griterío de quienes ya no podían articular la palabra humana con precisión pero aún eran capaces de berrear con denuedo. Cuando entró el Pinzas, el estruendo orgiástico le rodeó como una especie de apremiante compromiso colectivo que afeara su sobriedad. La barra, donde se afanaban un par de matronas serviciales, estaba amurallada por un cerco de suplicantes que intentaban hacer oír sus pedidos de euforia bebible por encima de la barahúnda montada por sus rivales en idéntico empeño. Los televisores del local —inaudibles, claro está, por las razones antedichas— informaban gráficamente de las cotizaciones de las apuestas y de los preparativos de la carrera, pero allí el interés general se centraba en otra liquidez menos monetaria.

En el rincón de la derecha, en torno a una mesa inverosímilmente llena de jarras, vasos y botellas de todos los formatos, habían plantado sus reales un nutrido grupo de bacantes. La mayoría eran de mediana edad, aunque un par de ellas pertenecían al agradable gremio de las adolescentes prematuramente desarrolladas. Se sentaban en las sillas en torno de la mesa, en las rodillas de las que ocupaban las sillas y algunas estaban despatarradas en el suelo, resbalando en ángulo bastante obtuso con la espalda apoyada en la pared. Se uniformaban con la misma moda (vestidos chillones, ceñidísimos, mostrando la mayor cantidad posible de carne blanquecina y moteada, zapatos con tacones de aguja que pocas calzaban aún y rodaban punta arriba por el suelo en torno suyo, en conjunto bastante apetecibles contra toda estética como sólo pueden serlo el ansia y el descaro) y exhibían todos los grados de la borrachera, desde la euforia de carcajadas gritonas o gritos carcajeantes hasta la semiconsciencia de las que yacían privadas de la palabra y la posición erguida pero sin embargo mantenían una copa valientemente alzada en espera de verla de nuevo llena, mientras rumiaban indescifrables obscenidades en el secreto de sus úteros. El Pinzas las consideró, valoró y descartó laboralmente con su mirada experta. Luego, mientras progresaba hacia la barra con paso furtivo y los ojos aparentemente fijos en el televisor, casi fue atropellado por una de ellas —de las más altas y voluminosas— que marchaba en la misma dirección con orondo bamboleo coloidal, encargada por las demás de la misión casi imposible de conseguir un último trago. La miró de reojo con cierta desaprobación porque, pese a su probada anchura de criterio moral, el Pinzas era más bien pudoroso y casi ascético en sus relaciones con el sexo enemigo.

Bien, ahí estaba la barra, festoneada de ávidos y atontados borrachos, por lo que ahí tenían necesariamente que estar las presas. En la vida nada hay seguro sino para quienes están vitalmente seguros de algo: el Pinzas ya no dudaba de que por fin obtendría en el bar ese beneficio buscado y necesario que hasta el momento le volvía la espalda. Sin embargo, hay que añadir un codicilo al apotegma anterior: en la vida nada hay seguro sino para quienes están seguros de algo, pero a veces tampoco para ellos —los únicos que lo merecen— será seguro lo seguro. «Mala tarde, mala tarde», gruñó para sí el Pinzas, desde luego sin mover los labios. Porque entre los que repartían codazos voluntariosamente para conseguir un trago estaba ni más ni menos que el obeso apostante cuya cartera figuraba solitaria como único trofeo de la jornada. Su tendencia natural a la congestión estaba evidentemente acentuada por numerosas libaciones —el Pinzas no pudo por menos de preguntarse quién se las habría costeado desde que perdió sus fondos—, pero el enrojecimiento se hizo purpúreo cuando su mirada suspicaz reparó en el discreto prestímano. Los ojos saltones parecieron proyectarse fuera del rostro porcino y se clavaron en el Pinzas, que se volvió inmediatamente para contemplar con enorme detalle e interés las protuberancias de la buena señora que bregaba a su lado juntamente por conservar el equilibrio y por obtener más bebida para perderlo ya del todo. Ahora el gordo se debatía en la multitud pero evidentemente no para acercarse a la barra sino más bien con objeto de alejarse de ella, mientras reclamaba la atención de un par de amigos no menos adiposos que él y señalaba con poco disimulo hacia el Pinzas. Mejor dicho, hacia donde el Pinzas había estado un instante antes, porque ahora se había deslizado con toda la urgencia del caso rumbo a aguas más tranquilas.

Esas aguas eran, claro, el water. La etimología de la palabra «retrete» implica la idea de retiro, de íntimo recogimiento, de lugar privado a salvo de miradas indiscretas: en francés, *retraite* significa «retirada» (la de un batallón acosado por el enemigo, por ejemplo) y en los cuarteles españoles tocan «a retreta» para señalar la hora en la que los soldados deben reunirse con sus catres y compartir sueños de gloria. Aunque desconocía estas particularidades filológicas, el Pinzas actuó instintivamente de acuerdo con lo que indicaban: buscó su eventual refugio y santuario tras la puerta que, por cierto engoladamente, reclamaba: «Caballeros.» Tenía la viva impresión de que más pronto que tarde iba a verse en una de esas situaciones de estrés que hacen especialmente desagradable la vida moderna, sobre todo a los profesionales autónomos. El higiénico recinto no estaba vacío, aunque sus ocupantes no parecían implicar amenaza especial: en el mingitorio se aliviaba concienzudamente su viejo conocido, el Profesor, mientras que el amigo forastero que le acompañaba en el *paddock* estaba en ese preciso momento lavándose las manos. Sin prestarles demasiada atención, el Pinzas ocupó también su puesto en un lavabo, quizá inconscientemente presa del afán de borrar con abluciones una culpa moral, tal como en su día intentó Poncio Pilatos antes de su pecado o de igual modo, aunque casi anteayer y después de haberlo cometido, Lady Macbeth.

Pero mientras el agua corría entre sus dedos pecadores, el Pinzas no olvidaba que su primera obligación era librarse de la cartera incriminatoria (que aún no había vaciado de efectivo para después arrojarla a una papelera, lo cual quizá indicaba que comenzaba a volverse irresponsablemente torpe). Se secó las manos con una toalla de papel que después fue a parar en seguida al cubo dispuesto al efecto, llevándose con ella la cartera misma y, ay, la recompensa que contenía pero a la que el Pinzas intuía que no había más remedio que renunciar. Todo velocísimo y aun así justo a tiempo, porque en ese mismo momento la puerta se abrió casi con violencia para dar paso al hombre gordo que ya conocemos, seguido de otros dos gordos muy semejantes a él que ni conocemos ni falta que nos hace. Uno de los recién llegados bloqueó la entrada como un guardameta bravucón y barrigudo, mientras los otros avanzaban hacia el Pinzas.

—¡Tú...! —rugió sin elocuencia el gordo damnificado, mientras le apuntaba con el dedo.

—Perdone... ¿me habla a mí? —Admitamos que tampoco el Pinzas logró desplegar en esa fórmula conocida todo el ingenio del que sin duda era capaz.

Apoplético, incandescente, el gordo barbotó una retahíla de acusaciones que difícilmente hubiera sido estimada por ningún jurado serio: «¡Ladrón! ¡Tú eres...!

¿Dónde está mi cartera?... ¡Hijo de la gran puta! ¿Me tomas por gilipollas? El gilipollas lo será tu padre... Hijo de...» Todo lo cual no llevaba a nada concreto, salvo la admonición final, inequívoca, mientras agitaba ante la nariz del Pinzas un puño del tamaño de un asteroide matadinosaurios: «¡Ahora vas a ver! ¡Ya vas a ver!» ¿Por qué no reconocerlo francamente? En ocasiones como ésta, el Pinzas prefería entendérselas directamente con los policías, menos personalmente implicados en tan desagradables asuntos. Una cosa es pasar el trámite carcelario, que formaba mal que bien parte de su trabajo, y otra muy distinta ser descalabrado por uno o varios energúmenos. El Pinzas extendió sus manos inocentemente vacías a modo de parapeto ante su frágil cuerpo —realmente minúsculo en comparación con la división acorazada que se le venía encima— mientras musitaba con trémula cortesía: «Por favor, amigo, no sé de qué...» Pero lamentablemente el vociferante avance de sus adversarios continuó como si nada.

—Un momento, vamos a ver: calma, por favor. Creo que aquí debe de haber un malentendido... —El Profesor se interpuso con plácida determinación.

—¿Y usted quién puñetas es? —resopló el gordo, tras un brusco frenazo para no chocar contra él—. Venga, largo, no se meta en lo que no le importa.

El Profesor adoptó el tono académico que le había hecho ganarse su ya acrisolado apodo:

—Mire usted, señor, vengo a menudo a este hipódromo y conozco bien a ese caballero. —El caballero Pinzas no dio muestras de orgullo o vanagloria al recibir su título—. Respondo por él, es un excelente aficionado.

—¿Aficionado? —Si hubiera sido posible, el gordo

habría aprovechado esta ocasión para congestionarse aún más—. ¡Yo le diré cuál es su principal afición! Me ha robado la cartera, eso es lo que ha hecho su famoso aficionado. Y juraría que no es la primera vez…

Siguió un breve y algo convulso intercambio de palabras, en el que cada una de las dos partes reafirmó su planteamiento inicial sin aportar novedades dignas de mención. En ese momento de *impasse,* el compañero del Profesor —a quien casi todo el mundo, fuera de los hipódromos que no frecuentaba, conocía por el Doctor— se agachó sobre la papelera un instante para alzarse de inmediato con una pesca milagrosa.

—Perdone, vamos a ver. Me parece que aquí está su cartera.

El propietario no pareció tan contento como debiera al recuperarla, ni siquiera después de comprobar rápidamente que el dinero no había desaparecido.

—De modo que éste es el jueguecito que se traen, ¿eh? Como les he descubierto, ahora me devuelven lo robado y creen que así van a irse de rositas. ¿Qué os parece, chicos?

El primero de los enormes «chicos» demostró su escándalo ante tanta desvergüenza por medio de una especie de furioso rebuzno, mientras el otro oscilaba la cabeza a uno y otro lado como si no pudiera comprender semejante abismo de perversidad.

—¡Vamos a ajustarles las cuentas!

Conocedor por otros incidentes similares de que su utilidad en la pelea cuerpo a cuerpo era sumamente limitada, el Pinzas se replegó a un segundo frente situado detrás del lavabo. Mientras, el Doctor paró el manotazo de uno de los chicos antes de que llegara a rozarle y mantuvo el brazo del agresor inmovilizado con una presa de muñeca, en tanto comentaba con sequedad: «Venga, haga usted el favor.» Siguiendo la conocida técnica de la lucha japonesa «sumo», el gordo intentó utilizar su corpachón para apisonar al Profesor, pero éste permaneció bien aplomado sin retroceder, aunque seguía ofreciendo comentarios apaciguadores. El tercer mosquetero del partido de los obesos, sabiendo que su intervención sería decisiva para desequilibrar el empate, continuó por un instante dubitativo, aunque sin dejar de golpear con su puño derecho la palma de la mano izquierda en busca de inspiración.

Desde la puerta, que se había abierto y vuelto a cerrar sin que ninguno lo advirtiese, alguien entonó con relativo acierto la ramplona sintonía de la serie «Enfermeras en Acapulco». El recién llegado superaba en envergadura a cualquiera de los gordos ya presentes, aunque en un formato más compacto y menos adiposo, pero impresionaba sobre todo por su desaforada barba negra y por el aura de musculosa agilidad que le rodeaba.

—¡Muchachos! ¿Cómo lo lleváis? *Tutto bene?* —entonó con campechanía. Contemplaba la escena del lavabo con una sonrisa feroz, como si los hubiera sorprendido fumando a escondidas o en alguna otra actividad un poco más indecente.

En la misma clave despreocupada, el Profesor le contestó:

—*Tutto Pavarotti!* Ya ves, Comandante: aquí, charlando con unos amigos. —Y añadió de inmediato, dirigiéndose a los supuestos «amigos»—: ¿Qué pasa, os vais ya?

Se iban, qué remedio. El tripartito de inflados ceporros no era un cuerpo de élite: rehuía el enfrentamiento en cuanto la ventaja no estaba claramente de su parte. La aparición del Comandante liquidó su moral de combate, dejándoles tan sólo la negra bilis del resentimiento. Rezongó exabruptos al salir el gordo número uno —«jodertodosigualescómoselomontanyanosveremosveréiscómonosvemosestonoacabaasí»—, pero decidió prudentemente no armar más lío porque a fin de cuentas se iba con su cartera incólume en el bolsillo. Los otros dos, menos concernidos por el asunto, le siguieron con la mayor prontitud. En cuanto se cerró la puerta tras el trío barrigudo, el Profesor y el Doctor volvieron otra vez a lavarse las manos parsimoniosamente tras intercambiar un breve guiño irónico. Como era de esperar, al Comandante no le faltó más que darse puñetazos en el pecho como King Kong, antes de lanzar el grito glorioso de Tarzán.

—No me deis las gracias, me pagan por salvaros la vida de vez en cuando...

Los otros dos volvieron a mirarse, suspirando. Pero el más emocionado y hasta un poco contrito era el Pinzas. Probablemente porque en realidad tenía una sensibilidad moral más acusada que ninguno de los demás, aunque no carente de extravagancias, subterfugios y desvíos. Su ética —de la que lamentablemente nos es imposible hablar aquí con la debida extensión, pese a su indudable interés— era más oriental que occidental, incluso más nipona que griega: no se basaba en la culpa sino en la deuda (retrocede Prometeo y avanzan los siete samurai). En vez de abandonar de inmediato el recinto agobiante de la reciente confrontación —tal como aconsejaba el sentido común y desde luego le pedía el cuerpo—, se quedó un rato, remoloneando y meando para disimular. Luego, con la mirada baja de otra Andrómeda rescatada por Perseo del dragón, murmuró al Profesor:

—Gracias. Me gustaría hacer algo...

Secándose las manos, el interpelado descartó con un cabeceo tanta gratitud y comentó sonriendo que sería suficiente recompensa para ellos saber que sus monederos estaban a salvo y lo seguirían estando de ahora en adelante. Pero el Pinzas no se ofendió por la alusión y siguió fiel a la veneración hacia sus benefactores:

—Tengo algo... por si os interesa. Antes, en el *paddock,* he oído que andabais detrás de Pat Kinane.

Los tres oyentes convergieron de inmediato sobre él, con una atención casi ominosa. El Profesor le animó a proseguir.

—Por una casualidad de ésas... —El Pinzas luchaba consigo mismo, pero el agradecimiento es la ley más alta y la más noble—. ¡Las casualidades de la vida! Resulta que tengo una cosa de Kinane que a lo mejor puede interesaros.

—¿Sabes dónde está? —inquirió perentorio el Doctor.

El Pinzas se encogió aún más, como si hubiera bajado la temperatura veinte grados de golpe.

—¡Ni idea! Pero llevaba esto en su cartera...

Era una tarjeta de visita, de un club o casino, algo así, llamado «Al Trote Largo». Prometía «¡apuestas y tragos, diversión!». El Profesor le echó una ojeada y se la pasó al Doctor.

—Esto no significa nada, quizá alguien se la dio y la guardó por no desairar.

—La llevaba en la cartera —insistió tercamente el Pinzas, sin considerar oportuno ni siquiera necesario aclarar

cómo conocía tan a fondo la cartera de Kinane—. Y no tenía sólo una: guardaba cuatro. Cuatro iguales.

Se las ofreció al Profesor, que las barajó murmurando
«Cuatro, ¿eh?». Las miró por delante y por detrás. En el
reverso de una de ellas, escrito con bolígrafo, podía leerse: «Seguir la Buena Suerte.» Enarcando las cejas, se la
pasó al Doctor sin añadir palabra.

6

LÁGRIMAS FURTIVAS
(contado por el Profesor)

Hay sueño en torno a nuestros ojos, así como la noche se queda todo el día en los abetos.

R. W. EMERSON, *Confianza en sí mismo*

El tren estaba a punto de partir y un empleado de la estación me daba las últimas instrucciones para llegar a Berwick. Me hablaba en alemán, yo no sé alemán, era milagroso que le entendiera a ratos. Debía continuar hasta Halle (¿o Hull? ¿o Hule?), bajar en esa estación y tomar allí el expreso a Berwick. Era preciso seguir a todo trance hasta Halle (¿Hulle? ¿Hule?) porque si perdía esa conexión no encontraría otra, no habría más remedio que volver atrás, empezar de nuevo. Intenté que me escribiera el nombre de la estación crucial en un trozo de papel, pero yo no tenía bolígrafo y él tampoco. Me prometió ir a buscarlo, se fue, no volvía. Y el tren estaba arrancando ya. Subí sin más equipaje que mi zozobra, sonó el silbato y el convoy se puso en marcha. Traca-taca, traca-taca...

No recuerdo por qué voy a Berwick. Nunca he estado allí, no sé cómo es Berwick. ¿Existe Berwick? Supongo que sí, creo recordar que hubo o quizá hay todavía tal cosa como un duque epónimo de dicho lugar. ¿O era un nombre parecido? En cualquier caso, desde luego mi viaje nada tiene que ver con el duque. ¿Por qué deberé yo ir a Berwick? Sólo sé que es urgente mi viaje, imprescindible, inexcusable. El resto me da igual. Hasta el viaje en sí mismo me da igual, una vez que tengo asumido el destino que debo alcanzar. El paisaje que veo desde la ventanilla del vagón es monótono y gris, monótono y gris. Las edificaciones —bajas, cuadradas, como búnkers— alternan con árboles desmochados y caducos, casi tímidos en su desnudo patetismo. Así kilómetro tras kilómetro, aunque no debemos de haber recorrido muchos porque el tren va bastante despacio, incluso se diría que nunca arranca decididamente del todo o no se decide a acelerar, como si después de haber finalmente arrancado fuese a parar en cualquier momento. Pero ahora frenamos sin lugar a dudas, probablemente estamos llegando a una estación.

El nombre de la estación es ilegible, impronunciable, borroso: un jeroglífico más que un rótulo. Me esfuerzo por descifrarlo con impaciencia, con ansiedad también, aunque estoy seguro —¡naturalmente!— de que aún no puede ser Halle, Hulle o Hule. Sube al tren una señora, en fin, señora es mucho decir, una mujer mayor, desgarbada, chillonamente emperifollada pero que no me da impresión de ser de clase alta sino más bien modesta, muy modesta: una mendiga quizá, una vagabunda. Arrastra una gigantesca maleta con ruedas (las ruedas también muy grandes, casi de carretilla) y dos sombrereras de las que escapan ruidos metálicos, como si estuvieran llenas de cacerolas. Con una voz desabrida y grave, casi de barítono —hasta el punto que pienso de pronto que podría ser un travesti—, reclama mi ayuda para transportar sus pertenencias. De forma imperiosa, impertinente, impúdica pero a la que soy incapaz de negarme. Cargo con sus dos sombrereras, clang, clang, quizá lleve una armadura repartida entre ellas, en la una el yel-

mo y el peto, en la otra las manoplas y las calzas acoraza-
das, luego desfilamos por el estrecho pasillo del vagón en
busca de acomodo. Precedo a mi esclavizadora y voy
abriendo la puerta corredera de cada departamento,
pero todos están llenos, atiborrados de gente, de niños,
de militares despechugados y con cara de borracho. Pasamos por uno ocupado en su totalidad por árabes, en-
vueltos en túnicas y velos, que nos lanzan a través de su
máscara de tela una mirada fija y hostil. Entretanto el
tren avanza, ahora parece que mucho más de prisa, da
bruscos parones que casi me hacen caer con mis emba-
razosas sombrereras y vuelve a arrancar con no menos as-
pereza. ¡Por fin un departamento semivacío! Sólo viajan
en él dos niñas idénticas, con tirabuzones y sonrisa maligna, que nada dicen pero intuyo que se burlan de nuestras fatigas. Las odio en silencio, mientras me esfuerzo
por poner las sombrereras en la red superior portaequi-
pajes. Imposible, claro, no caben, ruedan una y otra vez
hacia abajo, clang, clang.

Dejo las sombrereras una sobre otra en un asiento,
después de todo hay sitio libre de sobra. La virago pretende ahora que ponga la maleta gigante, viejísima, en la
red superior, lo que es a todas luces imposible. Mientras
trato de convencerla, el tren se detiene con humeantes
resoplidos en otra estación. Me excuso confusamente y
salgo a toda prisa del departamento, seguido por las in-
vectivas groseras de la desagradecida y por las risitas te-
nues, pero mucho más hirientes, de las dos niñas parale-
las. Recorro el pasillo lateral del vagón hacia la puerta,
mientras trato de vislumbrar por las ventanillas sucesivas
el nombre de la estación en que nos hemos parado. Pero
no hay ningún rótulo a la vista que pueda informarme.

¿Será Halle o Hulle? Ahora que lo pienso, probablemente el tren ya habrá hecho alto en una o varias estaciones más, mientras yo me debatía con las malditas sombrereras. Desde la portezuela del vagón pregunto a gritos a un anciano caballero, con gabán y sombrero tirolés de fieltro verde, que pasea fumando por el andén: «¿Estamos en Halle?» No me oye bien, se lleva la mano en forma cóncava a la oreja para señalármelo, pero se detiene y se acerca amablemente. Repito varias veces mi pregunta, cada vez con mayor premura porque oigo varios pitidos que probablemente anuncian la inmediata partida del convoy. ¿Halle? Parece que no me entiende, seguramente no habla mi lengua o puede que yo no pronuncie bien el nombre. ¿Hulle? ¿Hule? Por fin niega rotundamente con la cabeza y sonriendo hace un gesto con la mano, señalando hacia la parte trasera del tren, al camino de donde venimos. Lo que yo me temía, me he pasado de estación.

El tren comienza a ponerse perezosamente en marcha. Me bajo apresuradamente, saltando desde el último peldaño y trompicando al aterrizar en el andén. Si debo retroceder, cuanto antes empiece mejor. Mi informante se aleja, sonriendo siempre y dando chupadas a su cigarro, mientras me saluda llevándose la mano al sombrero. Los nervios se me agolpan en el pecho, me cuesta respirar y más así como estoy, envuelto en los humos apestosos del tren en marcha, que pasa interminablemente a mi lado, en fuga inexorable. Veamos, debo tranquilizarme, nada está aún perdido. Seguramente pronto saldrá otro tren hacia Halle o, aún mejor, quizá desde esta estación desconocida haya alguna combinación más directa a Berwick. No es imposible que las instrucciones de viaje que me dieron al partir fuesen erróneas y que Halle o Hulle no sea el único punto para realizar la conexión a mi destino. De modo que me dirijo hacia la oficina de billetes de la estación.

Está vertiginosamente iluminada, como si fuera un quirófano o un estudio de televisión. Y llena de gente, sentada o recostada en los bancos, sobre las maletas e incluso en el suelo. El personal es de todo tipo: mujeres de apariencia campesina con niños pequeños, ejecutivos bien trajeados y con portafolios, militares, curas y hasta un zíngaro de enormes patillas grises que enlazan en el bigote y que se entretiene jugando con un monito uniformado con una minúscula casaca roja. Al fondo, tras una mampara de cristal esmerilado, adivino las sombras de los empleados que atienden —es de suponer que por riguroso orden— a los sucesivos clientes. Me abruma el desánimo. No sé cómo pedir turno y nadie parece entender mis preguntas: «¿Quién es el último? ¿Quién tiene la vez?» Se encogen de hombros, fruncen el ceño o responden en una lengua desconocida. Insisto una y otra vez, en vano. Ya ni caso me hacen. Sólo el monito, zalamero, se acerca con un cubilete en la mano y me tira del bajo de los pantalones, pidiendo unas monedas. Aumenta mi agobio pensar que si llego por fin ante el oficinista tampoco lograré hacerme entender por él ni probablemente comprenderé sus explicaciones. Hulle, Halle, Berwick, un billete de segunda clase, dónde debo cambiar de tren... todo ininteligible, absurdo. ¡Qué desamparo! Siento una opresión intolerable en el pecho. Con desconsuelo pero también con un principio de alivio, rompo a llorar.

Me despiertan los sollozos, mientras doy boqueadas

para recobrar la respiración. Tardo largos minutos en asumir que no debo resolver ningún embrollo ferroviario: por fin logro anular en mi alma sobresaltada el imposible viaje a Berwick. Con la punta de la sábana me seco los ojos y la cara. Creo que llorar me ha salvado a fin de cuentas del infarto o una perdición aún peor, como a Miguel Strogoff, otro viajero sin suerte. Mi permanente disponibilidad para el llanto no siempre ha de ser una maldición, por mucho que me haga frecuentemente quedar en ridículo. Es bueno llorar, es sano, aunque no esté de moda, sobre todo a mi edad. Los héroes griegos lloraban como si nada, sin menoscabo de su hombría y espada en mano, lo mismo que después algunos grandes santos: ¿no era San Agustín quien tenía lo que teológicamente se ha llamado «don de lágrimas»? Van den Borken no celebra el llanto, maldito racionalista, pero lo acepta como una forma de expulsar del cuerpo los malos humores melancólicos. Una especie de purga natural, como sudar, escupir o vomitar. No me ayuda, nunca me ayuda de veras: supongo que por eso me fascina. En fin, lo dijeron los clásicos y toda mi vida no ha sido más que una confirmación de este apotegma: *sunt lacrima rerum.* Tiene cierta triste gracia que hoy ya no haya una persona de cien (¡de mil, de diez mil!) capaz de traducir esa frase latina, aunque cada cual siga llorando más o menos en privado, solo o en compañía de otros, como si cometiese un crimen o revelase una enfermedad...

Mis lágrimas, el Doctor desde luego no me las aguanta. Es el gran inquisidor de la mínima o más inicial de mis humedades oculares: no autoriza la gota que resbala, ni el suspiro que escapa del pecho dolorosamente cargado. «¡Basta! —me dice—. Ya está bien de mendigar compasión. Todos sufrimos, a ver si te enteras. Todos. Y algunos mucho más que tú. ¿Quieres mimos? ¿Con qué derecho? El mundo no tiene un libro de condolencias ni tampoco de reclamaciones. Además... ¿de qué te quejas? Eres un afortunado llorón, un privilegiado tiquismiquis. La princesa a la que incomoda el bulto del guisante bajo diez colchones de plumas. No insistas, no me das pena: sólo me das grima.» Es inútil tratar de aclararle que mi llanto no es el de la víctima, que ni mucho menos tengo pretensiones reivindicativas, al contrario: lloro para demostrar que comprendo, lloro para asentir y confirmar, lloro por el honor vencido del fuerte que cae y del débil que no puede o al que no dejan levantarse, lloro por casi todos y por todo, para demostrar que los acompaño en el sentimiento.

Y de mis sueños, más vale que no le hable. Ni en sueños acepta el Doctor los sueños. Literalmente: hace poco, confidencial pero a la vez siniestramente ufano, me declaró que él ya nunca sueña. Y que si por un descuido se le cuela en la negra nada de la noche un ramalazo de imágenes, inmediatamente lo proscribe, lo tacha, lo borra, lo machaca. Sobre todo, lo olvida. «Olvídate de José y de la mujer de Putifar, nunca le creas a Freud. Los sueños —me explica, cuando está en vena didáctica— no profetizan nada, no advierten nada y no significan absolutamente nada.» En eso, precisamente en eso y probablemente nada más que en eso se parecen a la vida, pienso yo (sin decírselo, sin defenderme). Ningún sueño revela el sentido secreto de la vida, sino un secreto mucho mayor, que la vida carece de sentido. Y que tanto da soñar como vivir: alguien me habló de una tribu perdida de Oceanía —pero nunca faltan tribus así en las discusiones

de madrugada y los antropólogos son tan inventivos...—
que concede mayor realidad e importancia vital a lo soñado que a la vigilia. Esta última es para ellos como un
deambular incierto entre la bruma, mientras que los sueños tienen una urgencia nítida y atroz. Se regocijan con
sus triunfos soñados y se vengan refinadamente de las in-
jurias que se les infieren cuando sueñan. Pertenezco a
esa tribu, cuyo nombre no conozco y que probablemente no existe.

No hay que perder ni un minuto con los sueños, me
reconviene el Doctor. Y sospecha que para mí todo son
sueños o casi sueños. Por ejemplo, esas tarjetas de Kinane encontradas por nuestro nuevo amigo, el carterista,
gracias a sus métodos *non sanctos*. A mí me parecen algo
prometedor, indicativo, no sé. ¡Ensoñaciones! Tajante, el
Doctor descarta que tengan el mínimo interés: según él,
lo más probable es que sean reclamos de una casa de
mala reputación. Con tino cruel, decide que sólo me parecen significativas porque no hemos encontrado nada
más en todo un día de búsqueda. «Y, naturalmente, estás
ansioso por llevarle algo sustancioso a él, un hueso con
un poco de tocino para agradar al león...» Es verdad,
quiero por encima de todas las cosas que el Príncipe me
apruebe y me sonría. Pero además estoy convencido de
que esas pequeñas cartulinas constituyen una pista y digo
más: no sólo una pista para encontrar a Pat Kinane sino
también para saber por qué ha desaparecido. El Doctor
me mira con un poco de lástima, sin agresividad: «¡Venga ya! ¿Vas a decirme que tienes un pálpito, una intuición
o quizá una revelación semiprofética? A lo mejor va a resultar que eres el nieto perdido y hallado en el hipódromo de Sherlock Holmes.» Como su fuerte no es precisa-

mente la literatura, le ataco con sarcasmo por ese flanco: «Te equivocas, ya no recuerdas tu Conan Doyle. Sherlock Holmes nunca intuía ni se dejaba llevar por pálpitos, aborrecía esos procedimientos poco científicos. Se enorgullecía de guiarse sólo por la deducción a partir de los hechos. No me parezco en nada a él.» «Y... ¿a quién te pareces tú, entonces?», me responde zumbón. Trago saliva y, con cierta altivez, se lo aclaro: «Al Padre Brown.»

De modo que le hemos llevado las tarjetas al Príncipe: yo solícito como un perdiguero que trae la pieza cobrada por su amo y se la entrega esperando al menos una palmada distraída en la cabeza, el Doctor ceñudo y casi pidiendo excusas por hacerle perder el tiempo. Las ha mirado una por una como si no fuesen todas idénticas, deteniéndose un poco más en la que tiene la críptica anotación a mano en el reverso. Luego me ha asestado sus ojos de un azul pálido, al modo que suelen serlo los de los pelirrojos.

—«Al Trote Largo»... ¿Conocéis el sitio?

Negamos al unísono con la cabeza, como muñecos sincronizados: «Ni idea, jefe.»

El Príncipe asiente, como si nuestra ignorancia confirmase una antigua y querida convicción.

—«Seguir la Buena Suerte»... ¿Qué querrá decir eso?

Miro al Doctor, que precisamente resulta que me está mirando. Luego, de nuevo unánimes, nos volvemos hacia el Príncipe con las cejas altas y las manos con las palmas hacia el cielo, en el gesto universal de la universal ignorancia.

—Claro, claro...

El Príncipe hace un ademán generoso con la mano derecha, como dándonos su venia para seguir sin saber nada de nada pero conservando nuestra autoestima a pesar de todo. Luego resuelve:

—Entonces no queda más remedio que hacerles una visita, ¿eh?

Acatamos, aprobamos, admitimos, obedecemos. Íntimamente me estremezco. Y allá vamos.

¿Es un oprobio? No se lo pregunto a nadie, me lo pregunto a mí. ¿Es un oprobio el amor perruno, que se disfraza de fidelidad o servil prontitud y jamás de los jamases confesará la devastación de su deseo? Quien no haya conocido el oprobio y el malentendido erótico, de un tipo o de otro, sólo conoce del amor lo que sabe del alcohol el que a lo largo del año no bebe más que una copa de champán en la boda de su hermana. Y ahora recuerdo un dibujo humorístico que encontré hace mucho en un periódico de Monterrey, México —*of all places!*—, y que se titulaba «Los complejos de alcoba». Presentaba en la cama a un tigre y a una cebra, sin duda tras haber ejercido la peripecia carnal. Cada uno meditaba afligido para sí: «Si le digo que no soy una cebra, se va a asustar» (así el tigre) y «Si le digo que no soy un tigre me va a matar» (así la cebra). ¿Desesperante, verdad? Y tan, tan real. Como suele decirse, después del coito todos los animales se quedan tristes. Añado yo: algunos ya están tristes antes y follan para que se les pase. Oh, vaya, no debería ni pensar estas cosas.

7

LA HERMANDAD DE LA BUENA SUERTE

El azar no designa en cierto sentido más que la imposibilidad de pensar.

C. Rosset, *Lógica de lo peor*

Para llegar hasta Al Trote Largo había que dejar la avenida principal y tomar la segunda calle a la derecha, recorriendo luego un breve pasadizo oscuro (¿recuerdan ustedes la tópica tonalidad dominante en la boca de los lobos?) que llevaba a una especie de patio interior, alto, estrecho y con ropa colgada a varios niveles a modo de domésticas gualdrapas. En el ángulo izquierdo, al fondo, había una puerta con argollas y remaches que recordaba la tapa de un ataúd puesta vertical. Y en ella el rótulo gótico con el nombre del local buscado, que habría sido fácil leer puesto que era de buen tamaño si no hubiera faltado totalmente la luz a aquella hora y en aquel rincón. Es lo malo que tienen la noche y los reservados secretos: que no se ve ni gota.

Llegaron los cuatro hasta la puerta funeraria, es decir, el comando completo: el Príncipe, el Profesor, el Doctor y el Comandante. Marchaban oscuros en la noche solitaria, con una luz incierta, bajo la luna maligna, como Eneas y sus compañeros por las moradas vacías y los reinos desiertos de Plutón, silenciosos también salvo por un leve y pegadizo zumbido proferido entre dientes por el Comandante, que pretendía ser una versión libre del tema de la serie policíaca «Enigma entre sombras». El Príncipe tomó sobre sí la responsabilidad de apretar dos veces el timbre de la puerta. Les abrió un jockey enorme, con sus botas de montar, su gorra bicolor y su fusta bajo el brazo izquierdo. Debía de medir cerca de uno ochenta y pesar en torno a los cien kilos, o sea que era sin duda el segundo jockey más voluminoso del mundo después de Victor McLaglen en *El hombre tranquilo*. Eso sí, amable como el que más. «Bien venidos, pasen ustedes. Ésta es su casa. No recuerdo ahora mismo sus caras. ¿Quizá es la primera vez que nos honran con su visita?» «En efecto», confirmó el Príncipe, mientras el Comandante sintonizaba vocalmente *Surprise Party*, considerándola más apropiada para la ocasión. «Esta tarjeta suya nos la dio un habitual de por aquí, Pat Kinane.» El megajockey sonrió amable y distraídamente, sin molestarse en coger la tarjeta que le ofrecían y a la que sólo dedicó una mirada por encima. «Claro, desde luego, lo dicho: bien venidos, pasen, pasen…»

El local estaba decorado con artesonados barrocos y excesivos, ajados terciopelos escarlata oscuro, lámparas con flecos de lágrimas de cristal multicolor, o sea como una discoteca provinciana de hace cincuenta años o como un lupanar clásico de hace cien. Muy acogedor, desde luego, según entendería ese concepto un espíritu libre aunque más bien tradicionalista de mediana edad: en el breve pasillo que daba acceso al salón principal, un cartel advertía: «Espacio para fumadores. Los no fumadores también son bien venidos.» Y la cantidad de humo que flotaba triunfal por metro cúbico demostraba que estos últimos estaban por fin en franca y merecida minoría. Resumiendo, Al Trote Largo era sencilla y llanamente un lugar de juego, mejor dicho, de juegos variados y reunidos, aunque todo él puesto bajo la advocación tutelar del *turf*. Los grabados de las paredes y las abundantes fotografías enmarcadas representaban siempre a grandes caballos, jinetes célebres y carreras memorables. También había retablos que recogían chaquetillas de cuadras famosas, completadas con fustas, botas y gorras que habían conocido momentos gloriosos y ahora se exhibían un poco vergonzantemente pero todavía ufanas en pequeños altares laterales. Por lo demás, todo el personal de servicio (desde las camareras en microfalda, descocadas aunque algo pasaditas de años y de kilos, hasta los crupieres) llevaba uniformes con alusiones al deporte de los reyes.

En tres grandes mesas redondas, cubiertas de fichas multicolores y de ceniceros en forma de herradura, tenían lugar animadas partidas de naipes. Los jugadores hacían frecuentes comentarios en voz alta pero siempre risueña, sin ninguna brusquedad en el tono. De vez en cuando se oían bromas y carcajadas más o menos estrepitosas, hasta hubo aplausos irónicos para un afortunado que arrastró hacia sí un buen montón de fichas del centro de la mesa. A uno de los costados estaba la ruleta, especialmente concurrida por apostantes y mirones, de la que llegaban con regularidad las voces tradicionales: «Hagan juego… hagan juego… ya no va más.» También allí el clima era más bien familiar, nada tenso ni dramático, aunque con el justo punto de emoción ocasional que realza el sabor adictivo de ese tipo de locales. En el centro de la sala estaba, sin embargo, la principal atracción de la casa: una especie de carrusel donde giraban en perpetua e inútil persecución mutua una hilera de caballitos metálicos. Cada uno de ellos medía no menos de treinta centímetros y estaban realizados con auténtico primor artesano, diferentes en la posición de galope, en la actitud de los jinetes y en los colores de sus chaquetillas pintadas evidentemente a mano. La carrera circular tenía lugar de cinco en cinco minutos, que los clientes aprovechaban para hacer sus apuestas. Después sonaba un alegre carillón y comenzaba la rueda, de medio minuto de duración, muy rápida al principio y que se iba parando poco a poco: el ganador, naturalmente, era el caballo que quedaba más próximo al poste de la meta, coronado por una lucecita roja. Alrededor de ese hipódromo giratorio había varias parejas jóvenes, que animaban a sus favoritos con gritos y gestos o se besaban para celebrar una victoria. Quizá no fuese el juego que convocaba a mayor número de parroquianos, pero sin duda era el más bonito y servía a modo de emblema del local.

Los cuatro recién llegados deambularon un poco de aquí para allá, inspeccionando con atención manifiesta los espacios de juego y de manera más subrepticia al personal que intervenía en cada uno de ellos. Luego se fueron dispersando. El Profesor optó de inmediato por situarse junto a los caballitos, viéndolos girar y soñando con lo estupendo que sería instalar algo parecido en su cuarto de estar. «Si yo tuviese algo así, ya no saldría de casa», se decía, con arrobo. En cambio, el Comandante fue atraído sin resistencia ninguna por la ruleta y a los cinco minutos ya estaba en posesión de un puñado de fichas y apostaba con entusiasmo, sin dejar de silbar entre dientes «Cita en Las Vegas». En cuanto al Príncipe y al Doctor, tras un breve recorrido se quedaron detenidos junto a la mesa de póquer. Allí llevaba la banca y desde luego la voz cantante una señora enteca y hierática, estrictamente revestida con el luto profesional de las viudas más integristas que solamente aliviaba la doble vuelta de un soberbio collar de perlas. Mezclaba, cortaba y repartía los naipes con una infalible precisión que habrían igualado pocos prestidigitadores y muy raros tahúres. El resto de la mesa la consideraba con un respeto temeroso y también con ese punto de resignación con que acatamos el fastidio de que en todo haya superdotados.

—¡Vaya dominio! —le comentó con admiración de entendido el Príncipe al Doctor.

—Reconozca que no ha visto nunca destreza semejante. Doña Pía es realmente única.

Quien acababa de hacer este ditirambo era un tipo rollizo y bajito, cuya calva rosácea parecía el culito casi masticable de un bebé. Por supuesto, el Príncipe mostró inmediatamente su acuerdo.

—En efecto, antes de jugarme los cuartos con esa doña Pía, me lo pensaría mucho. No sólo tiene cara de póquer, sino hasta cuerpo de póquer. ¡Y cómo maneja las cartas!

—Con decirle que la llaman Pía Baraja… —El amistoso compadre lanzó una triunfal carcajada, que sus oyentes acompañaron con una risita tan cortés como escasa—. Oiga, ¿por qué no se vienen ustedes a tomar una copa con nosotros? Parece que mi amigo Gaudy le conoce a usted.

De modo que el Príncipe y el Doctor le siguieron hasta una sala contigua, en cuyas mesitas no se jugaba pero se bebía y se tomaban *snacks*. La más próxima a la puerta, estratégicamente situada de tal modo que permitía vigilar casi en su totalidad el salón principal, estaba ocupada por un barbudo de blanca melena profética y gafas oscuras. Se puso en pie para saludarlos sin que ello aumentara demasiado su estatura porque era un liliputiense, aunque su ancho torso y cabeza patricia no lo revelaban a primera vista. A su lado, incluso el calvo parecía un jugador de baloncesto, lo que no impedía que evidentemente le profesara una indudable veneración.

—Éste es mi amigo Gaudy.

—Encantado, siéntense, por favor. ¿Qué quieren tomar?

Realizadas que fueron las presentaciones y tras haber encargado las copas, el Príncipe tomó la iniciativa.

—Me ha comentado Lucky —tal había resultado ser el nombre de su enlace— que usted me conoce ya.

—¿Eso le ha dicho? ¡Este Lucky…! No, a usted no tengo el gusto de conocerle, aunque le he visto un par de veces de lejos y sé que se llama Samuel Parvi. Pero a quien traté bastante en cambio fue a su padre. Al Rey… —La voz del enano se hizo más opaca, como si se envolviera en terciopelo negro—. He oído que falleció… Es decir, que le mataron.

—Así es. Hace ya tiempo.

—¿Una trampa? ¿Una emboscada?

—Más o menos.

Gaudy suspiró, agitando con pomposo fatalismo su envidiable cabellera. Luego, como quien establece un axioma:

—Sin traición de por medio, no hubiera sido fácil liquidar al Rey.

El Príncipe asintió con un leve movimiento de cabeza. Tras un par de nuevos suspiros, Gaudy prosiguió:

—Y dime, Samuel… Porque puedo tutearte, ¿verdad?

En nombre de la vieja amistad con tu padre me permito llamarte de tú. Pues dime, Samuel: ¿qué te trae por aquí? ¿Eres jugador? Recuerdo que a tu padre no le gustaban los juegos de azar, sólo apostaba a los caballos…

—Me temo que yo soy bastante más ludópata que él. Siempre estoy a la busca de nuevos antros de perdición…

Lucky se frotó las manos gordezuelas con regocijo y metió baza:

—¡Las ganas de perdición son lo último que se pierde…!

Probablemente se consideraba un legítimo heredero de Oscar Wilde. La mirada que le dedicó Gaudy demostraba bien a las claras, en cambio, que no compartía un criterio tan optimista.

—Fue un amigo del hipódromo quien me habló de este sitio: Pat Kinane.

Gaudy sorbió un trago de su whisky y luego alzó los ojos al techo, a la vez reflexivo y pulcramente gozoso.

—¡Ah, el querido Pat! Es buen amigo nuestro. Siempre me ha sorprendido lo articulado y agudo que resulta a veces, a pesar de ser jockey. Bueno, no pretendo menospreciar a nadie, entiéndeme, pero he conocido a bastantes de su gremio y…

—Hoy no le veo por aquí —comentó el Doctor en tono casual.

—No, la verdad es que hace semanas que no viene. Y tampoco asistió a la cena de la Hermandad, el jueves pasado.

—¿La Hermandad? Perdona, Gaudy, pero… ¿a qué Hermandad te refieres?

Aunque pretendieron disimular su interés, tanto el Príncipe como el Doctor se habían inclinado atentos hacia delante. Lo cual desde luego no se le escapó al gnomo, que los miró con los ojos entrecerrados y prolongó su silencio, mientras sonreía.

—Pues… nuestra Hermandad. Por lo que veo vuestro amigo Pat nunca os habló de ella. Muy discreto por su parte, ¿eh, Lucky?

En tono confidencial y reverente, el calvo apostilló:

—Gaudy es el Hermano Mayor.

—Vaya, Lucky, tú en cambio nunca serás acusado de callarte lo que sabes. ¡Hermano Mayor, qué paradoja! Debo de ser el Hermano Mayor más pequeñito del mundo… —Después palmeó la mesa con sus manitas de marioneta, como para despertar a sus oyentes—. ¡Eh, vamos! No pongáis esas caras de intrigados. Con esto de la moda esotérica seguro que estáis pensando que somos una secta satánica o algo parecido. ¡Uhhh, los templarios, la Santa Compaña, los adoradores de Belcebú…!

Aceptó con evidente regodeo las muecas divertidas pero algo embarazadas del Príncipe y el Doctor.

—Me parece que cuando os lo cuente vais a llevaros una decepción. De modo que, a lo mejor, será preferible que no os diga nada más. ¡Son tan bonitos los enigmas y tan tristes las soluciones que los aclaran! —Se rió con malicia aunque sin perder la cordialidad—. Pero no, tranquilos, no voy a pasarme de misterioso. Eso sí, tendréis que dejarme que cuente la cosa a mi manera. También yo tengo derecho a disfrutar un poco… Para empezar, ¿qué sabéis del azar?

Como resultaba evidente que no esperaba ninguna respuesta convincente, el Príncipe se limitó a hacer un amable gesto de sorprendido desconcierto. El orador se esponjó de gusto, dentro de lo que sus limitaciones físicas permitían tales engrandecimientos.

—Primero, un poco de erudición. A ratos me gusta la pedantería... aunque sean ratos cortos, que nadie se asuste. La palabra «azar» viene del árabe. Unos dicen que su origen es el nombre del castillo de Hasart, que allá por el siglo XII se elevaba en algún lugar de Siria, cerca de Alepo. Los castellanos debían de ser gente muy aficionada a juegos y apuestas... Vamos, digo yo, porque en realidad sólo conozco el nombre del lugar. Claro que no faltan quienes suponen que la etimología de la palabra hay que buscarla en otro término arábigo, *al sar*, que significa «el dado». De modo que vale la conjetura de que en el castillo de Hasart se jugaba a los dados y así todos contentos, ¿no?

Salvo Lucky, que parecía estar pasándoselo en grande aunque debía de haber escuchado ya la lección más de una vez, el resto de los contertulios presentaba a esas alturas un aire de cortés resignación. El improvisado conferenciante alzó un dedito admonitorio.

—Pero venga de donde sea la palabra azar, la idea o, si preferís, el concepto que expresa es desde luego mucho más antiguo. Probablemente uno de los más antiguos de la humanidad y sin duda el primero con el que los incrédulos se enfrentaron a la tradicional creencia en los dioses, sus designios y su providencia. Porque hablar de azar, de la casualidad, la suerte, el hado o la fortuna... todo son formas de negar que haya razón o propósito divino, y mucho menos justificación moral, en lo que acaece en nuestras vidas.

—Si no recuerdo mal, también la Fortuna y el Hado fueron dioses... —arguyó el Príncipe.

—¡Vamos, amigo mío! Tampoco habrá olvidado que los impíos revolucionarios jacobinos desalojaron el altar mayor de Notre-Dame de sus hostias y vírgenes para entronizar a la diosa Razón, representada por una actriz ligera de ropa. Para ser eficaces, los comienzos de la lucha contra lo establecido y tradicional deben adoptar formas superficialmente semejantes a lo que combaten. Los humanistas del Renacimiento no paraban de invocar a la diosa Fortuna a fin de hacer menos patente que no sentían devoción por ninguna otra divinidad de las realmente veneradas... ¡salvo por aquella que las desmentía a todas!

El Doctor se sentía evidentemente un poco incómodo envuelto en tanta mitología.

—Pero ¿no era el azar o la suerte una especie de predestinación para los antiguos? Algo así como la causa que invocaban cuando no sabían qué causa invocar. Y creo que hoy sigue funcionando igual para nuestros contemporáneos más supersticiosos...

El Hermano Mayor enano le interrumpió con brusquedad y bastantes malos modos. Era evidente que disfrutaba mucho más dando lecciones magistrales que contestando objeciones.

—¡Ni mucho menos, nada de eso! ¡Como si los grandes maestros del pasado fuesen imbéciles! ¿Acaso era imbécil Lucrecio, para quien sólo la noción de azar acaba con la superstición porque excluye todas las razones fundadoras y cualquier ordenamiento intencional del mal llamado cosmos? ¿O Pascal, que atinadamente consideraba la opaca y ciega casualidad el reverso infernal de Dios? Señor mío, se diría que confunde usted lo radicalmente aleatorio con el horóscopo de las revistas o la buenaventura de las gitanas...

Se había encrespado tanto que se le erizaba la copiosa barba y parecía lanzar chispas, como si estuviese sometida a electricidad estática. De modo que el Príncipe optó por suprimir la polémica y pasó a interesarse mansamente por la doctrina.

—Creo entender por tanto que su Hermandad rinde algún tipo de culto o veneración al azar…

—¡Pues entiende usted muy mal! —Gaudy se mantenía en pie de guerra, aunque se iba tranquilizando poco a poco—. Mire, sigue usted creyendo más o menos que el azar es para nosotros una especie de divinidad, en vez de lo antidivino por excelencia. Fíjese, hombre, y se convencerá: en el azar no hay nada que adorar o que reconocer porque precisamente el azar consiste en negarse a cualquier adoración, a cualquier reconocimiento y sobre todo a cualquier explicación última. ¡No hay razón de nada, todo es sin por qué o porque sí, como prefiera!

Había alzado agudamente la voz casi hasta el chillido, lo que sobresaltó a un viejo camarero y puso en riesgo de derrumbe las copas y la botella que llevaba sobre la bandeja.

—Pero entonces ustedes… Es decir, esa Hermandad…

—No se apresure en sus conclusiones. Hay más. Ya le advertí que debía dejarme contarle las cosas a mi modo. —El irascible liliputiense había vuelto a tratar de usted al hijo de su viejo amigo, por lo visto como consecuencia del distanciamiento producido en la viva discusión. Pero su tono iba haciéndose de nuevo amistosamente familiar—. Mira, la casualidad o el azar son el marco general de cualquier concepción del mundo no supersticiosa. No se trata de ningún dogma que afirme o justifique nada, sino algo parecido a llevarse el dedo a los labios y decir «¡Chiis…!» a la barahúnda cacofónica de los dogmas vigentes. Sin embargo, aunque uno renuncie a la Providencia o a la Sabia Naturaleza que todo lo planea (y que son lo mismo), todavía queda lo más irrefutable, lo que nadie puede negar aunque carezcan de explicación última: los hechos. Esos hechos azarosos que nos construyen o destruyen, que juegan a nuestro favor o en nuestra contra. —Se agitaba en la silla como presa de picores, mientras sus piernas, que no llegaban ni mucho menos al suelo, lanzaban bajo la mesa patadas al aire—. Y de tales hechos nos interesan, ¿qué digo nos interesan?, nos fascinan unos cuantos en especial, aquellas casualidades que nos salvan de improviso o que nos proyectan a la gloria, esas que representan lo mejor que puede pasarnos, sin vulgares moralismos ni interesadas meritocracias, o sea, por decirlo en dos palabras: la denominada *buena suerte*. Ahora se lo puedo decir ya: la nuestra es la Hermandad de la Buena Suerte.

Gaudy marcó un silencio solemne, como si acabara de pronunciar una palabra mágica o de realizar un arriesgado juego de prestidigitación con perfecto resultado. Se le quedó, como siempre que acababa de hablar, una visible perla de saliva en el labio, repetida circunstancia que al Príncipe llevaba desagradándole desde hacía rato. Por decir algo y mostrar aplicación, recapituló:

—Vaya, conque se trata de eso. De modo que ustedes consideran que son especialmente afortunados…

Esa observación volvió a encrespar al diminuto Hermano Mayor.

—¡Claro que no! Entre nosotros hay gente con suerte favorable y otros a los que no les sonríe jamás, como en cualquier colectivo humano. ¿Acaso le parece que yo he tenido buena suerte naciendo con este cuerpo de alfeñique?

—Pues entonces no entiendo...

—Creo que no entiende porque no tiene paciencia para dejarme que le explique las cosas del todo. Nosotros no somos más propicios a la buena suerte que los demás, ni podemos conseguirla ni invocarla en modo alguno. Nos limitamos a celebrarla. La suerte es insobornable y automática: precisamente consiste en el automatismo de un mundo sin por qué. Pero de vez en cuando, todos los días, a cada momento, la buena suerte *ocurre*. Llega sin mirar a quién le toca, de modo perfecta y gloriosamente amoral. Y nosotros celebramos esa aparición cada vez que podemos constatarla. Ciertos pueblos primitivos rendían culto al sol, que sale cada día para iluminar a los santos y a los canallas, a los tristes y a los felices. Pues bien, la buena suerte es como el sol para nosotros. Algo radiante e implacable. Y de vez en cuando se diría que siente predilección por alguien y le distingue con sus visitas más frecuentes. Es sólo una forma de hablar, naturalmente, algo que intenta expresar nuestra limitada perspectiva antropomórfica...

Siguió explayándose sobre el asunto, de manera incontenible. Era evidente que había repetido el sermón mil veces y siempre con el mismo íntimo regusto. La Hermandad carecía de rituales, salvo una cena semanal en la que cada uno de los miembros relataba los casos más deslumbrantes de buena suerte que habían llegado a su conocimiento. Por eso, para buscar material, solían frecuentar lugares en que la suerte se manifiesta de manera más obvia: casinos, paritorios, la Bolsa de valores, competiciones deportivas, cualquier tipo de sorteo...

—Aunque, claro, la buena suerte puede darse en todas las circunstancias de la vida humana. Por ejemplo, hemos estudiado durante meses las incidencias que rodearon los atentados terroristas en Nueva York, Madrid y Londres. ¡Deslumbrante! La gente que el once de septiembre no fue a trabajar a las Torres Gemelas o perdió en el último momento el avión asesino donde ya tenían plaza reservada. Los que el día de autos no pudieron tomar el tren de Atocha como hacían cada mañana porque estaban con gripe o llegaron a la estación de Russell Square en el metro anterior al que fue dinamitado... ¡los elegidos de la buena suerte!

El Doctor, que llevaba un rato removiéndose inquieto en su asiento, creyó llegado el momento de formular su objeción:

—Pero todo eso son meras casualidades, ni más ni menos. No indican nada ni creo que haya en ellas nada que celebrar. En todos esos casos, la buena suerte de unos fue malísima para los demás, por decirlo con su propio lenguaje...

El Hermano Mayor le miró casi con conmiseración, sin irritarse siquiera.

—Usted lo llama casualidad y sin duda lo es, pero se trata de una casualidad buena, favorable, salvadora. Ya sabemos que la mayoría de los azares, empezando por nuestra propia venida al mundo, son aciagos y letales. Pero de vez en cuando brilla con luz propia uno redentor y glorioso, como un diamante medio enterrado en un montón de estiércol. A nosotros sólo nos interesa ése y nos regocija saber que está ahí, a pesar de todos los pesares, y que volverá a manifestarse cuando menos lo esperemos, una y otra vez...

—En cualquier caso no me parece posible hablar de «elegidos» de la buena suerte, porque el salvado hoy puede ser destruido mañana por otra casualidad.

—Desde luego, somos conscientes de ello. Empecé por decirles que hablar de «elegidos» era una forma antropológica de expresión, en el fondo inadecuada. Pero aun así puede constatarse que hay personas en las que la buena suerte parece complacerse especialmente, mucho más de lo que les corresponde por simple estadística... —Alzó otra vez la manita, reclamando especial atención, y luego señaló disimuladamente a un hombre alto y elegante de mediana edad que en ese momento cruzaba con paso decidido el salón rumbo a la mesa de la ruleta—. ¿Ven a ese caballero? No sé cuál es su nombre real, nosotros en la Hermandad le llamamos Narciso Bello, ya saben, como ese primo tan afortunado del Pato Donald. Pues bien, ese tipo es un caso extraordinario de buena suerte, al menos en lo tocante al juego. No creo equivocarme si les digo que gana siempre, y yo mismo, en los últimos tres meses, he presenciado cómo saltaba la banca otras tantas veces en este local. En cuanto le ve acercarse a la ruleta, el crupier se pone a transpirar...

Miró al Príncipe con provocación maliciosa e hizo un gesto de invitación como cediéndole el paso.

—Adelante, si no me crees puedes comprobar personalmente lo que afirmo. Te apuesto lo que quieras a que Narciso Bello gana también esta noche. Y créeme si te aseguro que para hacer esta predicción no confío en la buena suerte (a mí nunca me acompaña, soy igualmente desdichado en el juego y en el amor), sino que tan sólo acepto lo que sencilla pero inapelablemente me ha enseñado la experiencia.

El Príncipe le devolvió la mirada y luego se encogió de hombros. Durante un segundo, brilló en los ojos azules la chispa del reto que se acepta, el fulgor del desafío.

—Muy bien, después de todo aún no he hecho ni una sola apuesta en toda la noche. Ya es hora de empezar. ¿Te parecen bien tres de los grandes? —Ante la adquiescencia muda del Hermano Mayor, se volvió hacia la ruleta e hizo un leve gesto con la mano. Aunque el Comandante estaba en apariencia plenamente concentrado en las incidencias del juego, en realidad no quitaba ojo a la mesa de su jefe. De modo que en un momento estaba junto a él, escuchando lo que el Príncipe quiso susurrarle al oído. Después asintió y regresó de nuevo al tapete de juego. Con una leve sonrisa, su patrón se reintegró también como si nada a la charla con Gaudy—. Bueno, ya está. *Alea iacta est,* como dijo el gran aventurero… un precursor de vuestra Hermandad. Mi amigo nos referirá puntualmente lo que ocurra en la ruleta: puedes estar tranquilo porque en estas misiones su objetividad es total. Y ahora perdona pero hay algo que me resulta chocante. Si quisieras…

—¡Adelante, adelante! Estaré encantado de aclararte cualquier duda… —De pronto relajado tras ver su apuesta aceptada, el Hermano Mayor era todo mieles y obsequiosidad. Pero seguía con la asquerosa gotita de saliva pegada al labio inferior.

—Pues, francamente, no acaba de encajarme Pat Kinane en todo esto. Me asombra que se haya interesado por cuestiones tan… metafísicas.

—¿Interesarse? Di más bien que se apasionó en cuerpo y alma. En la última de nuestras cenas a la que asistió, hace dos o tres semanas, intervino contando el caso de un jockey elegido por la buena suerte y fue un auténtico éxito. Comprobamos que tiene esa facilidad céltica para narrar leyendas. En el fondo, todos los irlandeses son más o menos poetas... ¡hasta los jockeis! Lucky, ¿cómo era la historia de ese jinete que nos contó Pat? Seguro que no la has olvidado.

El interpelado dijo que, en efecto, la recordaba muy bien y que tendría mucho gusto en repetirla cuando volviera del excusado.

—Ahora debo ir a hacer algo que nadie puede hacer por mí —aclaró innecesariamente y también innecesariamente pimpante.

Gaudy le miró alejarse y suspiró.

—Como habrás notado, mi amigo Lucky es un imbécil aunque él crea que es humorista y hasta poeta. Pero Lucky no tiene nada de irlandés, pobrecillo... Sin embargo, su memoria es realmente asombrosa. Comprende poco pero nunca olvida nada, ni importante ni trivial. Yo lo utilizo como si fuera mi agenda y no me falla jamás. ¿No has advertido que los tontos suelen tener muy buena memoria? Debe de ser un mecanismo de compensación natural... En cualquier caso, la desgracia es que no saben qué hacer con todo lo que recuerdan.

En cuanto volvió a sentarse a la mesa, Lucky empezó su narración, es decir, la transcripción memorizada de la de Kinane. Resultaba patente que repetía no sólo datos sino giros y expresiones que había escuchado al otro. Hasta los gestos de sus manos gordezuelas y el tono de su voz parecían ajenos, impregnados de una elocuencia que no le pertenecía. Aunque nunca le había tratado personalmente, el Príncipe estaba seguro de que Pat Kinane hablaba precisamente así.

—El jinete se llamaba Johnny Longden y era inglés aunque desempeñó su oficio en Estados Unidos. Realmente uno de los mejores, comparable a Eddy Arcaro o Bill Shoemaker. Su mayor momento de gloria fue cuando ganó la triple corona americana con *Count Fleet,* en 1943, pero anotó muchos otros triunfos importantes en su palmarés. Montó durante cuarenta años y se retiró en 1966, cuando ya tenía casi sesenta. Había logrado un total de seis mil y pico victorias, lo que le consiguió un puesto en el Hall of Fame del museo hípico de Churchill Downs. Después se dedicó a entrenar, también con éxito: veintiséis años después de haber ganado el Derby de Kentucky como jockey volvió a ganarlo como preparador con *Majestic Prince.* Nadie ha repetido la hazaña. Por eso la pista de hierba del hipódromo de Santa Anita, en California, lleva su nombre. —De vez en cuando Lucky cerraba los ojos para atrapar el dato que se le escapaba y construía sin fallos las frases, pedantemente, como si las leyera frente a él en una pantalla, escritas por otra mano más culta que la suya—. Pues bien, siempre se dijo que, aparte de sus indudables habilidades profesionales, Johnny Longden gozaba de una suerte realmente asombrosa. Envidiable, desde luego. Y no sólo en los hipódromos. Su buena fortuna llegó a convertirse en una especie de leyenda...

Lucky hizo una pausa para beber un trago, mientras constataba muy orondo la atención mantenida que había suscitado.

—Su primer y más famoso golpe de buena suerte data de cuando tenía cinco añitos. La familia decidió trasladarse a Estados Unidos y tomaron plaza para la travesía en el *Titanic.* Pero a la hora de embarcar en el barco fatídico, el niño se perdió por el puerto y no hubo manera de encontrarle, a pesar de los esfuerzos desesperados de sus parientes. Apareció justo después de que fuera definitivamente retirada la pasarela, cuando el transatlántico ya zarpaba. A partir de ahí se multiplican los incidentes afortunados. Como entiendo muy poco de carreras, me cuesta repetir los que Kinane nos contó pormenorizadamente, pero entre ellos se incluían lluvias providenciales que ablandaban la pista cuando él montaba un caballo que la prefería así, retiradas de última hora de sus adversarios más peligrosos y hasta una caída en plena recta final del jinete que le disputaba el triunfo. En otra ocasión fue él quien estuvo a punto de caer bajo las patas de los caballos, cuando luchaba entre otros varios durante un final apretado: providencialmente, el jinete que estaba a su derecha le sostuvo por un brazo y el que iba a su izquierda por el otro, permitiéndole equilibrarse de nuevo en la silla. Longden les agradeció brevemente el favor, volvió a empujar a su montura y ganó por medio cuerpo la carrera. También recuerdo ahora otra anécdota que me resultó divertida. En cierta ocasión se encontraba examinando un potro de un año que le interesaba en una subasta y cuando bajó la vista para leer sus datos en el catálogo el animal coceó violentamente con las dos patas traseras y le voló el sombrero de la cabeza. Si no llega a inclinarse tan providencialmente, le machaca el cráneo. ¿Qué les parece? Je, je.

En ese preciso instante se produjo una pequeña marejada. Entre murmullos o francos parabienes, el denominado Narciso Bello cruzaba la sala principal con las manos llenas de fichas de todos los tamaños y colores, rumbo a la caja. Al entrar en el ángulo de visión de

Gaudy le lanzó una mirada irónica y le hizo una breve inclinación de saludo, a la que el liliputiense respondió con una florida zalema. Y al momento siguiente llegó a la mesa el Comandante, para rendir su informe. Estaba tan congestionadamente confuso que había olvidado por un momento todo su abundante repertorio musical. Quiso hablarle al oído al Príncipe, pero éste le ordenó que lo hiciera en voz alta para todos los contertulios.

—Ese tipo, joder, un auténtico prodigio. ¡Zas, zas, y gana sin parar! Apuesta de golpe, casi ni mira dónde pone las fichas, cada vez más… rojo, negro, falta, pasa… catapún… y se lo lleva todo… ¡paf! —La onomatopeya era la figura retórica favorita, quizá demasiado favorita, del Comandante—. Al comienzo, no se le notaba nada especial. Pss… perdía unas veces y ganaba otras, tanteando, como todo el mundo. Pero de pronto empezó a ganar. Y a ganar. ¡Y a ganar, uf! Ya no volvió a perder ni una sola puta apuesta. Si sigue un poco más, yo creo que los despluma. Hasta los obliga a cerrar el local. ¡Así, en un pispás! Pero ha preferido retirarse con los beneficios y marcharse poniendo cara de bueno. Les ha perdonado la vida, seguro… ¡Será jodido el cabrón!

Sin decir palabra, el Príncipe sacó un puñado de billetes de la cartera y se los entregó al Hermano Mayor, que los recibió con gratitud reverencialmente burlona. Después comentó, al desgaire:

—Supongo que el señor Narciso Bello será miembro destacado de su Hermandad…

—Pues no, te equivocas de nuevo —dijo Gaudy mientras se embolsaba las ganancias—. En una ocasión intenté reclutarle y le hice oír el discursito que vosotros ya conocéis, pero se rió en mis narices. «¿Buena suerte?», decía entre carcajadas un poco excesivas. «¡Pero qué buena suerte ni qué…!» No hubo manera.

—Seguro que tiene un método, un sistema científico de juego —estableció a media voz el Doctor.

—¿Usted cree? —El Hermano Mayor hizo con la garganta unos ruiditos escépticos—. Me extrañaría muchísimo. La mitad de la gente que está en torno a esa mesa no hace más que observarle, anotar todas sus apuestas y tratar de descubrir el secreto de su éxito. Y hasta el momento, nada de nada. Me parece más fácil resignarse a los caprichos de la suerte…

El Príncipe asintió vigorosamente, suscitando el escándalo del Doctor.

—En esta ocasión debo decir que comparto tu criterio, aunque lo irracional me resulta muy poco atractivo…

A continuación, se puso en pie y tras una cortés despedida marchó hacia la puerta, seguido del Doctor, el Comandante y el obsequioso Lucky, que correteaba junto a ellos balando melifluo: «¿Ya se van? Pero ¡por qué se van ya, si ahora es cuando esto se pone bien! Nada, que se van, ¿eh? Los acompaño, los acompaño…»

Y así lo hizo, hasta la misma puerta. Allí detuvo al Príncipe tirándole de la manga.

—Por lo visto lleva tiempo sin echarle el ojo encima a Pat, ¿verdad?

El Príncipe asintió, sin responder.

—¿Por qué no va una noche de éstas al Elixir de Amor? Allí canta toda la semana Siempreviva. Cosas de ópera, ya sabe. Tiene una voz estupenda. Resulta que Siempreviva es también miembro de nuestra Hermandad y muy, muy amiga de Pat Kinane. Algo podrá decirle sobre su paradero… ¡Con Dios, con Dios! ¡Que la suerte los acompañe! —Y celebró en solitario su rasgo de ingenio.

El Profesor se alejó con esfuerzo y pena del carrusel de los caballos. Sus giros despertaron ese lado bobalicón, infantiloide, que era su deleite y su vergüenza. No podía remediarlo. Había estado toda la noche efectuando apuestas mínimas en el juego, pero sobre todo viendo girar la rueda de la fortuna e imaginando los grandes premios internacionales que allí podrían estar representados de manera alegórica. Para él, cada uno de los muñequitos hípicos que hacían la ronda una y otra vez ya tenía su personalidad, con habilidades y caprichos propios. Alguno de ellos —en particular uno de chaquetilla negra y gorra roja— se ganaba una atención y casi un afecto especiales. Al Profesor le tenía hechizado ver cómo unas veces, incluso varias veces seguidas, ocupaba su predilecto la primera plaza, para ser último después. Claro que en esa contienda cíclica el último no era más que un candidato a primero que se pasaba de listo... «Como en la vida —se decía—, como en todo lo demás. Siempre dando vueltas pero sin perder el entusiasmo. Y de vez en cuando, nos pasamos.»

8

EL CUERVO BLANCO
(contado por el Doctor)

El hombre que tiene la suerte a su favor es más
raro que un cuervo blanco.

JUVENAL, *Sátiras*

Que no, Lucía, que no tienes derecho a hacerme ningún reproche, ni siquiera a mirarme con desaprobación, como si yo pudiese decirte una cosa por otra. Sabes que ése nunca fue mi estilo, ni antes de... ni tampoco ahora, faltaría más. Si te digo que sólo tomé un whisky y medio es porque eso fue lo que bebí, ni más ni meros. Y no fumé ni un mísero cigarrillo, mucho menos un puro. Hace bastantes meses que no compro puros ni acepto los que me ofrecen, a pesar de que ya sabes cuánto me gustan. En lo que toca al aícohol, me resulta aún más fácil moderarme, porque nunca he sido demasiado aficionado: me molestan todas las formas de delirio, incluso ese delirio portátil que es la embriaguez. De modo que queda dicho y te pido muy seriamente que no te pongas escéptica sólo para hacerme rabiar, que ya nos conocemos: bebí poco, no fumé nada. Y punto.

¡Ah, que me estoy volviendo virtuoso! Ya veo la guasa que te traes... ¡anda, menuda eres, nunca voy a conseguir que me tomes en serio! A ver, ¿cuándo he sido yo vicioso, es decir, vicioso de verdad, vicioso *grave*? ¡No, eso no era ningún vicio y mucho menos entre marido y mujer! Lo que pasa es que tú habías corrido muy poco mundo cuando… cuando aún estabas en el mundo, corazón mío. Y todo te escandalizaba en ese terreno, aunque tuvieras una manga mucho más ancha que yo en casi todo lo demás. La mentira, por ejemplo. Nunca he conocido a nadie que mintiese con mayor aplomo que tú, y mentiras bien gordas. «Sin mentiras no se puede vivir o se vive mucho peor», me decías, tan tranquila. Y cuando yo te confesaba que la mentira siempre me ha dado no sólo asco sino también miedo, que sólo he recurrido a ella en las ocasiones de mayor apremio, como quien toma un asqueroso purgante o se hace estallar un grano lleno de pus con las uñas para acabar de una vez con el absceso… entonces me tomabas gentilmente el pelo. «¡Ay, mi científico, mi sabio riguroso e insobornable siempre en busca de la verdad! ¡Pobrecito, lo que le espera!» ¿Habrase visto impertinencia semejante? Y ahora cuánto la echo de menos…

Pues no, so lista: ni la virtud ni la moralina tienen nada que ver con lo morigerado de mis hábitos. Aunque te lo tomes a broma, se trata de ciencia, pura ciencia y simple lógica aplicada, nada más. ¡Venga, ya te puedes reír todo lo que te apetezca! En estas cuestiones higiénicas tengo una teoría básica, que paso a explicarte aunque te tapes los oídos para no escucharme o la boca para no romper en carcajadas. Cuando me empeño en algo, ya me conoces. Pues bien, la cosa va así: yo creo que hasta los treinta años, más o menos, los humanos somos capaces de vivir a nuestro aire porque la naturaleza cuida de nosotros. El niño puede saltar, trepar o meterse en agua helada para experimentar qué se siente, el adolescente y el joven pueden comer basura, emborracharse, tomar todo tipo de sustancias nocivas, bailar hasta la extenuación en cuchitriles mal ventilados o pasarse las noches sin dormir: da igual, la naturaleza nos tiene a su cargo, repara los daños, minimiza los riesgos. Por supuesto, de vez en cuando ocurren accidentes, un niño se electrocuta al meter los dedos en el enchufe o un veinteañero se estrella yendo en moto a demasiada velocidad y borracho, pero son acontecimientos aislados, comparativamente raros en vista de la seriedad y frecuencia de los peligros asumidos.

A partir de los treinta el panorama comienza a cambiar, la naturaleza nos atiende con mayor desgana y racanería: como una de esas pólizas baratas de seguros que cubren pocas eventualidades y sólo mientras no desborden una cifra módica de gastos para la empresa. Pero de los cuarenta en adelante, la madrastra Natura nos abandona por completo y se muestra indiferente a nuestras cuitas. Ya no cuenta con nosotros para nada y si nosotros contamos con ella para algo vamos listos. Según refieren los que han llegado hasta viejos a pesar de todo, de los sesenta para arriba —es decir, para *abajo*— la naturaleza se vuelve francamente hostil y nos persigue con todo tipo de trampas o dolencias, disparando sus cañones para abatirnos como el videojugador que trata por todos los medios de liquidar a los invasores marcianos. Ni nos cuida ya ni le resultamos indiferentes, sino que para sus planes estamos de sobra. Somos una pieza a cobrar, una alimaña superflua. Y colorín, colorado...

De modo que yo estoy ahora en la fase de la autoprotección, lo que los médicos latinos llamaban la *cura sui*. No cometo excesos porque sé que cada uno de ellos es un pagaré contra mi propio y cada vez más escaso capital, no contra los fondos inexhaustos de la naturaleza. Como puedes ver, la virtud no interviene en esto para nada. Querida mía, lo cierto es que no abandonamos los vicios por virtud, sino porque ya no podemos costeárnoslos con la salud que nos queda. No somos nosotros quienes dejamos el vicio, sino que es el vicio quien nos deja en paz, aburrido de tantos melindres. De modo que bebo poquito y prácticamente no fumo jamás. La naturaleza ni me mira y yo sólo la miro con el mayor de los recelos. No te preocupes, que si sigo así conseguiré vivir muchos años. Lo que soy incapaz de decirte es para qué quiero seguir viviendo más años sin ti. Sólo se me ocurre una explicación, que no es desde luego natural ni del todo sobrenatural. Mientras yo viva, tú también seguirás estando en este mundo como presencia *protagonista*. Con mi muerte, moriremos del todo y para siempre ambos, nos perderemos en la nada como si no hubiésemos existido jamás, como si nuestro amor no hubiera sido, cuando en realidad fue tanto, tanto… Igual que antes luché para que no murieses, ahora intento evitar la muerte yo, por lo mismo: para que sigamos juntos. Otra razón no tengo para este largo penar, ni otro apego.

Que sí, que tienes razón: venga, ya dejo de quejarme y de hablar de cosas tristes. Vamos a lo que importa. El caso es que esa noche salí de Al Trote Largo sobrio como un juez. Tampoco creo que ninguno de los otros tres compañeros hubiese bebido mucho, aunque el Comandante se empeñaba en mascullar la sintonía de «Noche de copas». Recorrimos de nuevo el callejón y nos despedimos al llegar al bulevar principal. El Príncipe nos convocó a un consejo de guerra a la mañana siguiente, pero sin necesidad de madrugar, ya hacia mediodía. Y luego cada cual se fue a su guarida. Es decir, todos menos yo. Porque resulta que yo tenía mis propios planes y en cuanto se perdieron de vista volví sobre mis pasos y regresé al local que acabábamos de abandonar. No entré, sino que me aposté a favor de la oscuridad en el quicio de un portal situado enfrente. Y allí comencé mi acecho. ¿A que no te imaginas lo que me había propuesto? Nada, frío, frío, no aciertas.

Estaba esperando a que saliera Narciso Bello, ni más ni menos. El gran triunfador debía de estar gastándose parte de sus ganancias en el bar, hacia donde yo le había visto dirigirse cuando salíamos. Pero antes o después volvería a casa, no era cuestión más que de tener paciencia. Alguna vez tendría que acabar de celebrar su «buena suerte»... ¡La buena suerte! ¡Menuda gilipollez! Todo el discursito del enano me había parecido auténtica basura. La verdad, me extrañó que una persona inteligente como el Príncipe —porque listo lo es como él solo, de eso no cabe duda— le hubiera escuchado con tanta reverencia y poniendo cara de que estaba aprendiendo cosas de mucho interés. Si se tratase del Profesor, vale, porque a ése cualquier cosa que suene a fantástico y medio espiritualista le atrae como la mierda a las moscas. Pero el Príncipe ya es más raro que se tragara tantos cuentos. Claro que quizá fingía, puede que sólo fuese un truco para sonsacarle... Porque lo que es a mí, te aseguro que me parece evidente que todo eso del azar, la suerte, la casualidad, el hado y no sé qué más son sencillamente palabrería para revestir nuestra ignorancia de las causas que operan en el mundo. Lucía, ya sabes cómo pienso yo en esas cuestiones: en cuanto ocurre, sea dentro o fuera de nosotros, no manda más que la necesidad. Todo lo que pasa es necesario que pase, aunque a veces nos sorprenda porque ignoremos las múltiples e irresistibles causas que han coincidido para producirlo. Pero la necesidad no le gusta a la gente y siempre tienen que procurarse algún embeleco verbal para añadir pur-

purina a la monotonía gris de lo real. Unos se inventan dioses, otros creen en los astros y bastantes se esconden tras nombres aparentemente más neutros pero en el fondo tan supersticiosos como los demás: ¡el azar! Y hasta fundan con otros ilusos una Hermandad para «celebrar» la buena suerte, lo mismo que quienes forman una cofradía para cantarle a la Virgen de los Desamparados. Puaf, me revuelven el estómago. ¡Y qué contentos están de haberse conocido y de tener un mágico secreto que lo explique todo sin explicar nada de nada! Detesto por igual las intuiciones, las visiones y todas las revelaciones: me bastan la lógica, el cálculo y la humildad de admitir sencillamente que hay muchas cosas que no sé... pero que tienen que ser tan necesaria y rigurosamente causadas como las que sí sé.

Entonces... ¿qué pasa con don Narciso, el elegido de la buena suerte? Vamos, no te hagas la boba ni quieras tratarme a mí como si fuera lerdo. Sabes perfectamente que sus extraordinarias ganancias no pueden deberse a caprichos del azar sino a algo difícil de concebir pero no sobrenatural: un sistema de juego, un método bien calculado para derrotar la inercia de la ruleta. Lo sé, lo sé: son miles los que han intentado alcanzarlo, aunque siempre en vano. Es algo de lo que se habla con anhelo pero que nadie conquista y que por tanto sólo los descerebrados siguen empeñados en buscar, como el Santo Grial o la Piedra Filosofal. Sin embargo... Aunque el Profesor cree que lo he olvidado o no lo conozco bien, tengo muy presente a Sherlock Holmes. Recuerdo especialmente el axioma básico de su sistema deductivo: cuando todas las explicaciones verosímiles han sido descartadas por demostrarse imposibles, lo que queda, por extraño o chocante que parezca, debe ser la solución verdadera. Bueno, algo así, ya me entiendes. El caso es que ese imperturbable afortunado sin lugar a dudas tiene que haber encontrado un mecanismo para forzar la aparentemente caprichosa suerte, una fórmula combinatoria cuyo resultado inexorable y necesario es saltar la banca. ¿Difícil de creer? Puede que sí, pero todo lo demás es imposible de creer. O mejor dicho, no hay nada que creer en ello, es humo, mero vacío.

De modo que me instalé entre las sombras, a la espera de que el así llamado Narciso Bello abandonase el escenario de sus triunfos. Mi esbozado propósito era simple, quizá en demasía. Pensaba abordarle y hablarle con la mayor franqueza que me estaba permitida. Me presentaría como una especie de científico o de académico, un estudioso de lo lúdico y de sus formas, cualquier chorrada semejante que pareciese tan convincente como moderna, es decir lo uno por lo otro. No le pediría que me revelase su método —¡atención, esto es muy importante!— porque yo no soy jugador ni pretendo hacerme rico por la vía rápida arruinando a los casinos. Ya tengo resuelto el problema de ganarme la vida, lo único que quiero solventar ahora es la cuestión de en qué invertirla. Pero eso desde luego no me lo va a facilitar él…

No, la petición que iba a hacerle, con más o menos rodeos, era mucho más sencilla: le rogaría que me confirmase si efectivamente lo suyo es un método, un sistema, una combinatoria y no mera casualidad favorable. No pretendo saber lo que hace —iba a decirle—, sino sólo comprobar que *hace* algo, que cumple un esquema previo deliberado y científicamente exacto. De ese modo lo que a primera vista, para los ilusos y descerebrados, parecía una convalidación de factores irracionales se demostraría a fin de cuentas un testimonio más a favor de la razón, el único instrumento que descubre los engranajes según los cuales funciona el mundo. Por supuesto, le daría la seguridad de que nada de lo que me dijese, por genérico e inconcreto que fuera, se haría público sin su autorización: yo no busco el renombre, ni quiero nada para mí —le aseguraré—, sólo aspiro a la íntima satisfacción de ver derrotada de nuevo la superstición idealista, aunque todo quedase a fin de cuentas entre él y yo. En último caso, si no quería hablar para no comprometerse o descubrirse, me bastaba con que afirmase o negase con la cabeza cuando yo le formulara la pregunta crucial.

Esperé y esperé, pasaba el tiempo y se me hacía largo, tenía cada vez más sueño. Pero ya sabes cómo soy, no pertenezco al inconstante pelotón de los que cejan. Por fin mi hombre salió del antro: no había error posible porque permaneció durante un largo momento encuadrado por la luz de la puerta abierta, mientras con un gesto tópico y para mi gusto bastante repugnante introducía un billete doblado, una propina, por el escote ancho y blando de una moza liberal que le había acompañado hasta la salida, sin duda con la esperanza de lograr algún trato posterior más remunerativo. Después la puerta se cerró y volvió la oscuridad, pero como mis ojos estaban ya bastante acostumbrados a ella le vi trastabillar e incluso le oí maldecir un par de veces con voz pastosa. Resultaba evidente que estaba bastante borracho. Una circunstancia imprevista pero afortunada, porque esa turbia condición podría facilitar mis planes. Mi experiencia me ha enseñado que todos los que sienten primero la irresistible necesidad de beber no tardarán mucho en experimentar la no menos irresistible necesidad de hablar. De modo que me dispuse a salir de las sombras y acercarme a él, quizá para ofrecerle un último trago mientras fingía estar yo también un poco demasiado alegre.

Pero algo me detuvo. La puerta del garito había vuelto a abrirse y una segunda figura, para mí desconocida, marchaba ahora en pos de Narciso Bello. Podía tratarse de una simple coincidencia, claro está. Quizá el otro parroquiano se retiraba también hacia su casa y no tenía más remedio que recorrer ese mismo trayecto, al menos hasta salir del oscuro callejón. Y sin embargo algo en su actitud, su forma de *vigilar* la silueta tambaleante que le precedía (y que de vez en cuando apoyaba la mano en la pared, para recobrar el equilibrio) me convencieron de manera intuitiva, maldita intuición, de que iba siguiéndole. Era sin duda una presunción inquietante: Narciso Bello debía de llevar encima una cantidad nada desdeñable en efectivo, por mucho que se hubiera gastado en copas. Además tenía una bien ganada reputación de que nunca salía del salón de juego con los bolsillos vacíos. Cualquiera de los que asistieron a su velada triunfal y le vieron luego beber en exceso podía haber concebido la esperanza delictiva de que no iba a ser muy difícil dejarle sin blanca. Un crimen menor, después de todo, porque ya volvería a ganar otra vez la próxima semana… ¡con la buena suerte que tenía!

De acuerdo, Lucía, admito que a veces me gusta especular y en seguida monto una teoría a partir de unos cuantos datos. Pero no vas a negarme que mi historieta conjetural sonaba perfectamente verosímil, incluso muy probable. Casi inevitable, en este mundo poco fiable y nada honrado en que vivimos. De modo que, con el mayor sigilo y procurando no desmarcarme nunca de la penumbra, me lancé en pos de las dos figuras que desfilaban delante.

Te confieso que no tenía la menor idea de lo que iba a hacer a continuación. Por supuesto, no era cosa de intervenir antes de tiempo a partir de meras sospechas y arriesgándome a quedar en ridículo. Pero si en el momento oportuno podía echarle una mano salvadora al elegido de la fortuna, quizá el agradecimiento que sin duda debería ganarme así facilitaría la charla con él y propiciaría sus confidencias.

Nuestra procesión callada y furtiva prosiguió a todo lo largo del callejón y luego por la avenida principal. Primero el tambaleante Narciso Bello, ahora más bien Narciso Rico... aunque en vías de dejar de serlo, si yo no intervenía a tiempo. Después su codicioso perseguidor, de cuyas protervas intenciones —tan explicables, por otra parte— cada vez estaba yo más convencido. Y luego tu devoto adorador, ignorado por los otros dos y por tanto convencido de que dominaba la situación. ¡Qué fácil es hacerse engañosas ilusiones sobre uno mismo y sobre casi todo lo demás! Aunque el bulevar estaba a esa hora muy poco frecuentado, aún pasaban de vez en cuando parejas tardías y algunos coches, por lo que no resultaba probable que de momento el atracador potencial intentase nada hasta alcanzar una zona menos poblada. Además, no parecía tener ninguna prisa y apenas acortaba la distancia que le separaba de su víctima. Por su parte ésta, aunque su paso fuese cualquier cosa menos seguro, de ningún modo daba la impresión de deambular al azar —tampoco en su trayectoria el azar tenía nada que ver—, sino que resultaba evidente que conocía su camino y sabía, por mucho que le enturbiasen el caletre las brumas del alcohol, adónde diablos iba. Yo me mantenía a distancia, incluso un poco más a distancia que antes, porque en esta calle mejor iluminada resultaba más difícil pasar desapercibido y por nada del mundo quería despertar las sospechas de mi sospechoso. Procuraba ahogar mis pasos, aunque oí perfectamente los de mis predecesores, incluso algún breve chapoteo cuando uno de ellos pisaba uno de los charcos de la reciente lluvia, que brillaban alquitranados bajo la luz de las farolas.

Y de pronto, como si se lo hubiera tragado la tierra, Narciso Bello desapareció de mi vista. Reconozco que debía de estar yo algo más sugestionado de lo que creía por todo lo que contaban de él, ya que en un primer momento casi pensé… pues no, no sé bien lo que pensé y no voy a darte el gusto de comunicarte alguna de las confusas tonterías que me pasaron por el ánimo en ese instante. Pero me alegra poder decirte que duraron segundos y en seguida toda alusión mágica quedó descartada. El señor Bello no había echado a volar ni fue arrebatado por un carro de fuego providencial, sino que sencillamente acababa de meterse en una boca de aparcamiento, sin duda en busca de su vehículo previsoramente guardado algunos niveles más abajo. La reacción de su perseguidor —ahora ya no cabía duda alguna de que lo era— no se hizo esperar, porque aceleró de inmediato el paso con la inequívoca pretensión de seguirle en su descenso. Y yo casi eché a correr tras ellos dos, pero inmediatamente, asustado por el estruendo de mi presuroso pataleo, volví a recuperar a tiempo una marcha algo más rápida aunque menos escandalosa.

Cuando llegué a la entrada del aparcamiento y empecé a descender por la escalera, ni uno ni otro estaban ya a la vista, como es lógico. Sin embargo me pareció oír sus pasos a lo lejos o, mejor dicho, a lo hondo. Comencé a bajar con determinación, sin preocuparme ya de que se advirtiera o no mi presencia. Y de pronto llegó hasta mí lo que había temido o quizá esperado escuchar: el ruido ahogado de una pelea, golpes, un conato de carrera y después un grito, un solo grito, de dolor y también en parte de sorpresa. Salté los escalones de dos en dos con tal apresuramiento que en una de las revueltas tropecé con fuerza en la plataforma y creí haberme torcido un tobillo. Abrí la puerta del primer nivel pero no era allí, no era allí. Bajo mis pies sonaba una especie de sordo gemido continuo y después un gruñido ronco, corrosivo, lleno de desprecio. Al abrir la puerta del segundo nivel fui derribado por un empujón brutal, que me hizo caer al suelo y de paso perder las gafas, uno de mis muchos puntos débiles. De inmediato un revoleo de piernas pasó sobre mí y alguien, sin duda el asaltante, emprendió a toda velocidad el ascenso por la escalera. Ni soñé con perseguirle. La persona que me interesaba estaba en el aparcamiento y probablemente menesterosa de ayuda. De modo que recuperé mis gafas, afortunadamente incólumes, y me precipité en su busca.

Yacía en el suelo, a medias recostado contra una columna, apretándose el vientre con las manos, que se le iban empapando de sangre. No hacían falta muchos más conocimientos médicos de los pocos que yo tengo para comprender que el navajazo había sido tremendo y que el pronóstico de la herida no podía ser peor. Lo que agravaba aún más la situación es que con una herida en el abdomen se puede durar mucho, nada de esperar un desenlace rápido y piadoso. Tenía para largo: una promesa de tortura, si un analgésico potente no llegaba a tiempo. Me acuclillé junto a él y no sé por qué le puse la mano en la frente sudorosa, como se hace para calmar a un niño enfermo.

—Tranquilo, amigo, aguante un poco. Voy a pedir ayuda ahora mismo.

Pero allí dentro mi móvil no tenía cobertura, de modo que tuve que correr hasta la puerta y salir al hueco de la escalera. Desde allí sí se podía hablar. Llamé a la policía, expliqué brevemente lo ocurrido y solicité que vinieran con una ambulancia. Tuve ocasión de exasperarme primero con la reticencia plácida del funcionario y luego con su meticulosidad al recabar mis datos, la dirección del aparcamiento, etc. Por fin pude volver junto al herido. Le encontré no ya blanco sino ceniciento, empapado en sudor helado y con los ojos cerrados. La sangre iba formando un charco en el suelo, que tuve buen cuidado de no pisar. De nuevo me agaché junto a él, le interpelé suavemente. Se quejaba en voz baja, como si refunfuñase, pero después abrió los ojos y me miró.

—¿Cómo se encuentra?

—¿A usted qué le parece? ¡Fatal, coño! ¡De puta pena! Y ese hijo de la gran puta se ha llevado mi cartera, con todo... con lo de esta noche.

—Ya he avisado a la policía. Traerán una ambulancia. En seguida estarán aquí.

Cerró otra vez los ojos, respiró con fuerza, después hizo una mueca de dolor. Volvió a mirarme.

—A usted le he visto yo. Estaba con los de la Hermandad, ¿no? ¡Menudos imbéciles!

—En efecto, en efecto, lo mismo pienso yo. Los he conocido esta misma noche, pero me han causado una pobre impresión. Muy pobre. Están obsesionados con usted...

—¿Ah, sí? ¡Vaya, hombre! Ya lo sabía. Hasta me han puesto un mote ridículo... —Farfulló tacos y gimió un poco.

—Creen que todo lo que gana usted a la ruleta se debe a que es un hijo predilecto de la buena suerte o algo así. No saben lo de su método, claro.

—¿Mi método? ¿De qué coño habla usted?

—Me refiero al método de juego que utiliza, a su sistema, a la combinación que ha encontrado para desbancar al casino. Ya sé que no tiene nada que ver con la suerte, que es algo puramente científico, un cálculo. Pero me pregunto…

Volvió los ojos hacia el techo y empezó a sonreír. A sonreír irónicamente. Luego habló y la boca le apestaba aún a alcohol y a otra cosa todavía más agria. A muerto.

—De modo que es eso, ¿eh? Quiere usted conocer mi sistema, mi gran secreto. Pretende usted forrarse a mi costa. Es típico de todos los buenos samaritanos que he conocido…

—¡No, me está usted malinterpretando! Yo no juego, el juego, las apuestas, todo eso no me interesa… Soy un racionalista, nada más. Me interesa la ciencia, el conocimiento. Lo único que quisiera es que usted me confirmase que tiene un método de juego gracias al que infaliblemente gana, sin que la suerte tenga nada que ver en el asunto.

—Ah, usted es un sabio desinteresado. Eso está muy bien —soltó una risotada que acabó en un dramático golpe de tos—, pero que muy bien. No se preocupe, voy a revelarle lo que quiere saber. Sí, carajo, sí, con todo detalle. Me da igual que lo utilice para forrarse o no, nunca he temido a la competencia. Además, no sé por qué tengo la impresión de que voy a tardar mucho en ver otra ruleta… ¡como no las haya en el jodido infierno!

Se rió un poco más, entre estertores, mientras yo atendía cuanto salía de su boca como si a mí también se me escapase por momentos la vida. Por fin se puso serio.

—Mire, amigo, la verdad es que tiene usted razón pero a la vez está profundamente equivocado. No, no pretendo confundirle, aunque me temo que le voy a decepcionar. Sí, en efecto, tengo un método, un sistema infalible para ganar. No lo he aprendido por cálculo sino por experiencia. Y aquí viene lo peor, lo peor para usted y para su racionalismo, porque mi método genial no tiene nada que ver con la ciencia, sino con la suerte…

Se ahogaba y tuvo que parar para tomar aliento. Arriba, en la calle, empezaban a oírse las sirenas de la policía. No pude contenerme:

—¡Siga, por favor, rápido!

—Paciencia, coño, sin atosigar, que el que me estoy muriendo soy yo. A usted todavía le queda mucho por delante. Verá… Mi método tiene que ver con la suerte, pero no con la buena suerte a la que adoran esos gilipollas de la Hermandad. Tiene usted mucha razón, la buena suerte no existe, es un engañabobos. ¡Ah, pero la mala suerte sí que existe! Es real, muy real: palpable, evidente, salta a la vista. Cuando llego a la mesa de la ruleta, juego un poco al tuntún, mientras observo a los demás apostantes y compruebo cómo les va. Muy pronto localizo al que tiene mala suerte. A veces es uno solo, otras un par de ellos, pero siempre se les nota. Para eso tengo un auténtico sexto sentido. Los huelo, como a la rata que se pudre en un desagüe. Se los nota condenados a perder, apuesten lo que apuesten. Lo demás es muy sencillo: en cuanto los tengo bien localizados, juego contra él o contra ellos el resto de la noche. Negro contra rojo, pares contra impares… Es infalible, gano siempre. No tengo más secreto que ése…

Con el habitual derroche de decibelios, un coche de policía seguido por una ambulancia llegó por la rampa. Frenaron imperiosamente para dar paso a unos camilleros, un sanitario y un par de policías. Me incorporé y me aparté un poco, con el fin de dejarlos trabajar en paz. Puse cara contrita y solícita de buen ciudadano que acaba de cumplir con su sagrado deber. Todavía estaba aturdido por lo que acababa de contarme el supuesto Narciso Bello. Un sanitario le tomó el pulso, examinó la herida y luego movió la cabeza con preocupación. Los camilleros dispusieron las parihuelas y le acomodaron con cierta brusquedad sobre ellas, mientras los policías se me acercaban, cuaderno de notas en mano. Se los veía moderadamente recelosos, pero yo no tenía nada que ocultar. Comencé a dar mis datos y a contar una versión abreviada, pero exacta en lo fundamental, de lo que había ocurrido. Pero fui inesperadamente interrumpido por el sanitario que acompañaba al herido:

—¡Oiga, usted, señor! Parece que este hombre quiere decirle algo…

Los dos policías se acercaron un poco más a mí, como temiendo que echase a correr. Quizá llegaba por fin la acusación de mi víctima… Me incliné sobre la camilla y el galán de la buena suerte, o si prefieres el adversario de la mala, me cogió el brazo con fuerza. Casi me hacía daño. Tenía los ojos cerrados y habló sin abrirlos, pero otra vez con la sonrisilla irónica a flor de labios, ahora ya más crispada.

—¡Qué raro es todo, eh! ¿Verdad que todo es rarísimo?

9

TEMPRANO PERO YA IMPOSIBLE

Entrenar un caballo, como criar un niño, consiste realmente en enseñarle a hacerse responsable.

J. SMILEY, *Un año en las carreras*

De madrugada, el entrenador Wallace volvió a orinar sangre. La habitual urgencia que le hacía levantarse para ir al retrete en torno a las tres de la mañana —la hora en que acaban las agonías y empiezan los catarros— había dejado de ser una leve incomodidad, luego compensada por la recuperación de la cama tibia, y se había convertido en una acuciante pesadilla: ¿volverá a pasarme hoy? Y volvía a pasarle, una y otra vez. No sentía entonces ningún dolor (eso venía en otros momentos, como una puñalada en el bajo vientre), ni siquiera el mínimo escozor en el miembro sensible, pero el débil chorro se teñía poco a poco de rojo, cada vez más oscuro, como en aquella fuente que había cerca de la casa donde transcurrió su infancia cuyo surtidor cambiaba por la noche de color mediante un juego de luces. Dentro de la taza del water quedaba después una vaga huella oscura, semejante al rastro del espectro en la foto tomada durante una sesión de espiritismo. Una historia de fantasmas, algo de eso había. Pero ¿qué historia humana no es un cuento de fantasmas?

Lo peor de todo era que, al volver a la cama, Wallace ya no podía recobrar el sueño. Desvelarse es fácil cuando uno tiene que abandonar transitoriamente el lecho a las tres o a las cuatro y sabe que por motivos laborales deberá levantarse definitivamente como muy tarde a las seis. Pero el entrenador estaba sometido a esa disciplina desde hacía más de treinta años y siempre se las había arreglado bastante bien para no perder nunca del todo el hilo de su descanso. Ahora ya no: tras la micción siniestra, contaminada, le resultaba imposible volver a dormirse. El horror de nuevo confirmado giraba con renovada furia en su cerebro como un ventilador atroz que no dispensara aire sino angustia. No es que le agobiara demasiado la inminencia de la muerte, la daba por descontada. Miraba desde hacía tiempo a las personas y las cosas con los ojos de la despedida, como alguien que irremediablemente se marcha: es decir, gracias a su enfermedad había alcanzado en buena parte la actitud del sabio. Pero no del todo. Aún mantenía un vínculo afectivo y por tanto doloroso con el mundo: *Espíritu Gentil* y la Copa, la gran carrera.

Era el caballo, ese caballo y el reto que tenía por delante, lo que le empujaba a pensar una y otra vez no en su destino fatal, sino en la cuestión del plazo. La Copa habría de disputarse dentro de poco más de un mes. Y los médicos eran imprecisos acerca de cuánto le quedaba de vida. Movían serenamente la cabeza, señalaban que en esas cosas nunca se sabe, que suelen darse tanto las gratas sorpresas como los dolorosos desengaños. El más enérgico de todos, con un tono de resolución viril (a Wallace le recordó a esos valientes que se meten en el mar sin juguetear en la orilla ni rociarse previamente de agua para irse acostumbrando a la temperatura), se atrevió a decirle: unos tres meses. Al paciente le pareció de inmediato una exageración o, casi peor, una bravuconada. Más valdrá reducir ese plazo a la mitad y esperemos que aun así no resulte optimista, pensó Wallace. Y se repetía: ¡qué pronto se hace tarde!, ¡qué pronto se hace tarde! Sin duda la consideración sobre nuestra vida más obvia e inevitable de todas.

Pero, ante la inmensidad absoluta y disolvente de la muerte, ¿qué importancia puede tener que un caballo gane o pierda una carrera? Precisamente si algo bueno debemos reconocerle a la cercanía de la muerte es que le dispensa a uno de preocuparse por esas minucias. Sin embargo, también es cierto que resulta más fácil renunciar a la vida que a nuestras verdaderas aficiones. Se cuenta de un monarca inglés que estaba moribundo el mismo día que su caballo disputaba el Derby. El potro venció y un edecán acudió junto al lecho del agonizante, que ya había cerrado los ojos y parecía en coma. De todas formas, el fiel servidor murmuró a fondo perdido la buena noticia al oído de su señor. Sin abrir los ojos, el rey suspiró: «Me siento sumamente complacido.» Fueron sus últimas palabras... A fin de cuentas, puesto que nos sabemos mortales desde que tenemos uso de razón (enseñarnos nuestra finitud es la primera función racional), no está claro por qué deberíamos alegrarnos o entristecernos más de las peripecias del mundo cinco años que cinco minutos antes de morir. Pero quizá la culpa de esta zozobra exagerada la tenga que íntimamente también nos sabemos y experimentamos inmortales, hasta que estamos muertos.

¿Cuántos caballos había entrenado Wallace a lo largo de su vida? Sin duda muy cerca de los trescientos, calculando por lo bajo. Y como es lógico los había visto ganar o perder miles de veces. Algunos le habían decepcionado y otros le habían proporcionado inesperadas satisfacciones. En cualquier caso, casi nunca había llegado a sentir verdadero apego por ninguno de ellos. Permanecía escéptico aunque agradecido ante las victorias, lamentaba con fría objetividad las derrotas (¡lo peor era explicárselas al congestionado propietario!) y se centraba sencillamente en esperar la siguiente carrera. Y así fue siempre, hasta que apareció en su establo *Espíritu Gentil*. No se trataba sólo de que fuese un buen caballo, un gran caballo, el mejor sin duda que había entrenado jamás. Desde el primer día en que lo tuvo delante, antes de que hubiera participado en ninguna carrera, incluso antes de verlo galopar con torpeza casi pueril por primera vez, el animal le hizo sentir algo distinto y nuevo. «Me estremeció —se decía Wallace a sí mismo, un poco avergonzado de tan insólito énfasis—. Ese jodido bicho me hizo estremecer por dentro, me llegó al alma.» Era algo así como descubrir en un niño que juega en el parque con los demás una aura de majestad casi divina y comprobar luego, con la variable experiencia del tiempo revelador, que ese infante desciende irrefutablemente de reyes y merece una corona. Por eso los triunfos en la pista de *Espíritu Gentil* fueron para su entrenador mucho más que un éxito profesional: una especie de arrobo, la vocación de su vida legitimada. Y su inesperada derrota le hizo sufrir de un modo desmesurado, ridículo, impropio de alguien tan veterano como él.

No es que el caballo fuese simpático en su trato diario, ni mucho menos. Todo lo contrario, era rebelde y traicionero hasta el salvajismo. Que se lo preguntasen si no al mozo de cuadra que el año pasado perdió el meñique de su mano derecha por un feroz mordisco mientras trataba de colocarle la brida. Cuando menos podía esperarse lanzaba coces y dentelladas, perseguía a sus cuidadores hasta arrinconarlos en la cuadra, se negaba a colaborar durante los entrenamientos, tenía a todo el mundo atemorizado y de vez en cuando en su mirada furiosamente altiva se veía que disfrutaba con ello. Una mala bestia, sin duda. Con todos, menos con Wallace. No es que le mostrase afecto, eso nunca, pero lo aceptaba como a un igual y en ningún momento se permitió el mínimo movimiento hostil contra él. Le consentía acercarse, palparle las patas musculosas y el lustroso flanco, incluso inspeccionarle la boca. Al final de cada jornada de ejercicio, Wallace le calzaba una especie de botas cerradas llenas de hielo para descongestionarle las extremidades. Luego, se las friccionaba con alcohol y se las vendaba cuidadosamente para el descanso nocturno. Y a veces, a la caída de la tarde, en el box lleno de fragante paja fresca recién cambiada, permanecían ambos en silenciosa y reverente compañía, esperando la llegada del sueño. *Espíritu Gentil* se relajaba, olvidando poco a poco las pesadillas e intemperancias del día. Y Wallace, callado e inmóvil, como ausente, se quedaba allí junto a él, contemplándole vivir, hasta que definitivamente se cumplía el amplio aterrizaje de la noche.

Por supuesto, el entrenamiento del díscolo alazán no resultó precisamente fácil. Puso a prueba casi hasta la extenuación la paciencia oriental de Yukio Osabe, el jinete encargado desde hacía muchos años de los galopes matutinos. El comportamiento de *Espíritu Gentil* oscilaba entre dos extremos: o bien parecía no querer saber nada del ejercicio y trotaba ramplonamente, como si todavía estuviese medio dormido, o se despendolaba por completo lanzándose a tumba abierta, para agotar lo mejor de su energía en unos cuantos cientos de metros. En ambos casos, no quedaba más remedio que tomarse un descanso y luego volver a empezar de nuevo. O dejarlo para el día siguiente.

Pero gradualmente *Espíritu Gentil* se fue acostumbrando a cumplir con bastante profesionalidad por las mañanas y dejó de darle a Osabe constantes quebraderos de cabeza, aunque de vez en cuando recaía puntualmente en sus caprichos de primera hora. Tampoco fue sencillo encontrar un jinete que se entendiera con el temperamental campeón cuando le tocó ir a los hipódromos. A dos años debutó perdiendo por un cuello en un compromiso modesto tras no querer emplearse en la mayor parte del recorrido y luego sus primeras victorias fueron conseguidas por pura superioridad aplastante, aunque durante cada prueba hizo todas las arbitrariedades imaginarias para intentar perder. Varios jinetes se turnaron en sus lomos y todos se bajaron proclamando que era un fuera de serie, mientras se prometían en voz baja no volver a montarlo jamás.

Por fin llegó Pat Kinane. El irlandés aparentemente se limitaba a subirse al caballo y quedarse lo más quieto posible allí hasta después de haber cruzado la meta. Pero mandaba y era obedecido, aunque de esa dialéctica sin aspavientos sólo tuvieran constancia el caballo y él. Porque el más rebelde de los rebeldes, el Espartaco menos dispuesto a rendirse, también acata la autoridad de algún emperador secreto cuyo dominio —incontestable y fraterno— sólo él conoce. Y Kinane sabía pronunciar con leves movimientos de las muñecas o cierto apretón de las rodillas la palabra mágica que no se dice en vano, al menos en el caso de *Espíritu Gentil*. Llegaron las mejores victorias y sobre todo dos Derbies fabulosos —el de Epsom y el del Curragh—, que ningún testigo hubiera querido perderse ni aceptaría resignarse a olvidar. Wallace atesoraba la memoria de esa época como una especie de vida dentro de la vida, algo juntamente irreal y más auténtico que cualquier realismo rutinario. A cualquier hora se sorprendía tarareando y diciéndose: «¡Vale la pena, vale la pena!»

Todo parecía ir bien en esa trayectoria triunfal hasta que ocurrió lo más trivial y lo más inoportuno. Una infracción de gravedad mediana determinó que los comisarios del hipódromo (que nunca le mostraron demasiado aprecio, correspondiendo al evidente menosprecio espontáneamente altanero del interesado) pusieran a pie durante tres semanas a Kinane. Y se daba la circunstancia de que dentro de esas semanas en que no podía montar iba a tener lugar la Gran Copa. De modo que el Dueño requirió los servicios de uno de los más célebres y sobre todo de los más caros jinetes de Estados Unidos para pilotar a *Espíritu Gentil*. Bien: para decirlo en pocas palabras, el sustituto no logró hacerse con la autoridad tranquila del jinete aplazado. Durante la Copa, *Espíritu Gentil* no corrió mal ni tampoco bien sino sólo como le dio la realísima gana. Finalmente tuvo que contentarse con la tercera plaza, después de luchar más tiempo con el acalorado yanqui que con sus adversarios y haber derrochado mayores energías en la pista para perder que las invertidas en todos sus triunfos anteriores. O sea, un desastre.

Y ahora, con la Copa a un mes escaso, no había noti-

141

cias de Kinane. Quizá apareciese a tiempo, pero quizá no. Dijera lo que dijese el Dueño —que sin duda tendría la última palabra, malhaya sea—, Wallace debía ir preparando por si acaso una alternativa. Desde luego, el primer descartado era el americano que tanto cobró por lucirse tan poco el año anterior: «¡Cualquiera menos el texano! ¡El texano, ni hablar!», gruñía Wallace lleno de un resentimiento quizá algo injusto. Mientras se afeitaba esa mañana, el entrenador volvía a darle una y mil veces vueltas al asunto. Luego se palmeó la cara con una loción ligeramente perfumada y se peinó cuidadosamente sus escasos cabellos, como si no fuese a calarse la gorra dentro de pocos minutos. Wallace siempre se presentaba impecable a los entrenamientos: no porque tuviesen lugar a las seis de la mañana se consentía el mínimo desaliño en la indumentaria ni en su cuidado personal. Siempre exigió el mismo perfeccionismo a toda la gente que empleaba, sobre todo en la presentación y puesta a punto de los caballos que sacaba a la pista. «Todo guarda relación: quien es abandonado para una cosa, pronto lo será para las demás», tal era su principio más querido y repetido. Desde que le diagnosticaron la enfermedad había multiplicado aún más esta vigilancia de su aspecto, consciente de los estragos que descarnaban su rostro y embotaban su ánimo. Ni siquiera moribundo quería parecer un borracho que regresa de farra o un pordiosero.

La mañana era muy fresquita, aunque a esas horas casi todas lo parecen. Por fortuna Wallace no tenía que hacer cada día un desplazamiento demasiado largo, porque el Dueño poseía —¡naturalmente!— su propia pista de entrenamiento a menos de un kilómetro de sus establos y a poco más de la casa de Wallace. A pequeña escala (aunque no tan pequeña, dado que medía ochocientos metros de cuerda, más que algunos hipódromos provincianos) se reproducían allí artificialmente las ondulaciones de la recta de Newmarket, la famosa curva Tattenham de Epsom con su traicionero peralte, la llegada cuesta arriba de tal pista y el giro cerrado de tal otra... Una antología de las dificultades o retos que los caballos encontrarían en sus auténticos compromisos. Y que constituía, desde luego, el mejor regalo que podía desear cualquier entrenador para su trabajo. Cuando llegó Wallace a la pista de entrenamiento, junto al vallado esperaban dos vehículos, el Land Rover de sus muchachos y un deportivo (modesto pero deportivo, ¡qué caramba!) que sin duda pertenecía a Johnny Pagal. El joven jinete llevaba puesto ya naturalmente su uniforme laboral para los trabajos mañaneros y a la mirada experta de Wallace no se le escapaba que estaba un poco sorprendido de haber sido convocado al entrenamiento sin tener a la vista ningún compromiso importante. En cuanto vio aparcar el coche de Wallace se fue derecho a saludarle, en parte por la respetuosa cortesía que le caracterizaba —y que tanto agradaba al entrenador— pero también por curiosidad: «¿Qué querrá de mí hoy?»

Wallace saludó telegráficamente a Johnny y de inmediato se dirigió a sus tres auxiliares, que esperaban junto al Land Rover, echándose el aliento en el cuenco de las manos para calentarlas y dando pequeños saltitos a fin de desentumecer las articulaciones. El más reposado, como siempre, Yukio Osabe: y también como siempre que le veía se asombró Wallace de su aspecto invariablemente terso y juvenil, a pesar de que sin duda había rebasado ya con mucho los cincuenta años. A veces el entrenador se había preguntado cómo se las arreglaría cuando tuviese que prescindir de él; ahora, con melancolía prospectiva, se preguntaba qué sería del japonés cuando… en fin, cuando se disolviera por fuerza mayor el contrato que los unía desde tantos años atrás. Los mozos de cuadra le miraron expectantes, aún sin instrucciones para el entrenamiento. Hasta el último momento había tenido dudas acerca de qué haría esa mañana, pero su elección estaba ya tomada y ordenó, conciso: «Traed al cabrón y al gato.» Luego, mientras el Land Rover volvía al establo, se reunió con Johnny.

—Mira, chico, estoy preparando lo de la Copa, ya sabes… En principio cuento contigo para *Nosoygato*, que tendrá que hacer la carrera de cuadra.

El muchacho asintió, conocía ese cometido desde hacía mucho y estaba muy concernido por la responsabilidad que se le iba a encomendar. A pesar de que su tarea consistiría en sacrificarse abriendo camino al campeón, no por ello resultaba menos importante. Quizá la victoria o derrota de *Espíritu Gentil* dependiese del acierto de esa colaboración…Wallace hizo una pausa, le miró a los ojos fugazmente y luego se extasió contemplando hasta la lejanía la pista de entrenamiento, los verdes dorados y grises nebulosos más remotos, como si la viera por primera vez. Dijo, sin volverse:

—Hoy quiero que montes al *Espíritu*. No hemos localizado aún a Pat y, bueno… nunca se sabe. Imagínate que… Pero por si acaso. Yo confío en ti, siempre que hagas lo que te digo.

Nunca, en toda su breve vida deportiva, Johnny Pagal había sufrido conmoción semejante. ¡De modo que tenía una posibilidad, por lejana que fuese, de montar a *Es-*

píritu Gentil... y nada menos que en la Copa! ¡Wallace le consideraba capaz de tanto, a pesar de sus muchos errores y de su manifiesta inexperiencia! Entonces es que realmente había visto *algo* en él... Se le vinieron a la cabeza las tribulaciones de sus comienzos: las peleas con sus padres, siempre económicamente agobiados, que no comprendían por qué se empeñaba en dedicarse a una ocupación tan incierta y carente de cualquier referencia familiar; el largo y feroz período de aprendizaje, solo y enclenque frente a los matones que le llevaban la ventaja de años de experiencia junto a bastantes kilos de más de músculos agresivos; aquella ocasión en la que se cayó de su montura cuando galopaba hacia la salida de la segunda carrera de su vida y se quedó llorando sobre el pasto... No se hizo ilusiones: conocía al caballo (¡y sobre todo a su dueño!) lo suficiente para saber que sus probabilidades de montarlo en la gran carrera eran realmente mínimas, apareciese finalmente o no Pat Kinane. Pero eso era ya lo de menos: lo que realmente importaba era haber descubierto que la persona a la que más respetaba en el mundo también le respetaba un poco a él. «Entonces ya puedo estar seguro: no soy un inútil», se dijo Johnny. Pese a ser aún muy joven, tenía la suficiente experiencia como para considerar seguro que lo que de veras cuenta no es resultar un triunfador sino no ser un inútil, porque lo primero depende de las circunstancias pero lo segundo de nuestra propia fibra.

Seguían esperando la llegada de los caballos cuando vieron acercarse un coche, un suntuoso y casi amedrentador cuatro por cuatro negro. «¡Bendita sea la madre que me...!» El entrenador creyó adivinar de inmediato quién era el visitante. Y no se equivocó. El Dueño en persona bajó del cuatro por cuatro, luciendo una parka verde oscuro que debía de estar recomendada en los más exigentes catálogos de vestuario campestre. En todos los años que llevaba como entrenador de sus caballos, Wallace no recordaba haberle visto en un galope matutino más de un par de veces. Desde luego no le echaba de menos: su humorística teoría, que alguna vez tras unas cuantas copas había confiado a sus más íntimos colegas, era que a los propietarios había que tratarlos como a los cultivos del champiñón, o sea mantenerlos en la oscuridad y cubrirlos siempre que se pudiera de fértil mierda. Por tanto la visita del Dueño sólo podía causarle desasosiego. Inquieto, se preguntó qué podría traerle precisamente esa mañana a la pista de pruebas.

—Buenos días, Wallace. ¡Caramba, hace fresco! No me acostumbraré nunca a estas horas de entrenar… No sé cómo se sentirán los jacos, pero los demás desde luego tenemos sueño. Y frío. ¿Cómo anda usted? Me contaron que estaba algo fastidiado de salud…

«¡Ah, de modo que es por eso por lo que vienes! Quieres comprobar por ti mismo si aún cumplo o si debes darme ya la patada.» Wallace ni por un momento pensó que el interés del propietario por su estado fuese fruto de la simpatía humana o de la simple cordialidad, ni siquiera superficial. Aunque no era hombre aficionado a las letras, hacía tiempo había leído y anotado en un cuaderno la opinión de un viejo escritor inglés: «Para saber lo que Dios piensa del dinero, basta fijarse en a quién se lo da.» Tenía al Dueño por la confirmación más insigne a su alcance de este irrefutable apotegma.

—Pues ya ve, don José, estoy bastante bien, gracias. Ha sido un bache pero parece que vamos saliendo de él.

—Estupendo, me alegro, me alegro mucho. Mejor así, claro. Con la Copa tan cerca todos debemos estar en forma, ¿verdad? Bueno, ahí llegan los caballos. ¿Cómo se plantea el entrenamiento de hoy?

Wallace se lo explicó sobriamente. Johnny Pagal llevaría a *Espíritu Gentil,* tratando de reservarlo todo lo posible. A los mil quinientos metros se les uniría *Nosoygato* con Osabe y harían mil metros más fuertes de verdad, a ver cómo remataba el campeón. El Dueño se quedó pensativo.

—Muy bien. ¿De modo que el chico lleva a *Espíritu,* eh? En fin, seguro que usted sabe lo que hace.

Ya estaban los dos caballos junto a ellos. *Espíritu Gentil* resultaba menos impresionante visto con su sobrio apresto cotidiano que aderezado para el esplendor cuando aparecía en el *paddock* antes de uno de sus compromisos en el hipódromo: de hecho, parecía más pequeño y casi más humilde. Lo mismo que esas estrellas de cine que despiertan pasiones en la pantalla o cuando acuden a las galas con vestido largo pero no llaman la atención a quien se tropieza con ellas haciendo la compra en el supermercado. Sin embargo de vez en cuando el fulgor del día recién estrenado destacaba como por sorpresa la potencia de su juego muscular rotundo y fibroso bajo la piel leonada. A su lado, el siempre fiable *Nosoygato* tenía un aire irremediablemente utilitario. Wallace repitió un par de veces sus instrucciones a los jinetes, con brevedad y precisión. Después ambos partieron por la pista hacia sus respectivos puntos de salida, con ese galope corto llamado en jerga hípica «cánter» como olvidado recuerdo al paso que llevaban los peregrinos de antaño en su camino hacia Canterbury.

Para qué negarlo, Johnny Pagal estaba nervioso. Era la primera vez que ocupaba la montura de aquel caballo con fama de difícil y quería a toda costa demostrarle al entrenador que no se equivocaba confiando en él, aunque fuera para esa tarea aparentemente menor. Además, la inesperada presencia del Dueño —que le había tributado un saludo escueto e inquisitivo— no contribuía precisamente a su tranquilidad. El potentado acababa de comentarle a Wallace que su campeón tenía buen aspecto, mejor dicho: que no lo tenía malo, y el entrenador repuso entre dientes que «Después de todo, lleva un año entero sin correr». Había cierto reproche en el comentario, porque él hubiera querido darle una carrera de preparación antes de la Copa, pero el Dueño lo había prohibido taxativamente. Exigía a toda costa que *Espíritu Gentil* no volviera a la pista más que una vez y sólo una, para vengar su derrota. Después lo retiraría a la placentera existencia de semental, quizá en Estados Unidos o en Japón, desde donde ya le habían hecho multimillonarias ofertas. Curiosa circunstancia: aunque en realidad nada irreversible estaba en juego esa mañana, flotaba en el ambiente el tenso y picante aroma de las grandes ocasiones.

Cuando llegó a su lugar de partida, Johnny dio un par de breves vueltas para serenar a su caballo y después enfiló la pista y le exigió suavemente. Los primeros cien metros *Espíritu Gentil* los hizo con languidez, como si aún le costara olvidar el calorcillo reposado de su cuadra. Pero después la potente máquina se puso en marcha y comenzó a galopar en serio. Fueron unos momentos embriagadores para el joven jinete, que experimentó con todo su cuerpo esa mágica revelación que sólo un verdadero profesional apasionado de su oficio puede realmente calibrar: la emoción de sentirse llevado por un auténtico pu-rasangre de calidad fuera de serie, criado para la veloci-dad y digno del certamen de la gloria. El largo, cada vez más largo tranco de *Espíritu Gentil* tenía una especie de poderío aterciopelado, sin tirones ni altibajos. Su grupa no mostraba el menor sobresalto y el jockey iba sobre la montura como si ocupase el más confortable sillón de su casa. ¿Todo bien, entonces...?

No, no todo marchaba bien. Por el contrario, Johnny Pagal empezó a inquietarse. Porque *Espíritu Gentil* se-guía aumentando más y más su esfuerzo, aunque ya no iba exigido. Estaba llegando al punto máximo de acele-ración... ¡cuando aún faltaban quinientos metros hasta el punto donde debía reunirse con *Nosoygato* y mil más para terminar la prueba! «No son las órdenes, éstas no son las órdenes», repetía a media voz Johnny como si creyera que el caballo pudiera oírle y recapacitar sobre su conducta.

Empezó a tirar de las riendas, delicada y gradual-mente al comienzo (como le habían enseñado), después con más energía y finalmente casi con desesperada vio-lencia. Nada, ni caso: lo único que consiguió fue un lige-ro cabeceo del animal, como si quisiera espantarse una mosca insistente y molesta. Apretó las rodillas, tensó las muñecas, imposible, imposible. Hacía falta mucha más fuerza o quizá otro tipo de maña para frenar el empuje de ese bólido de carne y sangre. El muchacho sintió como si le estuvieran arrancando los brazos de cuajo en alguna sesión de tortura brutal; notaba bajo sus hombros los alfileretazos al rojo vivo producidos por el ácido lác-tico que se acumulaba en los antebrazos. Mientras, los muslos se le iban quedando rígidos y acartonados en el inútil intento de comprimir la exuberancia arrolladora sobre la que cabalgaba. «No puede ser, no me puede pasar, no lo voy a consentir...» También se dio cuenta de que nunca había viajado sobre un caballo a semejante arrolladora velocidad y no pudo evitar una bofetada de exaltación brutal, junto al agobio y la humillación de su evidente descontrol. Tenía lágrimas en los ojos, de rabia y de júbilo.

Vio acercarse vertiginosamente a *Nosoygato*, que esperaba a un lado del trayecto, y de reojo percibió al pasar junto a él cómo se lanzaba en su persecución, furiosamente alentado por Yukio Osabe. El veterano no era ni mucho menos un mal competidor y estaba perfectamente fresco, pero apenas consiguió mantener el paso dos o tres cuerpos detrás del ciclón dorado que arrastraba en su lomo al impotente Johnny. Sin embargo, inevitablemente, el derroche de energía de *Espíritu Gentil* empezaba a hacerse notar: es posible correr más que nadie un rato pero es imposible correr siempre y para siempre más que todos. Era evidente que *Espíritu Gentil* no competía contra *Nosoygato* ni contra ningún otro caballo presente, real, sino contra sí mismo o contra secretos fantasmas del pasado... así como quizá también contra espectros venideros. Johnny notó perfectamente que el furioso corcel viajaba a toda velocidad sin respirar, en la loca apnea del supremo esfuerzo. Pero también se dio cuenta sin necesidad de mirar atrás de que el casi intacto *Nosoygato* estaba ya sobre ellos, ganando palmo a palmo terreno sin cesar. Y entonces decidió que nunca, nunca los alcanzaría mientras estuvieran juntos *Espíritu Gentil* y él. Dejó de intentar retener a su caballo ya exhausto y lo braceó enérgicamente, más rápido, aún más. A su derecha apareció obstinado y pugnaz el morro de *Nosoygato*, que avanzaba por su flanco... pero no pasó de ahí. Cuando cruzaron el poste de llegada, *Espíritu Gentil* —ya sin aliento— conservaba todavía medio cuerpo de ventaja sobre su rival.

En cuanto saltó al suelo, Johnny ofreció entrecortadas excusas al entrenador: «Lo siento, ha sido imposible. No hay quien pueda... no he podido controlarle.» Wallace le quitó importancia al asunto y dijo unas pocas palabras tranquilizadoras, para dejar claro que no estaba irritado con él. Había empezado de nuevo a sentir el dolor, primero insinuante, un leve malestar o desasosiego, pero después cada vez más penetrante: volvía la puñalada. Se apoyó en el cercado de la pista y apretó los dientes. Temió estar poniéndose probablemente muy blanco. «No me puedo desmayar ahora, delante del Dueño.» No delante del Dueño, ni delante de sus muchachos.

—Ese chico, Pagal, monta bien. Va a ser muy bueno —comentó despaciosamente el propietario.

—Uno de los mejores.

—Sí, pero aún no lo es. No puede con mi caballo. Con *ese* caballo. Corriendo tan suelto, el *Espíritu* no ganará nunca a *Invisible* ni tampoco a... ya no recuerdo cómo se llama el otro.

—*Kambises.* —Ninguno de ambos nombres se le olvidarían nunca a Wallace.

—Eso es, los dos bichos del Sultán. Sin el jinete debido volveremos a perder, Wallace. Piénselo bien. No puede ser.

«Si aguanto un poco más, el dolor pasará. Cuando es tan agudo, pasa bastante pronto. Si pudiera tomarme el calmante... Está en la mesilla de noche.» Aún tuvo que intercambiar algunas trivialidades con el Dueño, hasta que don José se decidió a despedirse. Por fin pudo estrecharle la mano —no percibiría que la suya estaba sudorosa, gracias a los guantes— y le vio regresar al coche y alejarse por fin. Ahora podría volver a casa, tomar el analgésico, recostarse en el sofá, cerrar los ojos. A esperar. Un mes todavía, un mes nada más, no era pedir mucho. Por favor, treinta días, un puto y simple mes. Tampoco se le podía pedir más a Johnny. Porque es inútil pedir, suplicar frente a lo irremediable. ¡Qué claro está todo cuando ya no hay nada que hacer!

En el patio de la cuadra, *Espíritu Gentil* agradeció el agua tibia con que le limpiaban el sudor y las fricciones lenitivas de alcohol a lo largo de las patas. Una sensación voluptuosa, sin duda, uno de los placeres de la vida. Luego seguramente le vendarían de nuevo las extremidades y le dejarían solo, para que pudiera estirarse a gusto y tomar su avena. *Espíritu Gentil* recordaba perfectamente la rutina, los caballos tienen muy buena memoria. Por un momento, con leve desazón, echó de menos a Wallace, cuya cercanía le resultaba habitualmente relajante. Puede que viniera luego… El caballo estornudó un par de veces, después defecó en abundancia. Sus grandes ojos oscuros, en ese momento plácido sin asomo alguno de fiereza, miraban por encima de las cabezas de los mozos que le atendían. Otro estornudo. Con la mano derecha dio dos golpecitos impacientes en el suelo. Parecía preguntarse: bueno y ahora… ¿qué me toca?

10

LA COSA EN LA CARBONERA
(contado por el Profesor)

Una cosa viva es conservada y alimentada en secreto en una vieja casona.

H. P. LOVECRAFT, *Libro de apuntes*

¿Estaré soñando también ahora? Por favor, no... He vuelto a Taxco, después de tantos años. Aquí fui entonces realmente feliz, durante una eternidad mucho más larga de lo habitual: un par de gigantescas y cautivadoras semanas. De cabo a rabo felices, sí, señor, al menos vistas en retrospectiva lontananza. Jon se mostraba atento, amable, buen compañero. Le había dado desde que aterrizamos en México la ventolera de complacerme y se entregaba a ella con el mismo entusiasmo que siempre ponía en sus caprichos. Admirado, arrobado, agradecido, no opuse la menor resistencia al insólito destino favorable. Incluso me permití la temeridad de abusar un poco a veces de la buena suerte y mostrarme tímida pero obstinadamente difícil en menudencias. Nada, el dios continuaba de cara y sonreía, obsequioso. Después, por la noche, mientras Jon roncaba y pedorreaba gloriosamente cerca, yo rememoraba con delicia y espanto en la oscuridad mis atrevimientos quisquillosos de la jornada: «¡Te la vas a cargar, verás como al final te la cargas!» Pero no me la cargué y las dos semanas eternas, fugacísimas, transcurrieron en la monotonía insaciable de la dicha. Constituyen ya en mi memoria una cápsula invulnerable de júbilo inmerecido que ningún tormento anterior ni posterior sabrá nunca derogar. Luego me la cargué, *ça va sans dire*, aunque sucedió convenientemente después del aterrizaje de regreso. Pero lo de antes, aquellos días de Cuernavaca y Taxco, no fue un sueño, no, señor, ni ahora tampoco debe de serlo.

Recuerdo perfectamente esta calle, moderadamente en cuesta, con sus tres comercios consecutivos de chucherías en plata mexicana. Fue en el tercero, en el más próximo a la esquina (al final de la cuadra, como dicen aquí) donde compré para Jon y para mí dos anillos iguales, con la serpiente que se muerde la cola, *Ouroboros*, el infinito, Quetzalcóatl, yo qué sé: una de esas baratijas para celebrar el momento de alegría y que años después nos pondrán miserablemente tristes cuando las encontremos sin el brillo feliz de la hora perdida en el fondo de un cajón. Ahora, por lo visto, ya no venden anillos ni broches en esa platería, porque en el escaparate sólo veo tazas, tacitas y tazones, de todos los tamaños, pero siempre refulgentes y metálicas. Da igual, no pienso comprar nada, no tengo a quién ofrecerle regalos. Un poco más allá, en la esquina, sigue el mismo restaurante de entonces, de entrada estrecha y fondo largo, inacabable, agobiado de mesas en su mayoría vacías. En una de ellas tomamos entonces ni se sabe cuántos tequilas, acompañados por sus sangritas respectivas, yo bebía en aquellos tiempos, cuanto más bebía mejor me encontraba, pero antes o después lo estropeaba todo, por beber. O quizá la bebida no tuviese la culpa. Luego, entonces, antaño, ya bien colocados, tomamos pechugas de pollo sumergidas en mole poblano, oscuro y denso, como esos animales prehistóricos atrapados en la ciénaga de brea cerca de Los Ángeles.

Nos gustaron muchísimo, acabamos con churretes de mole por la barbilla y la camisa, con los labios pringados: así nos besamos. Más tarde, por fin en el hotel, tuve que vomitar, supongo que tanto tequila no se lleva bien con el mole. Pero yo seguía contento, como unas pascuas, como no he vuelto a estar.

Ahora paso de largo frente a la puerta oscura del local, de donde sale un grato relente picante y carnoso. Lo que a mí más me gusta, la cocina que excita e indigesta: lo demás es mera nutrición, que también puede hacerse por vía intravenosa. Pero no es aún mi hora de comer, o ya he comido, o no tengo hambre. De modo que doblo a la derecha y subo por la calle que cruza, empinadísima, más propia para la escalada que para el paseo. Hay muchas así en Taxco, aunque creo que ésta es la más vertical de todas. Al cabo de un rato el ascenso se hace tan penoso que debo buscar apoyo y propulsión para seguir subiendo en las rejas de las ventanas, los buzones de correos y algunos árboles escuálidos, inclinados sobre el vértigo de la posible caída. Nada, que me resbalo, me voy hacia abajo, *la degringolade.* Para defenderme avanzo doblado hacia delante, grotescamente, con más de medio cuerpo casi paralelo al suelo como Buster Keaton luchando contra el vendaval en aquella escena famosa. Y subo la cuesta por fin, llego a la cima. Aquí reina la paz, comienzan los arreboles del crepúsculo y encuentro un jardín.

Hay grandes árboles frondosos y arbustos robustos que también me parecen frondosos, yo en cuanto a especies vegetales no conozco más que las frondosas y las otras, las que han perdido —¡pobrecillas!— su frondosidad. También distingo los gladiolos de las palmeras, pero eso ahora no viene al caso. El jardín está recorrido por senderos, que a veces se bifurcan como era de suponer, y yo recorro esos senderos que recorren el jardín. También hay bancos, aunque no son de madera o metálicos sino de cemento, cubiertos con losetas de cerámica que repiten arabescos y figuras felinas o simiescas. Por un instante, por suerte breve como suelen serlo siempre los instantes, especulo sobre la posible influencia de Gaudí en el diseño de las zonas ajardinadas de Taxco. Pero por ahora yo desdeño los bancos, desconfío de ellos, prefiero seguir caminando. Y mientras paseo por el jardín se me ensanchan los pulmones y se me encoge gratamente el alma, porque siento lo lejos que estoy de mi casa, lo difícil o largo que me será volver y que a fin de cuentas nadie me espera allí ni me desea aquí. Delicioso, terrible, deliciosamente terrible… Entonces, a la altura de mis ojos, descubro un pequeño pájaro que salta débilmente de rama en rama. Es precioso, recubierto de un plumón azul brillante que se va volviendo verde esmeralda en el pecho hasta llegar a las patitas rojas. Una joya viviente, cálida y palpitante. Está tan a mi alcance que no puedo resistir la tentación de acariciarle y de sentir en mi propia piel su caricia guateada. Tiendo la mano con cuidado pero no se asusta ni se retira. Al contrario, parece tropezar y enredarse con mis dedos que no le oprimen. Agita un poco las alitas… ¡Qué pájaro tan confiado! No, es inverosímil tanta confianza, debe de estar herido o enfermo. En efecto, resbala entre mis dedos y poco a poco, a trompicones, va cayendo hacia el suelo, rebotando en las ramas. Está moribundo, acabado, *kaputt*. Mientras cae va perdiendo sus hermosos colores y volviéndose primero pardo y luego gris. Al final yace sobre el polvo seco y encogido, patas arriba, color ceniza, empezando a apestar tibiamente. ¡Qué asco, qué pena! Y el asco y la pena me despiertan. Vaya, también esta vez era un sueño. Todo es sueño, para qué engañarnos.

Cuando estoy dormido no puedo evitar el acoso de las pesadillas; pero cuando estoy despierto no puedo evitar el acoso del Comandante, que me telefonea de vez en cuando con propósitos chocantes. Francamente, no sé qué es peor. Por ejemplo hoy, que yo me había tomado como día de descanso y meditación íntima aprovechando que el Príncipe, acompañado por el Doctor, proyectaban pasar la velada en ese local de ópera en directo del que nos habían hablado. La verdad es que me hubiera gustado que me eligiese a mí como acompañante, pero por lo visto evita el mano a mano conmigo. ¡Mano a mano, ay! De modo que me puse la bata y las zapatillas, preparé una deliciosa ensalada con tomate cherry, patata cocida, rúcula, pimiento rojo, aceitunas, atún en aceite de oliva... todo muy sano, admítanlo... pero luego mucho chile jalapeño bien picado y salsa de soja con wasabi. Tenía pensado ponerme el DVD recién comprado de la versión remasterizada (¡y coloreada por el gran Ray Harryhausen!) de *She,* la antigua y clásica, aunque no fuera más que para ver otra vez hacerse el héroe a Randolph Scott. Un programa razonablemente delicioso, en perfecta adecuación a mi edad y condición erótico-familiar (vacíos ambos casilleros). No diré que me sentía feliz, claro, digo tonterías aunque no de ese calibre, pero puedo quizá señalar que me sentía *reconciliado,* eso es, reconciliado con mis limitaciones, con mi frustración, incluso con el brío ajeno del mundo que a la primera de cambio me larga una coz. En cualquier caso, incluso en el peor de los casos, me disponía a disfrutar de tres horas de relax y anestesia. Entonces, precisamente entonces, irremediable e inevitablemente entonces, sonó el teléfono.

Recuerdo que al descolgar lancé una invocación al gran vacío: «¡Dios mío, por favor, que no sea el Comandante!» Era el Comandante. Me anunciaba su llegada en cosa de media hora y me recomendaba proveerme de ropa cómoda, deportiva, «de comando». Ese bárbaro considera normal tener uniformes para comandos colgando entre las mudas y las chaquetas de entretiempo. Oír su vozarrón imperioso me dejó helado: era Atila avisando de su próxima invasión a Roma: «¡Id preparando las vestales, venimos con ganas de violar!» Seguí en bata, obstinado y rebelde, como Catón en Utica. Resistiré, resistiré... actitud meramente de fachada, porque yo sabía que estaba vencido de antemano. Antes de que hubiera tenido tiempo para reunir fuerzas, en un plazo milagrosamente breve, ya estaba llamando a mi puerta. Por lo visto me había telefoneado antes desde la acera de enfrente o desde el mismo portal, porque de otro modo resulta inexplicable.

Claro que, en cuanto hizo su aparición abrumadora, todas las pequeñas explicaciones que pudieran intrigarme sobre aspectos circunstanciales resultaron inmediatamente superfluas. Su apariencia era más hirsuta y ciclópea que nunca, su atuendo (zamarra, pantalones y botas militares, probablemente del ejército de Pancho Villa) especialmente abominable, incluso me pareció que vociferaba y canturreaba más que otras veces. Una pesadilla... ¡qué más quisiera yo! Hasta en las peores pesadillas suelo tener buen gusto. Era, como dicen las vestales a punto de ser violadas, un destino peor que la muerte. En cuanto entró, toda la casa resultó no sólo invadida, ocupada, sino también *contaminada* por su ubicua presencia.

No se le podía comparar con un ejército enemigo, sino con catástrofes de la patología terráquea como la inundación, el incendio o la peste bubónica. Instaló sus reales en un sofá —el mío, en el que yo leo, lloro y veo la tele, mañana tendré que mandarlo al tapicero— y entonó entre dientes algo que quizá fuese la sintonía de «Bien venidos a Sunday Street».

Le comuniqué hoscamente que no podía ofrecerle una copa porque hace tiempo ya que no bebo y por tanto no tengo alcohol en casa. Rió con benevolencia de ogro y me pidió que hiciera café, buen café negro concentrado, litros de café. «La noche va a ser larga, tenemos que estar despejados.» Sentí un escalofrío y corrí a la cocina a cumplir su orden y, de paso, para no verle durante un rato. Precisamente un rato después, ya con abundante café en la mesa, no tuve más remedio que sentarme en una silla cerca de él. De inmediato sacó del bolsillo trasero del pantalón una petaca metálica de buen tamaño y aliñó su taza con una chorreada generosa. Luego agitó la botella ante mí con gesto bobaliconamente tentador y se encogió de hombros como respuesta a mi negativa. Llegaba el momento de las confidencias y los planes, como yo me temía.

—Vamos a ver, Profe. Antes de saber dónde está Pat Kinane, tendríamos que saber por qué ha desaparecido, ¿no te parece? A mí se me hace un paso previo elemental. ¿Qué piensas tú? ¿Por qué puede haber desaparecido ese tipo? ¡Chan, chatachán!

Le miré sin responder, con la expresión imbécil y vacua que se merecía. Mi silencio no le desazonó, sino más bien le produjo incontrolable regocijo.

—Ni idea, ¿eh? Psit, psit... Ya me lo figuraba. Tú

eres... perdona, oye, no quiero ofenderte... pero creo que eres incapaz de pensar nada por ti mismo hasta escuchar lo que opina el Príncipe. ¡Bang! ¡Justo en la diana! ¿A que he acertado?

Seguí mirándole sin contestar, aunque me permití una burlesca y torpe reverencia, como si acatase resignadamente su despliegue de perspicacia. Y prosiguió el monstruo:

—Pues lo que es yo, estoy acostumbrado a pensar por mí mismo. Más de una vez sorprendí al Rey con mis deducciones, que coincidían con las suyas pero sin conocerlas de antemano ni esperarlas. ¡Al Rey, fíjate bien lo que te digo! ¡Él por su lado y yo por el mío, sin embargo los dos al final comiendo del mismo plato! ¡Fuss! Cuidado, no me malinterpretes. Lo que el Rey decía era la Ley y sus profetas para mí. ¡Disciplina! ¡Ar! Soy un guerrero, no un puto posmoderno de ésos. Pero razono, pienso, aquí, aquí... ¡Plas, plas! —Se aporreaba entusiasmado la frente, ojalá se produjese una fractura de cráneo—. Yo le contaba las conclusiones a las que había llegado, con un poco de canguelo, te lo reconozco, porque no sabes cómo miraba el Rey cuando te tenía delante... incluso a mí, su mejor hombre, su mano derecha... el único en quien de veras confiaba. Y tras escucharme se quedaba un rato callado, como pensando. Pensando, eso es. ¡Brum, brum! Casi le oía pensar. Luego sonreía a su modo, así, de medio lado, y gruñía: «Vaya, vaya.» ¿Te das cuenta? «Vaya, vaya.» A veces añadía: «Bien, Fidel. Gracias.» Y luego hacía lo que le daba la gana, claro, pero a menudo yendo a parar no muy lejos de lo señalado por mí. ¿Eh, qué te parece? Como puedes ver, no soy de los que se asustan a la hora de sacarles las tripas a los problemas, sin esperar que otro me alumbre con su candil. Y no lo hago del todo mal, créeme. ¡Bum-bum!

Siguió un rato desvariando dentro de su patético *egotrip*, hasta tal punto que me esperancé con la suposición de que finalmente no quisiera más que vanagloriarse ante un espectador sumiso y acabase marchándose a casa sin mayores disturbios. Demasiado limpio, demasiado fácil. La triste realidad es que acudía a mí lleno de mefíticas teorías pero también de vertiginosos proyectos. Me cubrió con todo ello mostrando implacable determinación, como quien echa una red al mar sobre los peces inermes, despreocupados y sin culpa alguna de que existan las conservas. Intentando abreviar, indagué:

—Entonces, a tu juicio, ¿dónde está nuestro hombre?

—¡Qué juicio ni qué…! Es que no lo pillas, ¿verdad? —Me miró con una combinación bastante humillante de piedad y desprecio—. Yo no sé con seguridad dónde puede estar el pájaro ese. Pero en cambio puedo dejarte claro por qué no está donde debería estar. En dos palabras: porque lo han raptado.

—Son cuatro.

—¿Ugh?

—Que son cuatro palabras, no dos. Y, francamente, no veo razón alguna para que nadie rapte a Kinane.

—¿Cómo que no? ¡Para que no pueda montar a *Espíritu Gentil* en la Gran Copa, naturalmente! ¡No te jode…!

—¿Sólo para impedirle montar a…? Oye, que el secuestro es un delito muy grave.

—El Sultán ha hecho cosas peores. ¿O no?

En ese punto no le faltaba del todo razón. Empate. Además, si quería ser sincero conmigo mismo —¡peligrosísima afición!— debía reconocer que esa explicación truculenta se me había pasado también más de una vez por la cabeza.

—Ya. ¿Y el Príncipe qué dice de tu teoría?

—Nada, porque aún no la conoce. ¡Tararí, que te vi! Lo dicho: tú no eres capaz de pensar más que cuando el jefe dice «¡Ya!». A mí, en cambio, no me asusta la intemperie. Cuando llegaba el momento, le hablaba al Rey en la cara, sin que me temblara la voz: «Jefe, he pensado esto, o lo otro... o lo de más allá.» Y el Rey se ponía serio y luego sonreía un poco: «Vaya, Fidel. Conque has vuelto a pensar...» Ahí tienes. Era el Rey en persona quien me lo decía, no ningún aficionado. ¡Glup!

—Bueno, pues me parece una teoría interesante. Cuando mañana o pasado volvamos a reunirnos todos debemos discutirla despacio. Hay que ir con prudencia, porque de momento no tenemos ningún indicio que confirme tu sospecha...

—Pero es que yo tengo ya algo para empezar. ¿O acaso crees que he venido a verte a estas horas para que me invites a cenar? —Rebullía en su asiento con tales contorsiones que temí por la integridad de mi pobre sillón bajo una mole tan dinámica. Me resigné a escuchar la inexorable condena—. Verás: me han dado un soplo...

—¿Un soplo? ¿Qué tipo de soplo? ¿Quién te ha soplado?

—¡Chitón! ¡Fuentes confidenciales! Tengo mi propia red de contactos... El Rey lo sabía y confiaba en ella sin más averiguaciones. Sólo decía: «A ver, pregunta por ahí...» Con eso bastaba. Me muevo bien en ciertos ambientes... Cuestión de tener la antena desplegada para captar los mensajes debidos.

—De acuerdo. Entonces, ese soplo...

—Ya sabes que el Sultán tiene intereses industriales, entre otros muchos... digamos que menos confesables. Aunque no todo el mundo está enterado, es propietario de una fábrica que hay en las afueras, bastante retirada. Un negocio más bien raro, algo experimental. Yo no entiendo de eso, pero parece que allí se fabrica carbón a partir de residuos orgánicos de todo tipo, restos de animales que ningún matadero utiliza, cosas así. Ya sabes, todo el mundo busca nuevas fuentes de energía para cuando se acaben las que hoy tenemos. ¡Brrr! ¡Yo qué sé! La empresa empezó a lo grande, la fábrica tiene un edificio enorme. Pero luego hubo muchas protestas, polución, malos olores, cosas de ecologistas, puaf. Ahora parece que está medio parada, funciona con un perfil muy bajo, no sé si me explico. Gran parte de las instalaciones ya han sido cerradas. Debe de haber mucho espacio vacío...

—Vaya, lástima, es un desperdicio. Pero aún no entiendo...

—Ahora viene lo bueno. ¡Atención! Mis informadores me han asegurado que allí guardan a alguien encerrado. Una especie de prisionero o algo así. No tienen idea de quién puede ser, pero está allí, en alguna parte del viejo edificio, bien custodiado. O quizá sin mucha vigilancia, sobre eso hay opiniones divergentes. El caso es que allí está el tipo, sin poder marcharse. Y yo sumo dos y dos y resulta que son cuatro. ¿Qué te parece?

—Pues la verdad, no sé... Resulta todo muy vago, ¿no? ¿Qué te propones?

—Lo que te propongo es que vayamos esta noche y echemos una ojeada por allí. ¡Zas! Para salir de dudas.

En cuanto le hube escuchado, supe que nada me libraría de ser arrastrado a tan disparatada expedición. Sin vehemencia, sólo para cubrir el expediente de la cordura maltratada ante mí mismo, desgrané los más obvios reparos a la precipitación del plan improvisado: sería preferible antes de nada informar al Príncipe y planear la incursión con el resto del equipo, era indispensable desde luego explorar previamente los accesos de la fábrica a la luz del día, teníamos que preparar alguna explicación plausible por si nos cogían en flagrante allanamiento de la propiedad ajena, etc. Mientras, con tierna y agónica mirada, me iba despidiendo de las sobrias aunque confortables prestaciones de mi refugio hogareño: la vieja manta arrugada sobre el reposapiés, la bandeja con soportes metálicos gracias a la cual podía cenar en el sillón mientras veía la tele, los tres tomazos en rústica de las obras completas de Van den Borken acompañados por mi cuaderno de apuntes, la fotografía enmarcada de River Phoenix… Como era de esperar, el Comandante arrumbó mis objeciones con la condescendencia comprensiva pero firme de quien le niega un capricho al niño malcriado, aunque procurando no hacerle llorar. El tiempo urgía y sin duda el Príncipe nos agradecería que no estuviéramos ociosos mientras él debía trabajar en otro frente; además, el Comandante en persona ya había inspeccionado previamente la zona en días anteriores (¡no había nacido ayer!), en fin, que nada, que andando, cuanto antes salgamos antes volveremos.

—Venga, ponte algo cómodo y abrigado. No pensarás ir en bata…

Como el uniforme de comando lo tengo en la tintorería desde la guerra de Corea, me puse el chándal y zapatillas de deporte. Mi tirano hizo algunos comentarios desaprobadores sobre la frivolidad del conjunto y allá que nos fuimos. Cerré la puerta de mi apartamento con doble vuelta de llave y triple dolor de corazón. En la calle, aparcado con el mismo aire ufano y prepotente que su dueño había exhibido durante la invasión de mi casa, estaba el vehículo del Comandante: un enorme cuatro por cuatro, pesado como un tanque y del mismo color militar verde oliva, que parecía reclamar a gritos pintura de camuflaje. Trepé hasta el asiento del copiloto con cierto esfuerzo, esos colosos motorizados son tan altos que deberían llevar escalerilla plegable como las carrozas de antaño. El Comandante se entronizó en los mandos y arrancó con la debida viril brusquedad. Como si lo hiciera a propósito para que aumentasen mis agravios contra él, ya innumerables, se puso a rugir con entusiasmo la redundante sintonía de «Vámonos al Paraíso», precisamente aquella serie de la que cierta persona a la que intento olvidar ponía un episodio tras otro en el vídeo durante un atroz fin de semana, hace aún pocos meses.

Pero todo lo que puede empeorar no suele renunciar a hacerlo, es cosa de sobra sabida. Habíamos cruzado ya la zona más céntrica de la ciudad, luego la periferia modesta pero digna y después nos adentramos en suburbios cada vez más degradados. La iluminación urbana escaseaba de manera alarmante y yo empecé a sentirme incómodo. Si no me equivocaba, íbamos a... Con el rabillo del ojo y una mueca irónica, el Comandante seguía el proceso creciente de mi zozobra.

—¿Estás nervioso? ¿Pasa algo?

—No conozco estos andurriales demasiado bien, pero yo diría que vamos hacia Ciénaga Negra.

—Naturalmente. No tenemos más remedio que pasar

por allí. Nuestro objetivo está precisamente un kilómetro y medio más allá de Ciénaga Negra.

—¿Vamos a cruzar Ciénaga Negra a estas horas?

—Hombre, tú dirás. A no ser que quieras que esperemos en el arcén hasta que amanezca...

No me pareció una idea tan disparatada, pero me callé. Ciénaga Negra era un poblado de chabolas y tugurios que había crecido a lo largo de los años al margen de la zona urbana, a despecho de cualquier regulación municipal y sin las mínimas infraestructuras de agua corriente o electricidad. Allí se hacinaba gente llegada de todas partes o, por decirlo con mayor precisión, huida de cualquier sitio. Era la tierra prometida del tráfico de drogas, de la venta de armas, de la prostitución infantil y del resto de los demás negocios de parecida ralea. La mayor parte de los delitos de sangre tenían lugar dentro de sus confines, pero quedaban impunes e incluso ignorados porque la policía rara vez se atrevía a asomarse por la Ciénaga, salvo en ocasionales redadas con fuertes contingentes armados y a plena luz del día. De noche, nadie en su sano juicio se acercaba por allí. Los grandes camiones de transporte de mercancías, tras numerosos asaltos, evitaban el poblado y preferían dar un enorme rodeo hasta llegar a la carretera general para salir de la ciudad. En cambio nosotros nos precipitábamos alegremente a la Ciénaga Negra, en plena oscuridad y con el propósito de atravesarla de parte a parte. Incluso con acompañamiento musical, porque ahora el Comandante silbaba vigorosamente una melopea que tanto podía proceder de «Criaturas de la noche» como de «Sexo en Las Vegas». Si no recuerdo mal, un lema contestatario de finales de los años sesenta del siglo pasado decía: «Que paren el mundo, que quiero bajarme.» Yo hubiera querido exigir que parase el cuatro por cuatro, para poder bajarme y así tener una oportunidad de seguir en el mundo. Pero estaba como hechizado por el vértigo de una situación que empeoraba a cada momento sin remedio. Todo era un despropósito tal que empezaba casi a divertirme o por lo menos había sacudido de mí cualquier sombra de aburrimiento: como dijo John Donne, nadie bosteza en el carro que le lleva al patíbulo.

El alumbrado urbano había desaparecido del todo, pero no faltaban aquí y allá luces ocasionales, incluso letreros de neón que anunciaban garitos de entrada gratuita y salida improbable. Debían de tener generadores de corriente o empalmes ilegales con los postes del tendido eléctrico. También abundaban las hogueras, en torno a las cuales se agitaba una horda irredenta de figuras enrojecidas y gesticulantes. «¿Serán los condenados —me pregunté— o los demonios que los atormentan?» Porque lo peor de todo era que esa caldera infernal estaba llena de gente: se los veía confusamente ir y venir, revolcarse en el suelo o correr agachados hacia quién sabe qué fechorías, mientras nos llegaban débilmente sus gritos, aullidos y hasta cánticos a través de las ventanillas herméticamente cerradas del vehículo. De vez en cuando, nuestros faros iluminaban de pasada escenas descoyuntadas e incomprensibles, pero siempre ominosas. Al menos, a mí me lo parecían.

—¡Venga, Profe, arriba ese ánimo! —vociferaba jubiloso el Comandante—. No irás a decirme que tienes canguelo…

—Si no me lo preguntas, me ahorrarás una confesión vergonzosa.

—Oye, que siempre te he tenido por un tipo bastante bragado aunque seas un poquito… así. Pero seguro que de niño fuiste miedoso, ¿a que sí? No te avergüences, yo mismo, aquí donde me ves, era cobardica a los seis o siete años. Y seguro que no adivinas lo que más miedo me daba.

—La bomba atómica.

—Je, je, no, eso no. Me aterraban las escaleras mecánicas en el metro o en los grandes almacenes. ¡Imagínate! Acababa de llegar del pueblo con mi madre y allí no había nada de eso: ni metro, ni grandes almacenes ni escaleras mecánicas. Mi madre me llevaba con ella a comprar y a cada paso había que subir o bajar (¡bajar era mucho peor!) por una de esas escaleras. Yo no quería montarme en esa cosa traqueteante, estaba seguro de que me tragaría el pie por alguna de sus rendijas. ¡Ñam, ñam! Me quedaba clavado al borde del abismo, llorando a todo llorar, mientras mi pobre madre subía y bajaba cuarenta veces para demostrarme que no había peligro. Pero sí que había peligro. Una vez, después de haberme decidido a viajar arriba y abajo por ellas, pisé mal y me caí de culo. ¡Malditos chismes!

En ese momento aparecieron tres tipos en el foco de luz de los faros, frente a nosotros. Greñudos, atezados, con indumentarias inclasificables y flotantes de mísero salvajismo. Uno de ellos enarbolaba una barra de hierro y otro nos lanzó un cascote, que rebotó en el parabrisas dejando una estría en el grueso vidrio. Saltaban como orangutanes, pero se los veía poco seguros sobre sus pies, debían de estar borrachos o colocados con cualquier otro tóxico. Sin vacilar, profiriendo una especie de grito de guerra, el Comandante pisó el acelerador y se abalanzó sobre ellos a toda marcha como una máquina segadora a través de la futura cosecha. Se apartaron a toda prisa, maldiciendo, y uno rodó por el suelo y se perdió en la cuneta, aunque no creo que nuestra embestida le alcanzase. Algo metálico golpeó de refilón en la trasera del coche, sin mayores consecuencias. Varios espantajos, a uno y otro lado de la calzada, alzaban los brazos y chillaban roncamente aunque ni siquiera sé si lanzaban insultos o vítores.

El Comandante disfrutaba de lo lindo, no había más que verle. Sonreía de modo lobuno y canturreaba entre dientes un himno exterminador que me era desconocido: «¡A por ellos… chimpún, a por ellos… oé, oé!» Luego, pasado momentáneamente el peligro, reanudó la conversación como si nada.

—Bueno, ahora te toca a ti. Ya te he contado mi vergüenza secreta, el pánico que les tuve a las escaleras mecánicas. ¿Qué es lo que te daba miedo a ti cuando eras pequeño?

—A mí me asustaban los perros. —Me puse a hablar a toda prisa y con superflua elocuencia, para calmar mi devastador nerviosismo—. La verdad es que nunca los he podido ni ver. Son histéricos como viejas solteronas o agresivos y fanfarrones. Además, sacan lo peor de las personas que les hacen caso: los convierten en sargentos, ¡échate!, ¡busca!, ¡tráemelo!, ¡a por él!, o les dan ocasión de exhibir una ñoñería que ya no aguantan ni los niños más resignados, ¡cuchi-cuchi!, ¿para quién va a ser este bocadito?, ¡mira qué lacito tan lindo lleva mi chiquitín!, etcétera.

—De acuerdo, les tienes manía. Pero ahora hablamos de miedo…

—Por culpa de los perros pasé el momento de pánico mayor de toda mi vida. Porque espero no padecer otro igual...

—Venga, cuéntame. ¡Aparta, mastuerzo! —Esto último se lo gritó a una especie de beduino sin camello que se interponía en medio de la carretera, haciendo molinetes con los brazos como si estuviera dirigiendo el aparcamiento de un avión.

Y se lo conté, aunque bastante resumido. Ocurrió cuando yo tenía doce años, el último verano que mi padre pasó con nosotros. Luego se largó, con gran alivio de mi madre y desde luego mío. Teníamos un chalet en una urbanización ajardinada y allí nos hacíamos la vida imposible unos a otros. Por última vez, menos mal. Todas las casas de la vecindad tenían perro: los había grandes y pequeños, peludos y lampiños, feroces y otros simplemente escandalosos. En realidad, ruido hacían casi todos. Era imposible disfrutar un solo minuto del día o de la noche sin escuchar ladridos, cerca, lejos, respondiéndose unos a otros hasta enronquecer. A mí me ponían los nervios de punta. Mientras jugaba o leía tebeos, los oía sin cesar: gua, gua. Y también desde la cama, por la noche. No me los podía quitar de la cabeza. Mi padre se burlaba de mí, aseguraba que a los niños «normales» les gustaban los perros. Aprovechaba la ocasión para dirigirme insultos alambicados y pedantes de su cosecha: «Chaval, eres más tonto que Godofredo de Bouillon.» Se reía de mi cara de fastidio y extrañeza al oírlos, le hacía muchísima gracia, al muy cabrón.

Yo salía a pasear todas las tardes en bicicleta por la urbanización, hasta la hora de cenar. Mi rodar iba acompañado de los estúpidos y rutinarios ladridos de los perros y eso me sugirió una idea perversa. Cuando pasaba por el cercado de un jardín con guardián canino especialmente celoso, introducía un palo por los barrotes metálicos o por el seto mientras pedaleaba con todas mis fuerzas, con la finalidad de que el ruido o el revoloteo de hojas le irritase aún más. Los obstinados chuchos se ponían realmente frenéticos. Corrían a todo lo largo de su cercado, ladrando y aullando como posesos, o se arrojaban contra setos y verjas con la boca llena de espuma, enseñándome los dientes que les hubiera encantado clavarme en la garganta. La impotencia de su odio era como un bálsamo que aliviaba el mío, no menos impotente, contra cierta persona. Día tras día, los perros aprendieron a conocerme: me esperaban, gruñían en cuanto escuchaban acercarse la bicicleta, ladraban furiosamente incluso antes de que empezara a hostigarlos con mi palo provocador. Me dio la impresión de que se prevenían unos a otros de mi cercanía con voces de alerta. Notaba el ardor de su furia como una oleada babeante y cruel que casi me hacía perder el equilibrio.

La verdad, empecé a tenerles cada vez más miedo. Pero precisamente porque me asustaban, me obligaba a pasar entre ellos tarde tras tarde, cada vez más de prisa, eso sí, pero sin renunciar a enloquecerlos mientras me burlaba de ellos y los insultaba con voz estridente pero a menudo temblorosa. Cierta tarde me fui hasta más lejos de lo que acostumbraba y se me hizo prácticamente de noche. Regresé a toda prisa, por el camino más corto y renunciando por una vez a molestarlos de la manera habitual. Pero dio igual, sabían que estaba entre ellos, me olían, me notaban y ladraban sordamente a mi paso, de forma ominosa. En la creciente oscuridad sus gruñidos cobraban una presencia especial, como si se dijeran unos a otros: «¡Ahora! ¡Es ahora!» Yo no pensaba ya más que en llegar cuanto antes a mi casa. De pronto, a través de un seto muy deteriorado por anteriores embestidas, se abrió paso con tanto esfuerzo como determinación un gran alsaciano. Saltó al camino y se quedó medio agachado, mirándome malévolamente con las orejas pegadas al cráneo y los dientes fuera. Mi susto fue tal que perdí por un momento el control de la bici, di un bandazo y tuve que echar pie a tierra. Inmediatamente, con un ronco aullido de triunfo, se lanzó a por mí.

Durante un angustioso momento me enredé con los pedales y oscilé a un lado y a otro como borracho, pero luego conseguí enderezar el manillar y pedaleé como nunca en mi vida. Inmediatamente, a mi derecha, aparecieron otros dos perros que habían salido no sé cómo de su jardín. Y luego otro a la izquierda, y otro, y otro más. Los esquivaba lo mejor que podía mientras ellos trataban de asestar dentelladas a las ruedas de la bici. Detrás de mí oía la cacofonía aborrecible y vengativa de toda una jauría lanzada en mi persecución. ¡Quién sabe cuánto tiempo llevaban planeando su ataque y mi castigo! Por fin logré llegar hasta la puerta de mi jardín y salté dentro sin abrirla siquiera, abandonándoles la bici. Corrí hacia la casa y en el porche me detuve un momento y miré hacia atrás, a la horda rabiosa que me asediaba. Ojalá no lo hubiera hecho, porque vi entre las dudosas sombras algo que no se me ha borrado aún de la memoria y que durante décadas ocupó mis pesadillas… hasta que los años las cambiaron por otras aún peores.

—Coño, no me tengas así, dime ya lo que era.

—Detrás de la turba hirviente de canes feroces de todas las razas y tamaños, apelotonados en su furia contra la puerta del jardín, vislumbré la silueta de un enorme dobermann. Pero no avanzaba a lo cuadrúpedo, como los demás, sino que venía de pie sobre sus patas traseras, manoteando con sus otras extremidades como un general que da órdenes a su ejército de sicarios.

—¡Venga, no me lo creo!

—Yo tampoco, pero lo vi. Ésa es mi pesadilla.

Ya habíamos dejado atrás Ciénaga Negra y circulábamos por una cinta estrecha, mal asfaltada y sumamente oscura. El Comandante anunció que estábamos llegando. Para celebrarlo, entonó la sintonía de «Héroes». Yo aún seguía dándole vueltas a la cuestión del miedo. Van den Borken distingue entre el miedo-sobresalto y el miedo-pánico. El primero se nos presenta de improviso, a veces incluso con motivos nimios, y es fácilmente controlable por la reflexión y remediable por la acción; el segundo es un sentimiento más hondo y de mayor alcance, fruto por lo general de la incomprensión de las leyes naturales o de supersticiones atávicas, y sólo puede ser domeñado por un largo y difícil ejercicio racional. Yo también creo que hay dos tipos de miedo, uno que nos asalta y sobresalta, otro que nos aterra y entierra. El primero se presenta a veces y a veces no, hasta puede hacerse muy raro a partir de cierta edad; el segundo, cuando llega, se queda para siempre, o sea hasta el final. Me sentía inspirado y me hubiera gustado perfilar un poco más estas meditaciones, pero mi compañero me señaló con un triunfal cabezazo un edificio ahorrativamente iluminado que acababa de surgir ante nosotros. La dichosa fábrica, destino del viaje insensato.

De entrada, no me pareció tan enorme como me lo

había descrito el Comandante, aunque sí bastante grande, una especie de extenso hangar con un breve piso superior que casi parecía una torreta y cuatro altas chimeneas. Sólo salían espaciadas bocanadas de humo de una de ellas. Todo estaba cercado con una valla metálica de aspecto patibulario y en la entrada principal, cerrada por una barrera levadiza, había una garita de guardia dentro de la que brillaba una luz más bien tenue. El Comandante pasó de largo sin aminorar la velocidad, pero después, un kilómetro más allá, retrocedió lentamente marcha atrás, con los faros apagados. Aparcó en la espalda del edificio, fuera de la vista de la garita.

—Bueno, aquí estamos. Para empezar por lo primero, supongo que llevas tu pistola.

—¡Naturalmente que no! Lo que faltaba, que provocásemos un tiroteo con los guardias.

—Nunca se sabe. Yo, por si acaso, llevo la mía... —De un bolsillo lateral sacó una Uzi, ni más ni menos.

—Pues ya la puedes ir dejando en la guantera. Si no, me quedo en el coche.

—Pero es que sin ella me siento desnudo —refunfuñó.

—Si vas desnudo sólo pueden ponerte una multa por exhibicionista. Pero así evitaremos que en el peor de los casos nos acusen de asalto a mano armada.

Convencerle no me resultó demasiado difícil, quizá en el fondo estaba más cuerdo de lo que parecía. Cuando guardó la artillería, respiré aliviado y le acepté una linterna igual a la suya que me ofreció como premio de consolación, muy mona y no mayor que un bolígrafo. Después nos bajamos del cuatro por cuatro —qué alto era el condenado, caramba— y fuimos hacia la cerca metálica.

Yo marchaba tan decidido que ni me molesté en preguntarle cómo pensaba entrar. Hice bien, porque se dirigió sin vacilar hacia una pequeña puerta trasera, defendida por una cadena y un candado de aspecto imponente. Cuestión de apariencias, porque se abrió milagrosamente en respuesta al primer apretón de su manaza. Ante mi asombro, el Comandante se limitó a murmurar, con un guiño de caricaturesca astucia: «Ya te dije que no he nacido ayer.» Esa precisión biográfica no me aclaró demasiado las cosas, pero lo que cuenta es que entramos sin dificultad.

Cruzamos el patio hacia la mole callada del edificio. Quiero hacer constar que en ningún momento dejé de pensar que todo era una completa chifladura. Apenas sabíamos lo que buscábamos, y en absoluto dónde buscarlo o qué deberíamos hacer si lo encontrábamos. Pero el Comandante parecía tenerlo todo tenebrosamente claro. Se diría que se había pasado la vida entrando y saliendo clandestinamente de esa fábrica a altas horas de la noche, tal fue la prontitud con la que me condujo hasta un ángulo de la fachada. Allí se incrustaba en la parte más baja una especie de trampilla metálica provista de una agarradera y encima, pero al alcance de una persona ágil, una ventana relativamente angosta.

—Atento, Profe, aquí debemos separarnos para ahorrar tiempo. Tú baja por ahí —me señaló la trampilla—, que, si el plano del edificio que tengo no me engaña, da a una especie de carbonera no muy grande y luego a un sótano que sirve de almacén y que acaba en unas escaleras que llevan a la planta superior. Te aconsejo que salgas, después de echar una ojeada, por el mismo sitio que vas a entrar. Por supuesto, considero poco probable que ahí encuentres nada, pero más vale estar seguros. Yo voy a colarme por esa ventana y me encargo de la planta principal.

—Oye, que quede claro. —Intenté jugar al compañero sensato, a fondo perdido—. Sólo se trata de explorar un poco y de enterarnos de si hay gato encerrado. Nada de rescates heroicos ni de operaciones de comando. Si encontrásemos algo, lo que me extrañaría bastante, se lo contamos mañana al Príncipe y él sabrá qué debemos hacer.

—Claro, claro, entendido. No hace falta que me trates como a un novato. —Parecía ofendido por mis reservas y miró con gesto brusco su reloj—. A ver, yo tengo las doce y cuarto. Para hacernos una idea, con media hora tenemos de sobra. De modo que a la una menos cuarto nos encontramos en el coche. Venga, hay que moverse rápido.

Tiré de la manija de la trampilla, pero fui incapaz de moverla. Estaba firmemente encajada, atornillada quizá... Con un gruñido de fastidio, el Comandante me hizo a un lado, flexionó un poco las piernas y luego pegó un fuerte tirón. Tras un prolongado quejido de bisagras mal engrasadas, la trampilla se abrió como la puerta de un horno apagado. Un relente poco grato salió por la boca negrísima, una fetidez sosa y agria en la que se mezclaban el olor de la madera podrida y la peste remota a rata muerta. Soy de los que cuando tienen que hacer algo que no quieren hacer, lo hacen cuanto antes, sin pensarlo más. De modo que de inmediato entré por la trampa con los pies hacia delante, como quien se deja deslizar por un tobogán. A guisa de despedida y para desearme ánimo, el Comandante me asestó una varonil palmada en la espalda.

Resbalé por una superficie inclinada y pulida dos o tres metros, luego caí libremente metro y medio más.

Aterricé en un suelo que me pareció pedregoso, lleno de cantos y guijarros. Los aparté a patadas para aposentarme bien en la superficie plana. Después encendí la linterna. El claro y estrecho trazo de su lápiz luminoso me reveló que las supuestas piedras eran en realidad pedazos de carbón, algunos casi minúsculos y otros del tamaño y hasta la forma de la cabeza de un niño recién nacido. Provenían de los sacos que se amontonaban a derecha e izquierda de una especie de estrechísimo sendero que penetraba hacia dentro y más adentro. La tela de algunos de los envoltorios estaba reventada y vomitaban su contenido de antracita a mis pies, por todas partes. Las pilas de sacos eran altas y formaban un auténtico desfiladero, por el que avancé con mucho cuidado; no me hacía ninguna gracia imaginar que podían desmoronárseme encima. Al echar a andar oí un seco chasquido metálico a mi espalda. Por lo visto la trampilla se había cerrado, aunque la simple fuerza de la gravedad debería haberla mantenido abierta…

No me era fácil respirar, porque el polvillo de carbón llenaba el aire de una gasa impalpable que atenazaba la nariz y la garganta. Además estaban los olores, una peste húmeda y vegetal, aroma de agobio. Y también otro más dulzón, como a carne podrida y orina y excrementos… la característica olfativa de la jaula de los grandes carnívoros en los zoológicos. Me dije: «Debe de ser tu imaginación.» Pero no por esa admonición dejé de imaginarme lo que me imaginaba. Seguí internándome con cautela, sorteando sacos y tropezando con esquistos de carbón. El rayito de luz de la linterna no revelaba ninguna novedad en mi angosto paisaje. Ahora echaba de menos la compañía del Doctor, sus ácidas glosas positivistas y desmitificadoras que solían irritarme pero que en estas circunstancias tanto me hubieran aliviado. Tipo gruñón y sin embargo fiable, el Doctor, un escéptico que ponía en cuarentena casi todo pero nunca retrocedía cuando había que enfrentarse a la evidencia. En fin, ahora estaba yo solo. Y esto no era un sueño, ¿verdad? No, no lo era. Tampoco soñaba —aunque respondía al habitual esquema de mis sueños, que siempre transcurrían *agravándose*— una especie de gimoteo, sollozo o mero sorbido suspirante de mocos que escuché delante de mí y algo a la izquierda. En ese punto el muro de sacos se detenía y permitía un ensanchamiento, una especie de plazoleta semicircular junto a la pared de cemento. Allí había algo, es decir alguien, acurrucado y aun así voluminoso, encogido y doliente, profiriendo gañidos como de bestezuela o niño pequeño. El olor fétido a estiércol, amoníaco y putrefacción era más fuerte que nunca.

Me acerqué despacio, sin que el sentimiento de irrealidad onírica se desvaneciera del todo. El rayo de luz de la linterna era tan fino que sólo le vislumbraba a pequeños retazos, pero me pareció que vestía una especie de mono verdoso, desgastado, y se mantenía acuclillado, con la cabeza escondida entre los brazos. De pronto, como para taparse aún más, hizo un movimiento con el hombro y apareció su mano, palidísima, lívida y medio escamosa, sobre la que resaltaban las uñas negras. No, aquélla no podía ser la mano de Pat Kinane. Ni tampoco el bulto tenía tamaño de jockey; aunque estuviese replegado sobre sí mismo, se notaba que era mucho más grande y más pesado. Empecé a hablar en voz baja con tono afable, tranquilizador (aunque me era difícil tranquilizar a nadie, con lo poco tranquilo que estaba yo) y sólo se me ocurrieron las antiguas palabras con las que uno se acerca a los caníbales y a los marcianos… o a la criatura de Frankenstein: «Amigo… tranquilo, soy un amigo… soy amigo.»

No sé si mi voz le tranquilizó o contribuyó a irritarle, pero lo cierto es que levantó de pronto la cabeza y pude verle un instante la cara. Mal asunto, pésima efigie. Costras blanquecinas sobre una superficie descolorida, una boca desproporcionada en la que rechinaban fichas de dominó amarillentas y moteadas de negro, pero no totalmente rectangulares sino acabadas en punta. No había nariz, sólo rendijas mucosas, aunque lo peor de todo era el ojo. En efecto, si no me equivoco —y puedo equivocarme, sólo miré un segundo— no tenía más que un ojo, ancho, rojizo, lloroso, infernal. Retrocedí un paso, lanzando una exclamación ahogada. Se levantó entonces de un salto, lanzando un bramido que poco tenía que ver con sus arrumacos anteriores. Y era grande, joder, grandísimo, mucho más alto que yo. Estiró unos brazos como vigas acabadas en garfios para atraparme y le faltó poco, muy poco. Pero me di la vuelta y eché a correr por donde había venido, tropezando, resbalando sobre trozos de carbón, sin ver dónde pisaba ni casi adónde iba. El foco angustiado de la linterna apuntaba arriba, abajo y a los lados, enloquecido, inútil. Tras de mí resonaba un severo pataleo persecutorio, agravado por gruñidos y feroces rebuznos de la peor índole. No era el momento para intentar un diálogo sensato que pusiera en común nuestros intereses y creo que hasta Gandhi me hubiera recomendado seguir huyendo sin mirar atrás.

Mientras corría, derribaba sacos al paso con la esperanza de que obstaculizasen el avance de mi perseguidor.

Pero lo tenía cerca, cada vez más cerca; en esos casos el olfato no engaña. Sentir sus garras en mi garganta era sencillamente cosa de segundos. Sólo había un detalle esperanzador, un ruidito metálico pero claramente perceptible entre bramidos y jadeos. El roce de una cadena arrastrada por el suelo. «¡Está encadenado!», me dije: si yo lograba ir más allá de la longitud de la cadena sin que me alcanzase, podría salvarme. Pero la cadena debía de ser sumamente larga, porque no dejaba de sentirle detrás de mí. ¿Y si la había roto, en su afán por atraparme? Una cadena rota suena igual que una fija en la pared, al menos hasta que ésta se tensa del todo. Por fin llegué a la rampa que subía hacia la trampilla por la que me había introducido. Trepé rumbo a la salida, querida salida, o al menos lo intenté, resbalando, con las manos engarfiadas arañando hasta hacerme sangre en la superficie lisa, sin asideros. A cada momento esperaba sentir algo que haría presa en mis piernas expuestas, ofrecidas al enemigo posterior. Pero no llegó, seguía detrás aunque ya sin avanzar, rugiendo y luchando con la cadena que le frenaba… ¡bendita sea! La trampilla estaba cerrada, encajada sólidamente, pero ni por un momento dudé de que en esta ocasión yo iba a ser capaz de abrirla. La golpeé con puñetazos sobrehumanos, empujé con la ciega determinación de un *bulldozer* al que no hay cerradura que pueda detener.

Y se abrió, vaya que si se abrió. Cayó hacia fuera con ruido de hojalata y me arrastré hasta el exterior, en la fresca y acogedora penumbra de la noche. Lejos, tras de mí, quedaron los aullidos que parecían gemidos otra vez, con un tono casi suplicante. Otra vez se había quedado solo y por lo que a mí tocaba así pensaba dejarle. Corrí a trompicones hacia donde estaba aparcado el coche, farfullando tacos, maldiciones y pueriles expresiones de triunfo. Junto al auto estaba tan tranquilo el Comandante, con los brazos cruzados y mirando al infinito. Masticaba plácidamente un mondadientes con su formidable dentadura y daba la impresión de no haberse movido de allí. Me miró con cierta sorpresa, que en seguida se transformó en brusca cordialidad.

—¡Hombre, ya estás aquí! ¡Coño, vaya pinta que traes! ¡Cómo te has puesto! ¿Ha pasado algo? Yo no he encontrado nada…

—Vámonos.

—Como quieras. Pero, oye, cuéntame…

Trepé a mi asiento, nunca me había parecido tan acogedor. Hasta prefería que fuese lo más alto posible, por si acaso. Me sentí cubierto de polvo de carbón y todo lo que tocaba quedaba tiznado. Mi cara debía de ser una máscara ahumada, por fin semejante a la de un comando que opera en misión nocturna. Inspiré profundamente con los ojos cerrados, una y otra vez, mientras el cuatro por cuatro adquiría velocidad. El Comandante guardaba silencio, una vez no hace costumbre, pero me miraba de reojo con curiosidad. Yo no intentaba de ninguna manera recordar lo que había visto (no soñado, esta vez seguro de que no), sino olvidarlo cuanto antes. Era difícil, me asediaba, tuviese los ojos cerrados o abiertos. ¿Un leproso? ¿Un experimento fallido? Luego, con una voz rara, ronca, quebrada, que no era la mía, dije en un tono que no esperaba ni admitía comentarios:

—Estaba allí. No es Pat Kinane.

11

DIGAMOS QUE SABE LO QUE QUIERE

El día que yo me muera, como me venga uno
con resurrecciones y demás, ¡le parto la cara!

A. SCHMIDT, *El brezal de Brand*

—Por favor, *déjame* hablar *a mí*. Y no discutas con nadie ni hagas ninguna cosa rara. No tienes que hacer *nada*, sólo fotografías y callar. Si me estropeas lo de hoy, te mato.

Susana Lust agitó con una cabezada rebelde las blandas y bien cuidadas serpientes de su cabellera caoba, como una Gorgona asidua al *hair-dressing* pero no por ello menos fiera. Abdulá asintió parapetado tras su sonrisa obsequiosa, convenientemente mansa, resignada, incluso sumisa. Por dentro, sentía la exaltación feroz del guerrero que va a entrar en batalla, pero artísticamente combinada con la satisfacción profesional del actor que ha conseguido una caracterización convincente. Ulises disfrazado de mendigo regresando vengador a su palacio de Ítaca. ¡Pécora! —pensó el sonriente y sumiso Abdulá—. ¡Mala pécora lasciva y dominante, hija de Belial! No, tú no vas a matarme, ni a mí ni a nadie. Estás hecha para pudrir la vida y la rectitud de las almas, no para ejecutar la pureza del exterminio ni aun menos para aceptar el martirio. Soy yo, yo, quien va a matar. Hoy mataré y probablemente seré muerto, porque viajo cabalgando un cometa cuyo fulgor conozco, un esplendor liberador y letal que ni siquiera puedes sospechar. Hoy es mi día.

Mira con qué diligencia te obedezco y te sonrío, hasta que llegue la hora…

—Soy Susana Lust, del *Aviso de la Mañana* —aseguró cortésmente imperiosa la periodista al encargado que comprobaba las acreditaciones en la puerta del Members Enclosure del hipódromo—. Tengo una cita para entrevistar al señor Basilikos. Éste es el fotógrafo. —Hizo un gesto hacia Abdulá, como si estuviese a punto de añadir: «Lo siento, a mí tampoco me gusta pero yo no lo he elegido.»

El empleado comprobó los datos en su lista y autorizó la entrada. En el interior del exclusivo recinto se respiraba un aire inequívocamente patricio: el montante mínimo de juego admitido en las taquillas de apuestas era diez veces más elevado que el corriente, y en los bares, en donde abundaban las pamelas multicolores y los sombreros de copa gris perla, se bebía preferentemente champán. Un ascensor llevó a los reporteros hasta el nivel superior, donde se encontraban los palcos verdaderamente reservados: allí todo el mundo vestía de etiqueta, el uniforme de los camareros y los próceres. Cargado de cámaras, con sus vaqueros gastados y su zamarra sin mangas llena de bolsillos para lentes y objetivos, Abdulá ponía la nota de proletario moderno. En cambio, la espléndida silueta y los andares decididos de Susana resultaban sin duda más envidiablemente aristocráticos que el marchito garbo envuelto en tules y tachonado de joyas que lucían las señoras con quienes se cruzaron. Abdulá miraba a su alrededor con mueca turbia, displicente y furtiva: ni detector de metales ni registro de bolsos, perfecto. Todo iba resultando aún más fácil de lo que había supuesto. En la suprema altura, Alguien ante cuyo poder palidecen los poderes de este mundo velaba porque llevara a cabo sin obstáculos su sagrada misión.

Ante la puerta del palco número 5, propiedad del Sultán, montaban guardia tres cancerberos cuyas hechuras de halterófilos se adivinaban sin esfuerzo bajo el esmoquin. En ese momento recibían instrucciones de un cuarto personaje menos ciclópeo, que parecía el jefe del comando. Aunque sólo pudo verle de espaldas, algo en su nuca canosa y en sus hombros levemente desparejos le resultó familiar a Abdulá. No tuvo tiempo para más averiguaciones, porque uno de los titanes les franqueó la entrada y los dejó esperando en el antepalco, donde había varias butacas y una mesita llena de botellas y canapés, mientras él pasaba al balcón que daba sobre la pista para avisar a su amo. Susana repartía su atención entre miradas curiosas a la excelencia que los acogía y otras más desasosegadas a Abdulá, del que esperaba en cualquier momento una fatal metedura de pata.

El Sultán apareció de inmediato, rechoncho y alegre. Pese a su tez casi cetrina y su barbita puntiaguda, bien cuidada, no parecía especialmente oriental: todo lo más, levantino. Pero se le notaban toques de exuberancia o extravagancia, como prefieran, de exceso en cualquier caso: por ejemplo, llevaba el frac de un color verde botella perfectamente inusual. Y mientras peroraba en tono a veces tan jubilosamente cordial que parecía casi maligno, palmoteaba con las manos gordezuelas como si se aplaudiese a sí mismo.

—¡Ah, señorita, querida señorita! ¡Bien venida! ¿Del *Diario de Avisos,* verdad? ¿O quizá de *Las Noticias?* Perdóneme, nunca leo periódicos, una falta imperdonable, ya lo sé: sólo resúmenes de prensa. Resúmenes de prensa, nada más… y lo cierto es que en la mayoría de los casos ignoro cuál es la procedencia de la noticia resumida. ¡El agobio de la vida moderna, el vértigo, todo su estrés! Por cierto, ¿sabe usted que «estrés» viene del latín *estringere*, o sea apretar, estrujar? Vivimos estrujados, exprimidos por nosotros mismos, y lo peor es que nos gusta. ¡Nos gusta! ¿No le parece, señorita…?

—Soy Susana Lust, señor Basilikos, del *Aviso de la Mañana*. Y éste es mi fotógrafo. (Lo siento, a usted no le gusta ni a mí tampoco, me lo han impuesto.)

—¡Señorita Lust, por supuesto, cómo he podido olvidarlo! Un apellido memorable, pero, si me lo permite, la llamaré Susana. ¿No le importa, verdad? Puedo ser su padre o, mejor, sólo su tío. No agravemos las posibilidades incestuosas… Susana, déjeme decirlo o reviento: es usted absolutamente encantadora.

La homenajeada asumió el cumplido con sobriedad profesional. El famoso Sultán se portaba de entrada como otro madurito reblandecido que se cree irresistible, alentado por sus previsibles éxitos con ese tipo de hembras al que se regalan los oídos con más pendientes que piropos. Mejor, sería más fácil manejarlo y quizá sonsacarle algo sabroso. Nada periodísticamente más rentable que un seductor vocacional. Basta con que una permanezca atenta y reprima el asco.

—Por favor, vengan aquí afuera para poder admirar la vista. No hay mejor perspectiva sobre la recta final. ¿Ve? Ahí está la meta, justo enfrente. Imposible perderse ni un detalle. Y usted, si lo desea —se dirigió condescendiente al fotógrafo—, podrá sacar desde aquí buenas imágenes de alguna llegada. ¿Qué le parece?

Abdulá gruñó aquiescencia y gratitud, mostrando dientecitos de conejo. Fatuo pagano explotador de viudas, eres tú precisamente quien está a punto de llegar a la meta final. Yo me encargo de eso, descuida. De nada va a servirte la vanagloria de la pompa y la riqueza. Cuando golpea el puño de Alá, no hay escudo mundano que pueda proteger al infiel.

—¿Sabe, Susana? Prácticamente nunca concedo entrevistas. Jamás, créame, no me interesa la publicidad, más bien la aborrezco. En realidad, soy un epicúreo. Y no hace falta que le recuerde la recomendación de Epicuro: *lathe biòsas*, vive oculto. O sea, disfruta cuanto puedas pero *a cubierto*. Me lo doy por dicho, ése es mi lema. De modo que quizá usted se pregunte por qué he aceptado este reportaje... —Pausa sugerente. Susana le miró con cándido interés fingido, pestañeando admirablemente un par de veces—. Por supuesto, no puedo decirle que el motivo haya sido conocerla. No me creería y con razón, porque ayer no era cierto ni verosímil... aunque hoy ya lo sea. No, me he prestado a esta entrevista porque su periódico ha asumido el compromiso de que las preguntas sólo versarán sobre temas hípicos. Y en esta materia tengo pocos secretos, al contrario. ¡Me gusta hablar de caballos! De modo que estoy a su disposición, Susana.

Antes de que la reportera pudiese decir palabra, el Sultán pidió prórroga con el gesto convencional de ambas manos cruzadas y tomó los prismáticos para examinar a los participantes de la primera carrera, que en ese momento salían a la pista. Desde su elevado observatorio se los veía pequeños y manejables, portátiles casi. A Susana le pareció imposible atribuirles cualquier virtud o defecto, ni siquiera características notables salvo en lo tocante a los distintos colores que portaban.

—Ahí está el favorito, el ocho. A mí, francamente, sigue sin gustarme. Siempre está cerca, pero nunca delante…

—Entonces, ¿a cuál le ha jugado usted?

—¿Jugar? —El Sultán la miró con una sonrisa paternal y lasciva—. Yo no apuesto, Susana. Estoy del otro lado, compréndalo. Si apostase sería como un *chef* que de pronto abandona la cocina y se sienta a una mesa del restaurante para pedir el menú del día.

—Pero… ¿corre algún caballo suyo en esta carrera?

—Concretamente en ésta, pues no. Es poca cosa, la verdad. Corro a *Kambises,* en la cuarta, la más importante de la tarde. Luego le contaré. Pero yo soy criador y propietario *siempre,* aunque en muchas pruebas no participe. No vengo al hipódromo a ver qué pasa sino a ver qué logro… y a calibrar mis posibles adversarios. —Hizo un amable gesto de excusa—. ¡Perdóneme, me estoy poniendo enfático! Comprenda, se trata de mi gran pasión. Acepte este rollo con paciencia, como si fuera la lección primera… Pero este curso será corto, muy corto. Y yo voy a sentirlo mucho, porque luego usted se marchará.

Más corto de lo que tú te crees, revolvió en su magín Abdulá. Mucho más corto. Pero serás tú quien se vaya, aunque ni lo sospeches. Y sucederá antes, mucho antes de lo que piensas. Mientras colocaba un aparatoso objetivo en su Canon y se desplazaba por el palco, como buscando el mejor ángulo para las primeras tomas, Abdulá se palmeó secretamente el pecho —más o menos a la altura del esternón— para comprobar que allí seguía lista y a su alcance el arma que iba a utilizar. Era una arma o, mejor dicho, una Arma que no podía fallar y cuya potencia letal resultaba *a priori* imprevisible. Abdulá se estremeció levemente de placer, de expectación y de terror.

—Lo que quisiera averiguar, señor Basilikos —comenzó Susana, tras instalar dos grabadoras en un asiento vacío junto al que ocupaba el Sultán y comprobar que funcionaban—, es lo que significan para usted los caballos de carreras. ¿Qué satisfacción, qué orgullo obtiene de ellos? ¿Le resultan a fin de cuentas rentables?

—Comenzaré por su última pregunta, Susana. —El Sultán se mostraba verdaderamente regocijado—. Mire, yo tengo muchos negocios. Créame, muchísimos y muy variados. Incluso me atrevo a decir que más de los que la gente supone... ¡aunque hay tantas fábulas corriendo por ahí sobre mi humilde persona! Pues bien, todos son buenos negocios, provechosos, y todos me producen ganancias... salvo los caballos. De ahí vienen casi todas las pérdidas de mi balanza de pagos. Mis caballos ganan mucho pero gastan mucho más. Imagínese, la mitad de la isla Leonera es mía y la compré para ellos: para criarlos, para entrenarlos. Carísimo, un auténtico despilfarro. Aunque ganasen siempre, lo cual es imposible, todavía perdería dinero con ellos. Pero ya ve, estoy más contento perdiendo dinero así que ganándolo con cualquier otra inversión. Le confiaré mi secreto: como lo que me importa es disfrutar, mi único mal negocio resulta ser a fin de cuentas el mejor negocio de todos.

—¿Tanto se divierte usted... aquí? —La joven hizo un gesto algo displicente que abarcaba la pista, los animales que trotaban por ella a lo lejos y el gentío de figuritas apresuradas que hacían cola allá abajo, en las taquillas de apuestas.

El Sultán la miró con burlona fijeza. Tenía ojos brillantes y oscuros, científicos, instrumentos de precisión para calibrar cuánto, cómo y quién.

—Cambiemos un momento los papeles, señorita. Déjeme hacerle una pregunta. ¿Suele usted venir con frecuencia al hipódromo?

—Creo que he estado dos o tres veces en mi vida, acompañando a algunos amigos.

—Y ¿se ha divertido mucho?

—Pues no, muy poco... casi nada —confesó Susana—. Me parece un espectáculo bastante aburrido. ¡Las carreras duran poquísimo y hay que esperar una eternidad entre una y otra!

—Claro, claro... —Basilikos palmoteó como celebrando una respuesta acertada a una cuestión dificilísima—. Pero ¿qué me dice usted de la *intensidad*? ¿Acaso no valora usted la intensidad, Susana? No me negará que hay placeres deliciosamente intensos que duran incluso menos que una carrera de caballos... y que suelen presentarse más espaciadamente. Pero no por ello resultan desdeñables.

Aunque Susana Lust estaba acostumbrada a utilizar su atractivo para facilitar las confidencias de los entrevistados, siempre se sentía incómoda ante las sugerencias escabrosas demasiado explícitas. De modo que respondió con bastante sequedad:

—Será que no aprecio la intensidad del mismo modo que usted.

—¡Por favor, no me entienda mal! —se disculpó el Sultán—. Creo que la intensidad a la que me refiero es algo que todo el mundo... en cualquier campo... Permítame ponerle un ejemplo literario, para que no haya equívocos. ¿Ha leído usted el *Quijote*?

—¿El *Quijote*? ¿La novela esa? Por favor, no.

—¡Muy bien! Tiene usted mucha razón, Susana. La

verdad es que se trata de un libro insoportable, una de las obras clásicas más aburridas de todos los tiempos. Interminable, no se acaba nunca. Aunque también la *Divina Comedia*... En fin, a lo que iba. No hace falta haber leído ese tostón para conocer a Don Quijote, ¿verdad? Seguro que usted sabe algo del personaje...

—Bueno, eran dos, ¿no?, uno muy flaco y otro gordito. —La guapa frunció el bonito ceño, en su esfuerzo por concentrarse—. El tipo estaba loco, desde luego. Llevaba una enorme lanza y peleaba con todos los molinos de viento que veía, no sé por qué.

—¡Ajá, ahí quería llegar yo! —De nuevo aplaudió el Sultán—. Fíjese, Susana: usted no ha leído la novela y probablemente nunca ha visto uno de esos molinos, pero sabe que el Caballero de la Triste Figura luchó en cierta ocasión contra ellos. Casi todo el mundo conoce el episodio, aunque no sean lectores de Cervantes ni... bueno, ni de nadie. Pues voy a decirle una cosa: el libraco tiene sus buenas mil y pico de páginas, pero el enfrentamiento con los molinos no ocupa más que una. ¡Sólo una, amiga mía, en el muermo inacabable de la vieja historia! Sin embargo, usted ha oído hablar de esa batalla.

—Ya. Bueno, ¿y qué? No veo...

—¡Cómo no va a verlo, mujer! Ése es el poder de la intensidad. La página intensa justifica los cientos de páginas aburridas. Lo mismo que la eventual intensidad de algunas carreras rescata y premia las largas esperas, el hastío de las pruebas rutinarias, el dinero malgastado, tantos disgustos... También en el amor, claro. Los sinsabores se borran cuando llega la intensidad del placer. Lo que sucede es que cada cual responde a un tipo de intensidad y no a otros. Susana, confiese, ¿qué intensidad...?

—Luego se lo digo. Acuérdese de que es usted el entrevistado. Por favor, volvamos a sus caballos.

Abdulá se irguió de repente y disparó repetidamente su cámara a la altura de los ojos del Sultán, que se echó instintivamente hacia atrás, sobresaltado. Con una amable y modesta sonrisa, Abdulá bajó la máquina y se desplazó inclinado hacia la derecha, como buscando otro enfoque. Pensaba mientras: es la intensidad del poder la que buscas y reclamas, ninguna otra. El poder que mancilla, que expolia, que atropella, que suprime o soborna las voluntades, el poder cuyo sueño produce todos los monstruos... pero cuya intensidad es la droga más potente que se conoce. Tú eres un vicioso del poder, un drogadicto. Y la gran verdad es que no hay poder bueno, al menos en este mundo. Un día también él, Abdulá, creyó... pero ahora ya sabe que no existe poder terrenal aceptable, sólo apisonadores de la dignidad humana. Hace falta acatar el poder de Alá, rendirse a él, para salvar a los hombres del poder vicioso de sus semejantes. Someterse a Dios libera de todos los vasallajes y permite cualquier rebelión, por audaz que sea. ¡Hágase Tu voluntad y aniquílese cualquier otra voluntad, humana, pecadora!

—¡Perdóneme, Susana, por favor! —El Sultán se mostraba coqueto y contrito—. He olvidado hasta los rudimentos de la hospitalidad. Un gran pecado, cuando se tiene la suerte de ser anfitrión de una mujer hermosa. ¿Puedo ofrecerle una copa de champán? Es la bebida oficial de los hipódromos, con la que celebramos los éxitos y nos consolamos de las derrotas.

A Susana no le gustaba el champán, pero sabía mejor que nadie llevarse veinte veces la copa espumosa a los labios y dejarla de nuevo intacta en la mesa con un suspirito de satisfacción fingida. O sea que aceptó ese trago cortés que a nada la comprometía. Habría sido imprudente desairar la vanidad de su entrevistado, que por el momento sólo se pavoneaba con inocencia típicamente masculina y se estaba portando bastante bien. En cuanto recibió el *placet,* el Sultán lanzó un breve y enérgico ladrido, a cuyo reclamo acudió presuroso uno de los grandullones que montaba guardia en la puerta. Lo instantáneo de su llegada no dejó de ser registrado mentalmente por Abdulá. Habría que tomar en cuenta esa circunstancia: tenía poco tiempo, muy poco. Pero contaba con el Arma…

El vigoroso mayordomo trajo del antepalco el cubo plateado con la botella de Moët Chandon bien fresca y dos copas. Por supuesto, un simple fotógrafo no iba a beber con el jefe y su invitada, gruñó mentalmente Abdulá. No era digno de tanto honor: ¡ah, el poder, que sólo se siente fuerte cuando ejerce su discriminación entre elegidos y excluidos!

—¡Por usted, Susana! Por el éxito de su reportaje. Ojalá yo consiga hoy interesarla un poco más por los caballos de carreras, esas criaturas mágicas…

Chocaron las copas: después él bebió y ella hizo como si bebía. Pero en ese preciso instante el griterío que ascendió hacia ellos desde los aledaños de la pista los avisaba de que los caballos ya estaban disputando los metros decisivos antes de la meta. El Sultán recurrió a sus prismáticos —impresionantes, algo menores que dos botellas de whisky enlazadas— y la periodista echó una ojeda distraída a la pista, por donde cruzaba un raudo, confuso revoloteo de brazos esgrimiendo fustas, rubricado con un pataleo apremiante de cascos sobre el césped afelpado.

—¡Vaya, pues ha ganado el ocho! Me he equivocado. ¿Ve usted como hago bien en no jugar?

—Pero, vamos, ¿cómo puede ser que se equivoque alguien que sabe tanto como usted y que está, por así decirlo, en el ajo del asunto? Yo creí que ustedes, los *happy few*, siempre sabían quién va a ganar...

—¡Los *happy few*! ¡Buenísimo! Pues ya ve, a la hora de la verdad los *happy* son mucho más *few* de lo que usted supone. Aquí casi nadie puede estar seguro de nada. Seguramente incluso los caballos se equivocarían, si pudiéramos pedirles su pronóstico antes de cada carrera.

—¿Acaso ni siquiera ellos saben distinguir a los buenos de los malos? Porque no me negará usted que todo consiste en que hay caballos mejores y peores...

Abdulá lanzó otra ráfaga de instantáneas, mientras pensaba: los caballos pueden ser de varias categorías, pero los humanos pertenecen todos a la misma. Desvalidos y estimables cuando carecen de poder, arrolladores y falaces —¡odiosos!— cuando lo consiguen. Pero la insobornable voz de su Arma, el momento se acerca, será más pronto que tarde, pondrá a cada cual en su sitio: y Alá reconocerá a los suyos.

Con gesto floreado, el Sultán sacó de su bolsillo pectoral una voluminosa cigarrera y de ella extrajo un puro nudoso, retorcido, convulsionado. Disfrutó evidentemente con la mirada de asombro y rechazo de la señorita Lust.

—¿Buenos y malos? Veamos, Susana: ¿qué le parece a usted este cigarro? Admita que no le gusta su aspecto: parece estropeado y viejo. Sin embargo, es excelente. Se trata de una muy rara y selecta labor cubana, los llamados «culebras». Los ignorantes, adoradores de la línea recta y las convenciones, los rechazan porque tienen forma de sacacorchos. Ellos se lo pierden... Con los caballos de carreras pasa frecuentemente lo mismo. El simple aspecto atlético del animal es engañoso. A veces hay que ser un poco retorcido y dar bastantes vueltas hasta encontrar la auténtica excelencia...

La periodista le lanzó una mirada discretamente impaciente, mientras tamborileaba con la contera de su bolígrafo en el bloc de notas. Empezaba a hartarse de tanta sinuosidad para responder a preguntas directas y sencillas. Pero Basilikos no pensaba renunciar así como así a su pavoneo filosófico: probablemente ante los guardaespaldas tenía menos gracia darse aires de sabiduría... Encendió con giratoria minuciosidad su «culebra», aspiró, expulsó con deleite una bocanada de humo fragante, comprobó que la punta contorsionada del puro estaba uniformemente prendida, volvió a dar otra chupada y procedió a seguir con su discurso:

—Mira, Susana. ¿Me permites que te tutee? Después de todo, ya nos conocemos desde hace un buen rato... Los caballos son animales tribales: cuando están en su libertad salvaje viven en grupos y corren en manada. Tienen sus jefes, sus guías, el macho alfa y todo eso. La evolución los ha hecho así. El caballo de carreras es una obra de arte humana, desde luego, pero ni la cría ni todos sus artificios han borrado los hábitos genéticos de tantos milenios. Así que ya ves: cuando participa en una carrera, rodeado por semejantes, el caballo vuelve a sentirse en su manada primigenia. Y en esa manada alguno suele erigirse como líder, mientras que otros adoptan mansamente posiciones subalternas. Pero en bastantes ocasiones el que tiene vocación de jefe o guía no es el más rápido, sólo el más decidido y valiente. De modo que a veces hay caballos que dominan en la carrera más por su personalidad imperiosa que por su velocidad. Y no pretendo ahora hacerte comparaciones con la sociedad humana… Sólo te aclaro que la mayoría de los mejores caballos son también los que tienen peor carácter, los menos dóciles. Es legendario el caso de *Saint Simon,* invencible campeón a finales del siglo diecinueve. Cuando se retiró para ejercer como semental, le pusieron un gatito en la cuadra con el fin de que le hiciera compañía. Lo mató al instante. Te recuerdo el dictamen de Clemenceau: quien tiene genio, tiene *mal* genio…

—Y ¿hay en su cuadra muchos cuadrúpedos geniales como ésos?

—De tú, por favor. ¿No hemos quedado en que íbamos a tutearnos? Pues sí, alguno tengo, alguno. Por ejemplo, *Invisible.* Con él gané el año pasado la Gran Copa y espero volver a ganarla otra vez, dentro de un mes. Es un verdadero capitán, irascible pero leal a su bandera. Es decir, a la mía.

—¿Y el que corre dentro de un rato esta tarde? Venga, dígame la verdad, que no sé si jugarle…

—Te diré la verdad sólo si me tuteas. Verás, *Kambises* no es un jefe nato como el otro, pero tiene calidad. Puedes jugarle con toda confianza, porque estoy razonablemente seguro de que va a pegarse un auténtico paseo en la cuarta. Y también en la Gran Copa correrá muy bien, aunque ahí las cosas serán mucho más difíciles. Juégale, anda, pero no esperes ganar mucho con él porque va a ser el máximo favorito.

—¡Lástima! Y además no puedo apostar porque tengo que seguir aquí con usted… contigo. Aún me quedan muchas preguntas.

—Pero seguro que tu compañero fotógrafo puede ir y apostar por ti, además de jugarse también él unos cuantos ganadores —sugirió el Sultán, en tono que insinuaba un mundo de excitantes posibilidades para cuando se quedaran a solas.

—Me temo que no va a ser posible. Abdulá es musulmán y creo que su religión le impide jugar, ¿no? —El aludido suspiró su reconocimiento de esta prohibición, como si fuera un sacrificio enorme, sin dejar de encogerse y estirarse en busca del encuadre perfecto.

—¡Ah, musulmán! —En la voz del Sultán se combinaron la curiosidad y la repugnancia, como si hubiera dicho «leproso». Por primera vez su mirada fría y desconfiada escrutó de veras a Abdulá.

Con una de sus muecas melifluas, el fotógrafo se excusó y pidió venia para salir un momento. No, je, je, nada de apostar, sólo necesitaba ir al water. En realidad, su propósito era examinar los alrededores para ver cuál podría ser la vía de escape tras la ejecución. Abdulá no se hacía ilusiones: suponía los efectos devastadores del Arma que llevaba escondida —aquí, está aquí, la palpo, la noto— y por tanto estaba convencido de que sus probabilidades de salir con vida tras utilizarla eran mínimas. Casi nulas, en verdad. Asumía ese riesgo y el más que probable sacrificio con militante alacridad. Si debía morir, moriría sin titubear: ¡hágase la voluntad de Alá! Pero quizá los designios del Más Alto no fueran ésos; es posible que prefiriese resguardarlo entonces del despedazamiento mortal a fin de que cumpliera más tarde otras misiones. En tal caso, su obligación sería tratar de huir y ponerse a salvo para seguir siendo útil a la comunidad de los verdaderos creyentes. Y con tal fin debía intentar conocer las posibles escapatorias. Confiaba sobre todo en el universal desconcierto y general destrozo que produciría la explosión: si sobrevivía, la confusión sería su mejor aliada para huir. No por cobardía ni por culpable prudencia humana, sino por sumisión a los inescrutables designios del Altísimo.

Cuando salió del antepalco al pasillo, se encontró con los irremediables forzudos que vigilaban la puerta. Y también se dio casi de bruces con el cabecilla de los guardias, el que le había resultado vagamente conocido antes, al llegar, cuando le vio de espaldas. ¡Y tanto que le conocía! Era ni más ni menos que Jimmy Giú. ¿Cuánto tiempo habría pasado desde que se encontraron por última vez? ¿Cinco, seis años? Más bien siete. Lo cual no fue óbice para que le reconociera al instante, lo mismo que Jimmy a él:

—¡Chino! Pero si eres tú… ¿Qué coño haces aquí?

Abdulá se estremeció al oírle: con alarma, con rabia y —para su sorpresa— con un átomo de nostalgia. Como todos los seres humanos, Abdulá era siempre uno y el mismo pero también había sido muchos. Al nacer, hace cuarenta y tantos años, se llamó Cipriano Gómez, un niño y después un adolescente de clase media, hijo único de viuda, cubierto de mimos y de insatisfacciones, acomplejado, quejica aunque con todo bastante feliz. Más tarde, ya en la universidad, adoptó con bastante docilidad la necesidad de la rebelión y formó parte de grupos radicales, con cuyos líderes se identificaba apasionadamente cierto tiempo para luego cuestionarlos más y más a fondo, hasta el rechazo definitivo. El padre, el padre perdido, el padre desconocido, el padre aborrecido y necesario, nunca volvía para quedarse… Tras un breve y desorientado vacío, se sentía atormentado por el «mono» de ortodoxia sublevatoria —era también como una droga para él, en seguida padecía los síntomas desolados de su dependencia— y buscaba otro grupo antisistema. ¡Ah, el Sistema! Ahí estaba el mal, en el Sistema o, mejor, en todos los sistemas que nos oprimen: el sistema capitalista, el sistema consumista, el sistema monetario, el sistema métrico decimal… Fuera del Sistema, de cualquier sistema, los seres humanos son (Cipriano nunca pensaba «somos») espontáneos e inocentes: pero el Sistema, los sistemas, caen sobre nosotros queramos o no, inexorablemente, sin falta, sin excepción. Lo que nos sistematiza, primero nos pervierte y luego nos destruye. Y la política es el Sistema de todos los Sistemas: por tanto hay que hacer política antisistema, es decir, política contra la política.

En busca de la política que le purgara definitivamente del contagio político, sistemático, Cipriano pasó de un grupo a otro, de una intransigencia a otra mayor, de una denuncia de las complicidades con el sistema a otra denuncia de la denuncia, de un Gran Timonel a otro aún más fiero, de una decepción a otra todavía más grande. Incluso él solía darse cuenta de que los más puros, al llegar al poder, dejaban de serlo y que los más sinceros inquisidores, a fin de cuentas, resultaban tan letales como los inquisidores venales e hipócritas. A la postre, Cipriano llegó a la conclusión de que se puede, en el mejor de los casos, gobernar sin crímenes, pero jamás sin injusticias. Por tanto, el alma limpia debe renunciar a la pretensión de intervenir poco o mucho en la componenda gubernativa.

Todo intento de reforma parcial es acatamiento y complicidad. Volvió a la infancia de su rebeldía, al origen, al sano balbuceo después de tantas horas de retórica y debates: «¡Poder, malo! ¡Gobierno, caca!» A todo y sobre todo: «¡No! ¡No!» Y de ahí el salto a la trascendencia monoteísta: sólo un Poder sobrenatural puede librarnos de los poderes naturales, sólo un Señor omnipotente nos sanará del poder, sólo la perfecta sumisión nos curará de la esclavitud y nos devolverá una libertad liberada de la posibilidad libre pero culpable de pecar. Entró a formar parte de la comunidad de los creyentes y se puso a las órdenes de La Base. Fue entonces cuando Cipriano se convirtió en Abdulá. Había perdido gran parte de su vida —quizá lo mejor, aunque a él no se lo parecía— en extremismos y tanteos, en devociones y ciega militancia, pero le quedaba un consuelo: jamás había colaborado en una mejora concreta de nada ni había resuelto el menor de los problemas prácticos de nadie. Nunca había condescendido a lo culpablemente útil: con humilde orgullo podía proclamar que siempre había sido un auténtico y leal revolucionario. Ahora, por fin, llegaba la hora de su venganza.

—¡Chino!

Por un breve lapso de tiempo, cuando ya no era propiamente Cipriano pero aún no se había convertido en Abdulá, fue conocido como el Chino. Reminiscencias maoístas, aunque él de Mao no había llegado a leer ni el *Pequeño Libro Rojo* (una vez que se empezaba ya no parecía tan pequeño). Fue en ese período cuando conoció a Jimmy Giú, con el que compartió célula. ¡Cuántos recuerdos protoplásmicos, célula va, célula viene, formaban sus memorias! Jimmy no era precisamente un teórico, propendía en todo caso y circunstancia a la acción o, para ser más precisos, a la destrucción. «¡No podemos quedarnos cruzados de brazos!», rugía: y quería decir que había que ponerse cuanto antes a repartir hostias. En el terreno de la ciencia revolucionaria, lo más sofisticado que alcanzaba a entender era la fórmula magistral del cóctel Molotov. A todas horas se burlaba del apocamiento burgués del Chino, de sus miramientos, de sus remilgos, de sus mínimas concesiones a la prudencia. «¡Tú lo que eres es un *humanista*!», le espetaba, con un tono que dejaba claro que no le estaba avecinando con Erasmo sino con las cucarachas. ¡El bueno de Jimmy Giú! ¡Vaya bruto! Cuando llegara a saber lo que el inocuo «humanista» que él conoció como el Chino ocultaba hoy, ya Abdulá, bajo su zamarra... En cualquier caso, no tenía nada de raro que hubiese acabado como jefe de matones de un magnate mafioso.

—¡Hombre, Jimmy, cuánto tiempo! Menuda coincidencia, ¿eh? Tú ahí, tan... y yo, ya ves, pues aquí. Ganándome la vida en la prensa, con los embaucadores del pueblo, je, je... Soy fotógrafo. Bueno, claro, ya lo habías notado, con todas estas cámaras y cachivaches... Oye, te encuentro estupendo. Perdona, pero tengo que ir al water. Estamos en plena entrevista y no veas cómo es mi jefa.

—Chino. Tan chalado como siempre... Venga, ojo, ¿eh? Ándate con cuidado, no quiero líos.

Por un momento pensó decirle que ya no era el Chino, sino Abdulá: pero en seguida se dio cuenta de que tanta información no resultaba necesaria ni prudente. Mejor callar y evitar volver a tropezarse con él hasta que... hasta que pasara lo que tenía que pasar. Con un poco de suerte, después ya no necesitaría darle ningún tipo de explicaciones. De modo que recorrió el pasillo rumbo a los servicios, que estaban al final, cerca de los ascensores (pero ¿seguirían funcionando los ascensores después de haber utilizado el Arma?... mejor sería dirigirse directamente a las escaleras, como se aconsejaba en caso de incendio), luego se entretuvo un poco en el lavabo (no pudo mear, demasiados nervios, estaba todo agarrotado por dentro) y para acabar volvió despacio, semisonriendo como un idiota y mentalmente tomando instantáneas de puertas, ventanas, personas, obstáculos... Todo registrado en su cerebro, aunque seguía siendo incapaz de trazar un plan de huida. En el fondo, no se hacía a la idea de que pudiera seguir vivo tras haber empleado el Arma. ¿Vivo, él, sólo él, entre tanta ruina y matanza? En fin, si tenía esa improbable suerte ya se las arreglaría de algún modo. Mejor dicho, Alá le pescaría con su anzuelo de oro y le sacaría de las aguas turbulentas y ensangrentadas, para depositarlo en la orilla más segura. Probablemente.

Cuando volvió al palco —luego de haber soportado de nuevo al entrar el escrutinio dubitativo y malévolo de Jimmy Giú, mira, mira y que te den, ya verás luego...— encontró al Sultán y a Susana riendo a carcajadas. Ahora iban quizá por la tercera ronda de champán, porque Basilikos era anfitrión insistente, y la reportera se había tomado por lo menos una copa y media, entre burlas y veras. Fuera por lo que fuese, se los veía contentos. En el suelo yacían los restos del «culebra» no apurado del todo, como un gusano seco y retorcido. Ambos miraron a Abdulá con esa expresión boba de las personas interrumpidas bruscamente en su risa. Después, para recuperar protagonismo, el Sultán señaló en la pista a un grupo de caballos que pasaba trotando.

—Mira, Susana, ya salen los de la cuarta. ¡Y ahí va *Kambises*!

—¿Cuál es?

—Ése, el tordo. El de las anteojeras... Casi blanco, ¿ves?

Pasó *Kambises*, larguirucho y ceniciento, enmascarado con un antifaz rojo: galopaba de medio lado, como a regañadientes.

—No parece gran cosa. Al menos visto desde aquí... —Susana consideró que la entrevista estaba ya lo suficientemente asentada como para permitirse ligeras impertinencias.

—¡Susana, Susana, qué voy a hacer contigo! ¿No te he dicho ya que la calidad de los caballos no puede medirse por criterios de estética convencional? Acuérdate de mis «culebras»... Ahí donde le ves, con su aire desgarbado, *Kambises* fue capaz hace un año de batir nada menos que a *Espíritu Gentil*.

—Perdona mi ignorancia, pero... ¿ése quién es?

—Un buen mozo. Seguro que si le vieses no le pondrías pegas, porque tiene un físico admirable. Y además es todo un campeón. Pero resulta que *Kambises* le ganó.

—¿Es tuyo también el *Espíritu* famoso?

—No, pertenece a... a un conocido mío. Vamos, a la competencia. —El Sultán hablaba en tono divertido, pero le asomaba en los ojos una chispa feroz—. Dentro de poco mis caballos volverán a correr contra él y estoy seguro de que le derrotarán otra vez.

—¿A pesar de ser todo un campeón?

—También los campeones tienen sus puntos débiles. *Espíritu Gentil* no es fácil de montar, ¿sabes? Y me parece que su dueño no cuenta por ahora con el jinete adecuado para él… —Lanzó una breve y seca risita. Luego se volvió hacia Abdulá, que se había refugiado en un rincón del palco y allí jugueteaba con sus cámaras, probando uno y otro objetivo para hacer tiempo—. ¿Por qué no saca usted alguna foto de los caballos en acción? Iría bien en el reportaje…

—No sé… —balbuceó Abdulá, cogido de improviso—. Es que no he traído el teleobjetivo y como estamos bastante lejos de la pista…

—¿No tiene teleobjetivo, con todos esos artilugios que lleva en los bolsillos? —comentó el Sultán, combinando el desdén con la suspicacia.

Solidaria como responsable de la expedición, Susana Lust acudió al rescate de su indeseado compañero:

—Bueno, da igual. Haz lo que puedas. —Volvió de nuevo al *sex-appeal*, que nunca olvidaba mucho rato. Inclinando su busto indiscutible hacia el magnate, ronroneó casi con devoción, como si recitara un verso—: La verdad es que hay algo magnífico en ver a hombres a caballo.

—¡Magnífico, sí, señor! —El Sultán volvía a mostrarse atento y complacido—. Aún más, Susana, fíjate, hazme caso. De ahí, del hombre a caballo, nace nuestra civilización. ¿Has leído a Jared Diamond?

—¿Me lo puedes deletrear? —Muy aplicada, la chica recurrió al cuaderno y al bolígrafo.

—No hace falta… Es un teórico que estudia por qué en algunos sitios florece la civilización y en otros no. ¿Qué razón hay para que no se haya desarrollado en el centro de África, por ejemplo? Pues porque no se puede ensillar a un rinoceronte y utilizarlo como montura. En cambio, donde tenemos caballos…

—Vaya, no lo había pensado nunca. Pero reconoce que sería estupendo poder ver una carrera de rinocerontes...

—¡La Gran Copa de los rinocerontes! ¡Una idea notable! Eso merece brindar con otra copita de champán, Susana.

Pero no le dio tiempo. La megafonía informó de que los caballos ya habían entrado en los cajones de salida y estaba a punto de comenzar la prueba más importante de la tarde. Inmediatamente, el Sultán requirió sus prismáticos y se puso en pie, tenso, concentrado. En un momento se le borró todo rastro de ligereza y frivolidad: ahora la vida iba en serio, su caballo se aprestaba a tomar la salida y él ya no estaba repantingado en el palco con una guapa señorita, sino allá lejos, en el extremo de la pista y con los músculos a punto. Los antiguos marinos que afrontaban el mar tenebroso tenían como lema el adagio «Vivir no es necesario, pero es necesario navegar». El blasón de Ahmed Basilikos, llamado el Sultán, podría leerse así: «Vivir no es necesario, correr y ganar sí lo es.» Entonces sonó un trompeteo por los altavoces, el público exhaló una voz unánime —de ánimo, de alivio por el fin de la espera...— y los caballos se pusieron en marcha veloz.

—¿Dónde va el nuestro? —preguntó Susana, como si formase ya parte del equipo.

—Pues ahora va el último, claro. —El Sultán bajó un momento los gemelos y envió a Susana una mueca burlona, con exhibición fugaz de dientes carniceros—. No te preocupes, ahí es donde tiene que ir. Le gusta correr así.

La periodista no estaba preocupada en absoluto, pero

sentía un conato de excitación y compromiso. ¿Quería la victoria de *Kambises,* quería su derrota? En cualquier caso, innegablemente, quería *ya* un resultado. Lo esperaba, lo exigía, se sentía trémula en el delicioso trance del «aún no, pero ya vienen, ¡ya vienen!». No necesitaba prismáticos para ver en la recta de enfrente la hilera de caballos, doce o trece, cada vez más estirada, y a la cola —un par de cuerpos detrás del resto— la figura blanquecina de *Kambises,* perfectamente discernible porque no había ningún otro de ese color entre los participantes. Y ahí seguía, el último, cuando los que marchaban en cabeza comenzaron a tomar la curva antes de la recta final. Susana lanzó una ojeada al Sultán: muy erguido, con los prismáticos en ristre, los labios apretados, sin concesiones mundanas. En lo suyo. Intentó indicarle por señas a Abdulá que debía fotografiarle en ese éxtasis, pero su auxiliar parecía sumido en alguna meditación inaplazable mientras consideraba con suma fijeza su pie derecho. Maldito imbécil, la última vez que cargaba con él.

Los caballos se habían agrupado un poco en la curva y desembocaron en la recta con probabilidades bastante parejas. Delante iban dos, netamente destacados, aunque uno de ellos ya daba muestras de haber agotado sus fuerzas; luego seguía un rabioso pelotón de seis o siete, todos bastante juntos, con los jinetes fusta en mano para exigir el aceleramiento definitivo; después unos pocos más, desperdigados, probablemente casi convencidos de que ése no era su día. Y, por fin, el último aún… ¡no, el penúltimo ahora!, marchaba *Kambises.* Casi sin querer, Susana se llevó la palma de la mano a la boca y luego la agitó como si quisiera sacudirse algo pegajoso que tuviera adherido en un dedo. Ya sembrados a lo largo del último tramo de la carrera, los adversarios hacían su esfuerzo más concluyente. Uno de los dos guías cedió por fin sin remedio, pero el otro todavía aguantaba aunque acosado de cerca por dos o tres aspirantes. Allá en la cola del grupo, Susana vio o, mejor, adivinó un remolino blanco que se desmarcaba hacia fuera y luego se abalanzaba por el exterior de la pista: con el tiempo justo o quizá demasiado tarde, *Kambises* iniciaba la caza. En unos pocos trancos, largos, descoyuntados pero efectivos, rebasó a media docena de competidores desanimados. Y siguió cada vez más rápido hacia los de cabeza. Ya estaba el cuarto, ahora el tercero... ¡No, mala suerte, la meta estaba demasiado cerca y no le iba a dar tiempo de alcanzar a los primeros! *Kambises* daba la impresión de haber llegado a su tope, no podía acelerar más, pese a los esfuerzos a punta de látigo de su jinete. Delante, aún otros dos luchaban entre sí y sostenían el tipo gallardamente. Ya estaban a punto de... Susana volvió a mirar al Sultán: con una mano mantenía los gemelos pegados a los ojos y con el puño de la otra golpeaba el aire, una y otra vez, rítmicamente, como el cómitre que marca con su mazo el ritmo de los remeros en la galera. De la garganta le salía una especie de gruñido enfático y cada vez más intenso, un «¡ooooogg!» de aprobación, de aliento, de violencia apenas contenida. En la pista, la escena pasaba a toda velocidad, durante las fracciones de una fracción de segundo, pero a Susana le dio la impresión de que la veía a cámara lenta o, aún más, que estaba fija, esculpida más allá del tiempo. Estirándose por el margen de la ancha cinta de césped con un último impulso decisivo, *Kambises* se puso irremisiblemente a la altura de los dos primeros y siguió, siguió adelante hacia la meta que ya se les venía encima.

Al instante siguiente, una eternidad después, la cruzaron los tres juntos pero el tordo había ganado por medio cuerpo. El Sultán bajó entonces los prismáticos y alzó el brazo derecho al aire, con la mano abierta como si quisiera encestar una canasta gloriosa. Sólo gritó:

—¡Sí!

—¡Lo ha conseguido! ¡Ese flacucho gris… no se da por vencido, no! ¡Ha sido emocionante! ¡Nunca creí…!

—Cuando Susana se entusiasmaba, se ponía mucho más guapa, con los grandes ojos verdes brillando con fulgor apasionado y las mejillas arreboladas. Llevada por la emoción se acercó mucho al Sultán, como si quisiera abrazarle, y él aprovechó para tomarla por los hombros y besarla con el ósculo de la alegría compartida.

—No creas, ha ganado más fácil de lo que parece. *Kambises* siempre es así, le gusta hacernos sufrir. Si te empeñas en ponerlo delante se para, no hay manera. Sólo corre cuando ve a los demás delante: para fastidiarlos, para amargarles la fiesta. ¿Creéis que vais a ganar, eh? Pues ahora veréis… Adoro a ese bicho, de verdad.

El Sultán cogió a la periodista de la mano y dio un par de pasos hacia la puerta del palco.

—Venga, acompáñame abajo. Vamos a recibirle. Si quieres, puedes llevarle tú hasta el recinto de ganadores.

—¿Yo? No sé si sabré… ¿Es la costumbre?

—Es mi costumbre, siempre que gano.

Susana volvió a ponerse un poquito maliciosa, para marcar distancias.

—Pero no has ganado tú. Ha ganado *Kambises*…

El Sultán se paró y la miró muy serio, aunque con una llamita irónica en los ojos.

—Un poeta persa llamado Al-Hallach escribió: «Yo

soy a quien Yo amo y a quien Yo amo es Yo.» Claro que como vivía en el siglo diez le crucificaron por blasfemo. Pues, bueno, yo, también yo…

—¡Blasfemo!

El aullido los sobresaltó como una explosión. Allí estaba Abdulá, erguido y tembloroso, señalándolos con la mano engarfiada de los profetas de mal augurio, sollozando o riendo, quizá las dos cosas a la vez, vaya usted a saber. Histérico perdido, eso sin lugar a dudas.

—¡Blasfemo! ¡Arrogante explotador de los pobres! ¡Tu yo no es más que vanidad y miseria! ¡Todos los infieles… sois mierda! ¡Mierda! Pero Alá es el Señor de la Justicia… ¡La venganza es mía, dijo el Señor! No habrá refugio ni descanso para los infieles. ¡Llega la hora de Alá! ¡Maldición sobre los poderes de este mundo! ¡Matadlos a todos, Él reconocerá a los suyos! ¡A muerte, a muerte!

Se metió la mano convulsa bajo la zamarra y de un tirón la sacó esgrimiendo un grueso cilindro rugoso y negro, que blandió con triunfal amenaza. El Sultán retrocedió un paso dando un grito, un rugido más bien, mientras Susana se tiraba al suelo cubriéndose la cabeza con las manos. Abdulá bailoteó un instante con su cilindro en alto, pero sólo un instante, porque ya los fornidos guardianes habían irrumpido a paso de carga en el palco. Uno de ellos se arrojó en plancha contra Abdulá, derribándole sin esfuerzo. Pero no pudo impedir que de su mano escapara el ominoso tubo negro, que rodó por el suelo mansamente. Alguien, quizá el propio Sultán, dio la voz de alerta: «¡Cuidado con eso!» Otro de los guardaespaldas lo cogió con un gesto rápido y de inmediato se alzó para tirarlo lejos… aunque al momento siguiente, tras una ojeada, se lo tendió en la palma de la mano al Sultán.

—No hay peligro, jefe. Es sólo un teleobjetivo corriente.

—Registradle bien —gruñó el Sultán. Después, acercándose al caído, de bruces contra el suelo mientras un gigantón le mantenía el brazo doblado a la espalda y otro le palpaba por todas partes—. ¿Quién te manda? ¿Quién te ha encargado matarme?

Con la cara torcida y aplastada contra las baldosas, Abdulá apenas podía hablar. Sólo pudo lanzar una especie de balido, errático y lamentable:

—La comunidad de los creyentes… bendito sea, bendito… Él prevalecerá.

—Limpio, jefe. —El esbirro se irguió, concluida su tarea—. No lleva armas de ninguna clase.

¿Desarmado? ¡Qué sabrás tú! El verdadero creyente siempre dispone del Arma más poderosa, contra la que no hay escudo ni guarida. Yo la tengo aquí, aquí mismo… ¿O quizá no? La notaba hace un momento sobre mi pecho. Pero ahora… ya no sé. ¿La he perdido? ¿No tengo fe suficiente? Porque si he perdido mi Arma, estoy perdido. ¿Todo es inútil… otra vez inútil? Imposible, esta vez tengo al Todopoderoso de mi lado, sólo Él puede acabar con los fastos del poder terrenal. Pero el Arma… la verdad, no tengo arma ninguna. Ya no la tengo, aún no la tengo. ¿La tendré alguna vez? Aunque, quién sabe, quizá la explosión se ha producido y el exterminio ha sucedido ya, pero yo estoy condenado en el infierno a ignorarlo, a creerme fracasado, a no ver el día de la victoria. ¡Son tantos mis pecados… a lo largo de tantos años! Y ésa será mi tortura eterna.

—Sacadlo fuera y entregádselo a la policía. —Los forzudos alzaron a Abdulá como un pelele y se pusieron en marcha hacia la puerta, pero el Sultán los detuvo—. O, mejor, no. Es un chiflado inofensivo. Bajadlo a la entrada, pegadle una patada en el culo y que se vaya. ¡Que se largue bien lejos! No tengo ganas de perder el tiempo por su culpa dando explicaciones a la bofia.

Con un sicario sujetándole cada brazo, casi en volandas, Abdulá se resignó a ser transportado al pasillo, rumbo al ascensor. Allí, a medio camino, mirándole con una pizca de asombro para dar sabor a su habitual desprecio, estaba Jimmy Giú.

—Jodido Chino.

Abdulá le miró compasivo al pasar, sin rencor y, volviendo la cabeza por encima del hombro mientras le arrastraban, dijo con voz suplicante pero serena, melancólicamente serena:

—¿Cuándo amanecerá, camarada?

12

LEVÁNTATE Y CANTA
(contado por el Doctor)

La causa más usual de la fiebre lenta es la tristeza.

R. Descartes,
carta a la reina Elisabeth

Verás, Lucía, ya sabes lo que pienso de todo este asunto del jinete volatilizado. Sencillamente: que es una perfecta ridiculez. Esperemos al menos que nos reporte unos honorarios suficientes para soportarla sin merma de nuestra autoestima. Porque sabido es que cuando se cobra más de lo habitual por hacer el payaso, ridículo es quien se ríe y no quien recibe la tarta en plena cara. Como es un capricho del Dueño el que nos ha metido en esto, que pague sin racanería parece lo más justo. Aunque yo sigo negándome a ver nada demasiado raro ni mucho menos siniestro en el ocasional eclipse del señor Kinane. Si se ha ido bien lejos, habrá sido porque ha querido y rumbo a donde le haya dado la gana; si todavía anda por los alrededores, el único misterio proviene de que se le ha olvidado mandar su actual dirección o atender un par de compromisos, él sabrá por qué. En cualquier caso, esa «desaparición» es un asunto privado en el que siempre nos tocará desempeñar a los inquisidores el papel menos airoso. ¿Qué se espera que hagamos, si por fin le encontramos y con toda claridad nos manda a paseo? ¿Tendremos que rescatarle del secuestro que no padece? O, aún peor pero más probable: ¿deberemos se-

219

cuestrarle nosotros para dar gusto al Dueño y después decir que le estamos rescatando? Ni que fuéramos el Ejército de Estados Unidos...

Y, sin embargo, hoy he escuchado ciertos testimonios que me han hecho dudar de la convicción básica —y aún no abandonada, quede claro— que acabo de exponerte. Ya sabes que soy un espíritu científico y objetivo (¡nada de reírte, no lo consiento, mira que te parto la crisma... alma mía!), por tanto me enorgullezco de ser persuadible. Si se me ofrecen los debidos argumentos de peso, cambio de opinión sin rechistar ni sentirme humillado. Lo único humillante, claro, es no ceder a la razón. No voy a decirte que hasta este momento se me hayan dado suficientes motivos para cambiar de opinión sobre el caso Kinane, pero sí que hoy he oído y vislumbrado cosas que me hacen alentar una duda razonable sobre lo inocente de su desaparición. Paso a exponértelas y ya me dirás lo que opinas. Atenta, por favor.

Episodio primero: en la sauna. Por la mañana tuvimos reunión con el Príncipe, para distribuirnos nuestras tareas inmediatas. Yo quedé encargado de acompañarle por la noche al local en que cantaba esa Siempreviva, la amiga de Kinane y cofrade de la Hermandad de la Buena Suerte, según acababan de informarnos en nuestra visita a la sala de juego. Eso me dejaba la mayor parte del día libre. Entonces recordé que el Profesor me había sugerido ayer pasarme por una sauna frecuentada por jinetes y gente del *turf,* un mentidero por el que circulan según parece necesariamente todos los cotilleos y los soplos. Mi compadre es de una arbitrariedad lógica realmente inimitable: cuando le dije que era él quien debería visitar ese caluroso antro (siempre ha mostrado por las saunas un interés que difícilmente puede atribuirse solamente a razones higiénicas y además conoce al dedillo el *who-is-who* de la hípica), me replicó muy convencido que ya estaba demasiado visto por esos lares. No era desde luego mi caso y, por tanto, yo daría menos el cante: tal fue su popular modo de expresarse.

Le rogué que, para el improbable caso de que me decidiese a seguir su consejo, me hiciera alguna sugerencia más concreta respecto a quién debería buscar o interpelar entre toalla y ducha. «Busca al Buda» fue su contestación, digna de un maestro zen o de Richard Gere. Luego condescendió a las aclaraciones, porque no es mal muchacho: el Buda al que se refiere no tiene nada de Gautama, sino que es un fulano que «lo sabe todo» (el Profe *dixit*) y que mantiene consulta permanentemente abierta en la sala de vapor. Yo debería abordarle con astutos meandros y sin preguntarle nada relevante de forma directa, porque entonces se cerraría como una ostra. En fin, que era una perla el Buda ese. Inquirí que cómo podría reconocerle: «No te equivocarás, es inconfundible.» Vaya caracterización, así se acierta siempre… o la culpa será de quien se equivoca. Seguí informándome, más bien por jugar: ¿cuál era el mejor momento de la jornada para visitar a ese sabio vaporoso? Respuesta (estupefaciente): «Da igual, a cualquier hora, siempre está ahí.» Protesté, claro, ya sabes que hay un punto de irracionalidad que no soporto, ni siquiera como ejercicio de humor: *nadie* puede vivir constantemente dentro de una sala de vapor, resulta imbécil hasta tener que discutirlo. Con mansa dulzura, el Profesor admitió que bien pudiera ser que yo tuviese razón, aunque él jamás había visto al Buda sin su aureola nebulosa ni la sala de vapor sin la presencia dominante del Buda. Después, para darme gusto, me recomendó ir más bien hacia la hora de almorzar, porque es el momento en que la instalación está menos frecuentada. De modo que cuando a mediodía terminó nuestro consejo de guerra con el Príncipe, sin otro objetivo inmediato a la vista, con pocas o nulas ganas de volver a casa (ya sabes que no soporto el llamado hogar desde que tú faltas y por tanto se ha convertido en un decorado mustio, vacío), la ocasión parecía que ni pintiparada para hacer una peregrinación budista. Y allá que me fui.

¡No pongas esa cara de pasmo! ¿O es más bien escepticismo? Ya, comprendido: te cuesta imaginarme yendo voluntariamente a una sauna pública. Y tienes razón, porque las detesto. Mejor dicho, me repugnan: siempre imagino que esas maderas regadas por mil dudosos sudores deben de ser nidos de hongos y bacilos variados, pie de atleta, erupciones, abscesos... como la placa de cultivos en algún laboratorio para investigación de infecciones. No puedo tocar una toalla o pisar una baldosa en esos lugares sin ponerme malo de aprensión. Por eso instalamos en nuestro baño de casa una cabina de plástico transparente para tener vapor a domicilio, a pesar de que luego la falta de espacio nos obligaba casi a lavarnos las manos desde el pasillo. Tú la disfrutaste mucho más que yo, reconócelo. Te encantaba encerrarte en ese horno a sudar y escuchar la radio; yo me acercaba cauteloso a atisbar tu desnudez más enrojecida que rosada entre las brumas caliginosas y, cuando me descubrías, me hacías muecas burlonas y gestos ingenuamente provocativos, para chincharme un poco. Qué sencilla y pueril es la felicidad cuando ocurre, ni cuenta nos damos casi, y qué insoportable recordarla... Ahí sigue la cabina en el baño, estorbando, y yo nunca he vuelto a utilizarla ni soy capaz de mandarla quitar. La miro todos los días al afeitarme, fría, apagada y vacía. De vez en cuando apoyo la frente sobre la superficie pulida y cierro desconsoladamente los ojos.

Pues, bueno, para que veas lo profesional que soy cuando hace falta (y lo poco que ya me importan las infecciones): me fui a la dichosa sauna. El tipo que daba las toallas en la entrada, chulesco y acanallado, me pareció más propio de un burdel que de un establecimiento higiénico... aunque los burdeles también cumplen funciones higiénicas, bien mirado. A esa hora, en efecto, no había casi usuarios. Eché una ojeada por la ventanilla a la sauna finlandesa, que estaba vacía. Si hubiese habido alguien tampoco habría logrado verle demasiado bien, porque tuve que desprenderme de mis gafas al dejar la ropa en el vestuario. Los miopes tenemos un agravio suplementario contra saunas y demás lugares donde reina la bruma obligatoria o su hermano gemelo, el vaho. Para mayor inri, en la sala no había forma de distinguir nada desde fuera (ni con ni sin gafas), de modo que me decidí a entrar valerosamente en la bruma pegajosa. Qué agobio, qué ahogo, qué asco, qué... pero, en fin. Me senté en el banco corrido de mampostería, tratando de defender mis posaderas de la quemazón con la toalla que me envolvía la cintura. El monstruo resoplaba a breves intervalos, fuuuu, fuuuu... y todo goteaba un líquido ardiente, jalea del infierno. Al principio fui incapaz de ver nada, mientras empezaba a cocerme en mi propio jugo. Pero a todo se acostumbra uno, empezando por la vista, que al poco tiempo recupera sus poderes. A mi izquierda, casi pegado a mí, vislumbré un gran bulto viviente y decidí que debía de ser el Buda en persona. Adiposo, flácido, con mamas caídas y múltiples papadas abdominales, calvo: bastante búdico, en efecto. Pero no estaba sentado en la postura del loto sino con las piernas ajamonadas colgando inertes, aunque sin llegar a tocar el suelo. Coño, tenía los ojos semicerrados pero me estaba mirando.

—Tengo un ganador para la cuarta de Uttoxeter. —La voz le salía aflautada aunque rasposa al final, como si tuviera un gargajo en el gañote.

—¡Ya!... Bueno, no sé…

—Y para mañana en Windsor, dos seguros.

Cambié ligeramente de posición, porque notaba que se me estaba quemando el culo. Después hice un leve gesto con la mano que no sostenía la toalla, sin comprometerme a nada pero como animándole a seguir.

—¿Prefiere algo del extranjero? ¿Deauville? ¿Baden-Baden? ¿Mijas? Mejor todavía: ¡Hong Kong! Para el próximo jueves tengo un soplo increíble en la prueba principal de Sha-Tin. Nadie le va a dar ni en mil años cosa más rentable y usted lo sabe. Por eso está aquí, ¿no?

Como yo seguía sudando en silencio, el gordo inmenso se agitó con cierta incomodidad. La barriga pendiente se le estremeció, semejante a un espeso delantal de gelatina. Se pasó una mano del tamaño de un almohadón por la cara congestionada y suspiró.

—¿Qué busca usted exactamente, amigo? ¿O es que sólo quiere perder peso?

—Lo único que me gustaría saber es dónde y cuándo volverá a montar Pat Kinane.

—¡Tschis, tschis! —El Buda produjo un ruidito chasqueante, como si se le hubiera quedado algo metido entre los dientes—. Tenga paciencia, hermano. Le aconsejo mucha paciencia. ¡Vaya, qué cosas hay que oír!

—Es que me parece raro que no monte desde hace semanas. Yo... bueno, es mi ídolo, ¿sabe?, mi jinete preferido, una especie de fetiche. Y nadie parece saber dónde se ha metido ni cuándo va a volver. Yo... ¡joder! Yo daría bastante por saber algo del viejo Pat. Uno de los grandes, por lo menos. Porque ya se acerca el día de la Gran Copa... —Cuanto más hablaba, más huecas y menos convincentes sonaban mis inquietudes.

Así lo entendió el Buda, que no ocultó su desdén ni su recelo:

—¡Qué preocupación más enorme tenemos, es verdad! ¿Dónde estará Kinane? ¿Cómo vamos a vivir sin él? Bueno, imagínese que no aparece. O que no vuelve hasta mucho, mucho después de la Gran Copa... ¿qué me dice, eh?

—Entonces... ¿quién montará a *Espíritu Gentil*?

—Pues no lo sé. Ni me importa. ¡Que lo monte su puto dueño, no te jode! ¿Por qué no lo monta usted, si tanto le interesa? —Parecía extrañamente furioso, trepidaba y se estremecía como un flan cabreado—. Hágame caso: mejor que se olvide de Pat Kinane. Está fuera: ¡fuera, *off, out*! No cuente con él. Ni con *Espíritu Gentil*... Busque otro caballo en la Copa. Si quiere se lo digo... yo sé quién va a ganar. Le costará la mitad de ese grande que anda ofreciendo...

Entonces yo también me cabreé, tenías que haberme visto. Me hubieras tirado de la manga para domesticarme... aunque en ese momento no llevaba mangas. Ahora que lo pienso, mi indignación —exagerada, extemporánea, exótica— debía de estar causada en gran parte por la congestión calurosa y también el esfuerzo por no pensar en los hongos que sin duda estaría pillando cada vez que apoyaba un pie en el suelo o me rozaba con aquellas losetas contaminadas.

—Oiga... Buda. Porque usted es el Buda, ¿verdad?

—Así me llaman —me alegró oírle sonar todavía ligeramente ufano.

—Buda, váyase a tomar por culo. Usted y sus soplos de mierda. ¿Me oye? A tomar por culo.

Resopló como una morsa vieja y atascada. No se lo esperaba, vaya que no. Se puso en pie con toda la dignidad gelatinosa de que era capaz (o sea, sin dignidad ninguna), gruñó un par de tacos lo suficientemente bajito para no darme un pretexto y que le rompiera los dientes, luego se bamboleó flatulento hasta la puerta y se apresuró a abandonar el hirviente recinto. Sentí esa mezcla de vergüenza y júbilo que nos invade cuando la ira nos ha hecho prevalecer sobre alguien, aunque sea en detrimento de la equidad. Bueno, al menos yo había aprendido algo que ignoraba el Profesor: tenía una prueba directa de que el Buda sí que salía de vez en cuando de la sala de vapor...

Decidí darle un plazo razonable para que se refrescara en la ducha y se largase. O para que se encerrara en el retrete a llorar su disgusto. O para que le diese un infarto y reventara de una vez. En cualquier caso, no quería encontrármelo resoplando en el vestuario, mientras se ponía la tienda de campaña que debía de utilizar como calzoncillos. Así que me relajé un poco, cerré los ojos y estuve a punto de sentirme a gusto... aunque todavía me volvía de vez en cuando el reparo por lo de los hongos, el pie de atleta y demás. Entonces alguien habló a través de la espesa gasa húmeda del vapor, allí, al fondo a la derecha.

—Si no se enfada también conmigo, le diré algo.

Apenas lograba verle. Me pareció joven y menudo, casi insignificante comparado con el paquidermo que acababa de abandonarnos.

—No se preocupe, ya se me ha pasado. Por lo general soy muy apacible.

—Si usted lo dice… Mire, a mí tampoco me gusta el Buda. Pero tenía razón en una cosa que le dijo: olvídese de *Espíritu Gentil* para la Copa. Que lo monte o no Pat Kinane no tiene nada que ver, porque no ganará en ningún caso.

—Y eso… ¿por qué, si puede saberse?

—Muy sencillo: porque volverá a ganar *Invisible,* como el año pasado. Está mejor que nunca y es más caballo que *Espíritu,* créame.

—Muy seguro está usted, señor…

Se puso en pie y se me acercó dos pasos, saliendo de la niebla. Era menudo, sí, pero atlético y no tan joven como yo había supuesto. Tenía una cara curtida, experimentada, arrugas profundas y poco pelo.

—Me llamo Malcom Bride. Voy a montar a *Invisible* en la Copa y sé de lo que hablo.

Así acabó mi visita a la sauna. Que me dejó pensativo y ya veo que a ti también. Paso ahora a contarte el segundo episodio revelador de la jornada.

La cita principal del día me pareció en principio más favorable que la incursión que acabo de narrar. No tengo rechazo grave contra la ópera ni me produce en general escrúpulos higiénicos, como las saunas públicas. Tampoco soy un gran aficionado, aunque siempre tuvimos en nuestra modesta discoteca algunas grabaciones del géne-ro. Nunca óperas completas, desde luego, porque ni tú ni yo —y tú aún menos que yo, tendrás humildemente que reconocerlo— seríamos capaces de escuchar algo tan largo, sólo selecciones de arias, dúos y otros momen-tos especialmente destacados. ¿Recuerdas? El bueno de Pavarotti, Mario Lanza y su *Arrivederci, Roma,* una antolo-gía de *Aida* con Carlo Bergonzi y Giulietta Simionato, otra de *La Bohème* con Mirella Freni y desde luego Maria Callas. Que es a la única que oíamos de verdad con cier-ta frecuencia, a la gran Maria. Como cualquier ocasión te ha parecido siempre buena para tomarme el pelo, nunca dejabas de meterte con la cara que según tú se me suele poner al escucharla cantar *Casta Diva.* Como un besugo recién sacado del mar, haciendo pucheros. Y me imitabas con bastante más gracia que exactitud. Vamos, digo yo.

En fin, que acompañé con aceptable disposición de ánimo al Príncipe a nuestra cena lírica. El Elixir de Amor tenía la apariencia estándar de cualquier *trattoria,* en cuanto a la decoración falsamente rústica y el olor a to-mate con orégano, con la única peculiaridad de que to-das las fotografías que adornaban sus paredes eran de cantantes de ópera. La mayoría, celebridades del pasado —por supuesto, no faltaban Caruso ni Melchior—, pero también otros más recientes e incluso había retratos to-mados en el mismo local y firmados por sus protagonis-tas. Por lo visto, la cocina del Elixir de Amor había sido degustada —y tal vez padecida— no sólo por Alfredo Kraus, sino también por Teresa Berganza y hasta por Juan Diego Flórez. Bueno, si a ellos les había bastado, por qué no a nosotros. La carta ofrece especialidades ita-lianas, la más fiable de las gastronomías, soportable incluso cuando es mediocre. De reservar la mesa se había encargado el Príncipe, que tenía una habilidad especial para esa tarea o siempre conocía el nombre mágico que invocar para gozar de privilegios menudos. En cualquier caso, estábamos hacia la zona central de la sala pero medio disimulados tras una columna, es decir, que podíamos asistir a todo sin convertirnos nunca para nadie en parte indiscreta del espectáculo.

El Príncipe se había emperejilado bastante para la ocasión, aunque sin ningún exceso llamativo ni de mal gusto: en elegancia sobria y natural es en lo único que indudablemente supera a su padre, al que recordamos más bien inclinado a lo fosforescente. Junto a él, yo me sentí bastante desastrado: acuérdate, tú eras quien me vestías y yo sólo me vestía para ti. Ahora ya no sé qué ponerme, me da igual lo que llevo y además todo me está mal. Para rematar la faena, me afeito sólo un día de cada cuatro o cinco, porque se me olvida o me da pereza. Qué facha tengo. A veces, para mi alarma, logro verme con cierta objetividad, desde fuera. Por las mañanas, cuando no puedo evitar mirarme en el espejo, pregunto: ¿de dónde te has escapado?, ¿de quién huyes?, ¿dónde esperas refugiarte? Y también desde el espejo tú me miras con cariño, compasiva, pero sin poder ayudarme ya. Dejémoslo. Pues, en fin, aquí estoy, cenando fuera, casi de fiesta. Y el Príncipe, sin el menor reproche (¡qué estará pensando ahora mismo de mí!), charlando conmigo como si fuésemos un par de buenos mozos comenzando una noche prometedora...

El camarero que se acerca para tomarnos el pedido tiene las patillas de Fígaro pero nada de su pícara alegría. Más bien parece resignado a un fastidio rutinario que apenas disimula. Hace un momento vi pasar a una camarera jovencita que en cambio podría ser una aceptable Zerlina, pero a ella le ha tocado atender otras mesas. Suspiro. Cenaré ligero, como siempre: sopa minestrone y bresaola con rúcula y parmesano. En cambio el Príncipe comparte el bárbaro apetito de Don Giovanni: *penne alla arrabiata* y escalopines al Marsala. Está en la flor de la edad, como suele decirse. Pide Chianti y me lanza su mejor sonrisa. Se la traslado *in pectore* a mi colega el Profesor, que hubiera sabido apreciarla mejor que yo.

Para entretener la espera, inspeccioné discretamente la clientela del local. Predominaban las parejas —en varios casos dobles parejas— de mediana edad. Un ventripotente caballero más que maduro atendía a una joven que evidentemente no era su hija, procurando impresionarla con su conocimiento del mundo y vasta cultura. La pobre criatura tenía el aburrimiento garantizado. Sorpresa: la mesa más animada, muy cerca de la nuestra, era también la más silenciosa. La ocupaba un grupo de sordomudos que mantenían una viva y sonriente conversación gestual; de vez en cuando a alguno se le escapaba una especie de ronco gañido, una nota discordante que supongo que era el equivalente en su caso a volcar un vaso con el codo entre comensales dotados de voz. O quizá fueran solamente mudos, pero no sordos, porque si no resultaba un poco raro que eligieran una velada musical para acompañar la cena. Aunque quién sabe, todos vivimos de ilusiones y de inconsecuencias.

El espectáculo era simpático, familiar y poco exigente. Un tenor muy joven, de voz bastante desabrida pero entusiasta, cosechó el previsible aplauso cantando *Questa é quella* y *La donna é mobile*. Le siguió un fornido contratenor, barbudo y calvo, que interpretó con mucha delicadeza un par de arias barrocas que no llegué a identificar pero que me gustaron mucho. Bueno, la verdad es que mi minestrone era muy aceptable también y yo me sentía a punto de estar contento. El pianista que acompañaba sin hacerse notar demasiado a los cantantes no era Rubinstein, pero cumplía decentemente. Entonces apareció Siempreviva, recibida por una discreta ovación mayoritariamente suscrita que demostraba su rango estelar. Se hizo un silencio general, apenas roto por algún entrechocar de cubiertos en el plato o el tintineo de alguna copa. Iba vestida con un traje largo quizá un poco anticuado —¡qué sabré yo!— pero de buen gusto: bastante alta, más bien huesuda, no mal parecida aunque ajada. Seguramente ya pasaba de los cincuenta años, aunque aún podía declarar con verosimilitud cuarenta y pocos. El piano insinuó su entrada y ella atacó con toda dignidad *J'ai perdu mon Eurydice*. Tenía una voz suave, muy bien educada, sin gran potencia pero con encanto. Cuando terminó, aplaudí con sincero entusiasmo y también el Príncipe, que asentía muy satisfecho con la cabeza.

Siguieron otras actuaciones de cada uno de ellos y después se hizo un alto y comenzaron a pasearse entre las mesas, saludando a la gente y departiendo amablemente con los clientes, la mayoría de los cuales se notaba que eran asiduos. Cuando Siempreviva se acercó a nosotros, el Príncipe se puso en pie y le comentó brevemente la recomendación de la Hermandad de la Buena Suerte que nos había traído hasta ella. Después la invitó a acompañarnos a la mesa, si le estaba permitido.

—No quisiera privar al resto de los clientes del placer de su compañía…

Pero el encanto de los ojos azules también funcionó en este caso.

—Bueno, creo que me dejarán charlar un ratito con unos amigos... —Después sonrió, mirando con admiración un punto maternal al Príncipe—. Me gusta ese color de pelo. ¿Sabe que Vivaldi también era pelirrojo? Le llamaban en Venecia il *Prete Rosso*.

Se depositó en la silla con un cuidadoso repliegue de la cola del vestido. Lo mismo que cuando cantaba, al hablar destilaba juntamente primor y melancolía. O quizá fuese solamente fatiga, pero no ese cansancio del que puede uno reponerse sino otro ya incurable. Pensé que daba la impresión de... sí, no te exagero, de majestad. Porque una reina no deja nunca de serlo aunque se vea destronada.

El Príncipe elogió con finura su forma de cantar y yo administré subrayados con murmullos de aquiescencia. Por supuesto, ella debía de haber actuado ya en teatros importantes...

—Canté en Parma, en Venecia... Y hasta en la Royal Opera House de Londres. Estuve a punto de ir al Lincoln Center de Nueva York, pero... Todo se echó a perder. —Buscó un momento una ilustración adecuada de su caída y luego prosiguió, con una risita casi de excusa por la imagen que se le había ocurrido—: Como un sueño del que nos despierta el estruendo grosero de la cisterna del water...

—No logro imaginar... —La delicadeza del Príncipe era proverbial en tales casos.

—Pues nada, ya ve: la bebida. —Lo dijo con tanta naturalidad e indiferencia que estuvimos a punto de echarnos a reír—. Soy una alcohólica reformada, aunque mi reforma llegó tarde, como tantas otras. Salvó mi vida, pero no mi carrera. Bebía para calmar los nervios y lo que conseguí es perder la voz, los contratos y parte del hígado. Por lo demás, sigo tan nerviosa como siempre. Y ahora aquí me tienen… Vivita y cantando, pero en tono decididamente menor. Y echándolo todo de menos: teatros, éxitos, buenas críticas, viajes… Hasta la bebida. Sobre todo, la bebida. Supongo que por eso me interesa tanto saber un poco más de la buena suerte. ¡Es algo tan exótico para mí, tan lejos de mi experiencia!

Con hábil dulzura, el Príncipe fue llevando la charla hacia el jockey inencontrable. Sabíamos que ella y él eran especialmente amigos…

—¡Pat! Es el pequeño gran hombre más adorable que he conocido en mi vida. Solemos hablar mucho, ¿ve usted? A los dos nos encanta charlar pero a mí me gusta todavía más escucharle. Tiene una chispa para contar las cosas y una imaginación… no sé, vuelvo a sentirme viva cuando me envuelve con sus historias. O con sus razonamientos, ¿eh?, porque es bastante filósofo. Uno de sus temas preferidos son las semejanzas que encuentra entre su oficio y el mío. Dice que ambos se ejercitan no cuando uno quiere sino en un momento obligado, predeterminado por las circunstancias. Y ante la presencia del público vivo, que espera y juzga. Si te equivocas, no puedes volver a empezar, no queda más remedio que seguir adelante como puedas. Y por lo visto en el arte del jinete ocurre lo mismo que en la lírica: el mejor no es quien hace aspavientos y finge luchar heroicamente contra lo imposible, sino el que se deja llevar sin aparente esfuerzo y parece que tropieza con la perfección antes de haber llegado a buscarla. Los realmente buenos son los menos vistosos. Por eso la gente suele preferir a los segundones efectistas tanto entre los jinetes como entre los cantantes...

A mí el tema me interesaba sólo de refilón, pero el Príncipe estaba verdaderamente apasionado por ese planteamiento. «De acuerdo, completamente de acuerdo, siempre he sostenido... ¡naturalmente!...» Se volcaba sobre la mesa y por un momento tendió la mano y apretó la muñeca de nuestra invitada. Hasta se hubiera dicho que ya no recordaba para qué estábamos allí. Fue Siempreviva quien volvió a Kinane, con afectuosa nostalgia.

—Yo no entiendo nada de caballos, ni siquiera he estado en un hipódromo en toda mi vida. Pero Pat se empeña en contarme cosas de las carreras, anécdotas, ejemplos de buena suerte... por ejemplo, aquel caballo, no recuerdo su nombre, que en plena recta final del Derby tropezó y se fue de rodillas al suelo, sólo para levantarse inmediatamente, recuperar el paso y ganar...

—*Alysheba,* en el Derby de Kentucky —rememoró el Príncipe—. Creo que fue el año 1986 o en el 87.

—Y también casos de suerte pésima, como otro caballo, el más veloz del mundo, que a punto de ganar la carrera de su vida se asustó por algo, quizá una sombra que vio en el suelo, pegó un salto y perdió por un cuello.

—*Dayjur,* en la prueba de *sprint* de la Breeder's Cup...

Como me impacientaba un poco ese repaso a dos voces de la historia pintoresca del *turf,* decidí hacer una aportación provocativa:

—Yo conozco otro caso de mala suerte y me tiene muy preocupado. Se trata de un excelente caballo que puede perder próximamente la Gran Copa porque ha desaparecido el jinete que mejor sabe montarle...

Siempreviva alzó la mano, pidiendo un momento de silencio. Y señaló hacia su compañero, el joven tenor, que se disponía a cantar. El piano inició una melodía leve y sugestiva.

—*Favorita del re!... Spirito gentil...*

Aunque la interpretación era vacilante y a veces sonaba áspera donde más delicadeza hacía falta, la belleza del aria de Donizetti logró abrirse paso. Al constatar nuestro arrobo y sorpresa, la *prima donna* pareció muy complacida.

—No debe de ser mera coincidencia... —insinuó el Príncipe.

—No, por supuesto que no lo es. Mi amigo Rafael ha incorporado el aria de *La favorita* a su repertorio (aún tiene que pulirla un poco, aquí entre nosotros) a petición mía y para dar gusto a Pat. ¿Pueden creerlo? Me hablaba frecuentemente de *Espíritu Gentil*, pero no sabía de dónde había sacado el nombre su caballo... fui yo quien se lo descubrí. Ya les digo que cada uno teníamos nuestra especialidad. A partir de entonces, siempre que Pat venía a verme pedía que Rafael la cantase. ¿A quién puede no gustarle?

—Pero yo no había mencionado el nombre del caballo ni de su jinete desaparecido y usted... —insistí.

—Sí, ya sé que Pat se ha marchado.

—¿Adónde se ha ido y por qué? —Ahora el Príncipe se tornó apremiante—. Ayúdenos, señora, por favor.

Ella guardó un breve silencio, después suspiró.

—Pienso que por fin se ha ido a la isla. Estaba cada vez más obsesionado con lo que él llamaba la pregunta, la gran Pregunta... Insistía una y otra vez en que los casos de buena suerte de los que se ocupan los miembros de la

Hermandad son meramente circunstanciales, episódicos. Porque ¿cuál es en realidad la buena suerte para un ser humano, para cualquiera, para todos? Ésa es la pregunta y según él no debe tener más que una sola y única respuesta. Le desespera no conocerla. Hace poco más de un mes comenzó a referirse de modo poco claro a una isla donde vive alguien que podría darle esa clave que busca. Por lo visto ha entrado en contacto con otra gente, con gente que no pertenece a la Hermandad. No sé cómo ni quiénes son. Puede que fuesen ellos quienes contactaran con él. En cualquier caso, no me gustan. No creo en la respuesta que pueden darle. Temo lo peor.

—¿Piensa usted que se proponen hacerle algo malo a Pat?

—Me refiero a lo peor para mí. Creo que se ha ido a esa dichosa isla y que probablemente no volveré a verle. Es culpa mía, porque no me atreví… —Bajó la vista y jugueteó con una servilleta sobre el mantel. El Príncipe intentó de nuevo tomar su mano, pero ella la apartó—. A mí la respuesta a la gran Pregunta me parece obvia, tan obvia que es doloroso decirla en voz alta. La única buena suerte de cualquiera, de todos, es el amor. Lo inmerecido, lo que llega sin saber cómo, lo que todo desmiente y sin embargo ahí está. Pero esa respuesta no puede darse con palabras, como una teoría más. Hay que revelarla con un gesto. Y yo no me atreví a hacerlo. Por eso no pude impedir que Pat se fuera…

—Pero si usted le quiere… —Me sentí tan torpe al decirlo, tan espeso.

—Con la edad, el amor es ya como el mar en invierno. —Alivió su rostro marchito y elegante con una sonrisa casi pícara—. ¿No les ha pasado alguna vez? Una vuelve a visitar en febrero o comienzos de marzo la playa en la que tanto disfrutamos el pasado agosto. El día está claro, despejado. Tenemos toda la playa vacía para nosotros. Y el mar, en calma, nos invita a los placeres estivales. ¿Por qué no intentarlo? La temperatura resulta agradable… al menos para la estación en que estamos. Aparentemente nada ha cambiado y la seducción del placer sigue viva. ¡Vamos allá! Una se descalza y nota la arena súbitamente fría, inesperadamente fría. Proseguimos quitándonos cautelosamente algo más de ropa y no, la sensación no es la esperada: la desnudez que hace unos meses fue esplendor ahora es desamparo y vulnerabilidad. No nos dejemos engañar por las apariencias, la estación de los juegos playeros acabó hace mucho. El mar se nos ofrece tan hermoso como siempre, pero ahora está helado. No entraremos en él, no nos atreveremos a intentar caldearlo con el poco fuego que aún queda en nuestro cuerpo. Más vale vestirse y huir. Es lo que yo hice.

Noté que el Príncipe, inclinado hacia ella sobre la mesa, buscaba algo galante y a la par inteligente que objetar. No le dio tiempo a encontrarlo. Desde las otras mesas, los comensales habían comenzado una insistente súplica coral. ¿Era posible? Si mis oídos no me engañaban, decían: «¡La borracha, la borracha!» El lúgubre Fígaro que ejercía de *maître* se aproximó calladamente y le hizo una señal a Siempreviva, como para recordarle sus obligaciones por un tiempo descuidadas. Yo la miré, esperando verla indignada o al menos molesta por lo que voceaban, pero ella se encogió de hombros, con divertida resignación.

—Discúlpenme, el público me reclama su canción preferida.

Se levantó y acudió al centro de la sala. Con brío y desenfado, el pianista tocó una alegre marcha. Siempreviva se apoyó en una columna, como si estuviese mareada. Y empezó a cantar: *«Ah, quel dîner je viens de faire!»*

Y bordó la *griserie* de la ópera bufa de Offenbach *La Périchole,* en toda su jubilosa vulgaridad. Durante el rato que duró la interpretación, todos vimos a la pelandusca de altos vuelos cortejada por numerosos galanes, levantándose de una cena bien regada con vinos y licores, buscando algún sostén para disimular el tambaleo de su embriaguez y mientras ya excitada pensando en el resto de los placeres, no por mercenarios menos exquisitos, que habría de traer la velada. El público estaba encantado y celebraba cada matiz, cada gesto, la entrega dramática de la soprano en un empeño divertido y menor.

Cuando acabó, Siempreviva se inclinó profundamente con las manos cruzadas a la altura del pecho. Sonreía, con gratitud pero también con tristeza. ¿O era mi imaginación? En uno de sus reiterados saludos, porque la clientela no se cansaba de aplaudir, se volvió hacia nuestra mesa y su mirada se cruzó con la mía. Créeme, Lucía, conozco bien esa mirada. Es la que me devuelve el espejo tantas mañanas, mientras le pregunto: «¿De quién huyes? ¿Dónde esperas refugiarte?»

13

HIC SUNT LEONES

Ni derrotas ni desgracias cortan el apetito de vivir. Sólo la traición lo extingue.

N. GÓMEZ DÁVILA, *Escolios*

—Pat Kinane está en esa isla del Mediterráneo, en la Leonera. De eso no me cabe la menor duda. Lo que ignoro es si ha ido allí voluntariamente o coaccionado, cuestión relativamente secundaria. La pregunta que ahora más nos interesa es la de si no vuelve porque no quiere o porque no le dejan. En cualquiera de los dos casos, creo que debemos intentar traerle de regreso. O sea, que no hay más remedio que ir hasta la isla de marras y buscarle...

El Príncipe apoyó las palmas de las manos sobre la mesa y los miró a los tres con enérgica benevolencia. El mensaje estaba claro: atentos, que llega la hora de ganaros el sueldo y sobre todo de refrendar la confianza que tengo puesta en vosotros. Fue el Comandante quien se adelantó a los demás en el turno de preguntas, para demostrar que era el único verdadero profesional:

—Me gusta moverme sobre seguro. ¿Qué sabemos de la isla?

Inmediatamente, el Príncipe desplegó sobre la mesa un plano, obviamente obtenido vía Internet. Todas las cabezas convinieron sobre él, con el fondo sonoro de un silbido entre dientes del Comandante, quizá la sintonía de los programas de National Geographic. Con la contera de su bolígrafo, el Príncipe fue señalando los lugares que mencionaba:

—Leonera está al sureste de las Baleares, eso ya lo sabéis. Dicen que tiene la forma de una cabeza de león con la boca abierta, aunque yo no veo el parecido por ninguna parte. En la costa sur de la isla se concentra casi toda la población urbana, el aeropuerto, etc. Luego hay una línea playera de apartamentos y hoteles, por aquí, todo seguido hasta aquí. Lo demás, es decir los lados oeste y noroeste, casi la mitad de la isla, pertenece al Sultán. La zona costera y la parte más llana del interior están ocupadas por la yeguada y las pistas de entrenamiento. Mirad, más o menos por este lado está su pequeño hipódromo particular, que según dicen es una verdadera maravilla. Yo sólo he podido verlo a ojo de pájaro, en el Google Earth. Por lo que parece, es lo mejor y más funcional que existe en su género. Pero lo que a nosotros nos interesa está aquí…

El bolígrafo tamborileó sobre un punto situado casi en el centro de Leonera, en lo que parecía ser la cota más alta de la isla.

—Se trata de una colina de poco más de mil quinientos metros de altura que los nativos llaman grandiosamente «la Montaña». Toda ella pertenece también, cómo no, al Sultán. Y en su cima ha levantado una villa, vamos, una especie de palacete con todas las comodidades y desde donde puede disfrutarse una vista insuperable. Por decirlo como Orson Welles, ahí se ha hecho su Xanadú…

Automáticamente, el Comandante se puso a canturrear el lema de *El tercer hombre,* audible demostración de que su cultura cinematográfica era peor de lo que él creía pero mejor de lo que le suponían los demás.

—Entonces, el plan es... —se impacientó el Doctor.

—Para ser sincero, el plan es... que no hay mucho plan. —El Príncipe se encogió de hombros con una mueca de disculpa—. Iremos a Leonera y subiremos a Xanadú (o como se llame), a ver qué encontramos. Llevaremos armas, pero quiero evitar por todos los medios tener que utilizarlas. A fin de cuentas, nadie nos espera allí, de modo que la sorpresa ha de ser nuestra mejor baza. Además, no creo que el Sultán quiera organizar una batalla para retener a Kinane, en el supuesto de que lo tengan en la isla contra su voluntad.

—Pero Leonera no es muy grande, según percibo —objetó el Comandante—. En cuanto bajemos del avión, ¡zas!, ya estaremos localizados por los hombres del Sultán.

—Insisto en que no nos esperan —remachó pacientemente el Príncipe—. Además, no iremos en avión. Efectivamente, el aeropuerto es desde luego la entrada a la isla más lógica y fácil de controlar. De modo que nosotros volaremos sólo hasta Mallorca. En el puerto de Palma nos espera un yate que pertenece a un viejo amigo de mi padre. Me lo cede sin cobrar nada y, lo que más importa, sin preguntas. Llegaremos a Leonera por mar y atracaremos aquí, en Puerto Escondido, que naturalmente es el menos escondido y el más público de toda Leonera, frente al núcleo urbano. Está lleno de embarcaciones que arriban y parten todos los días, de modo que si todo marcha normalmente pasaremos desapercibidos. Después, con una lancha neumática, nos pasearemos por la costa en busca de alguna cala acogedora y favorable a nuestro objetivo. —La contera del bolígrafo aporreó de nuevo un punto sobre el plano—. A mi juicio, ésta es la que parece más adecuada... O esta otra, se verá sobre la marcha. Bueno, pongamos que bajemos aquí o quizá aquí, es lo mismo. Después emprenderemos el ascenso a la Montaña. Hay una carretera asfaltada, estrecha pero decente, para que los vehículos suban hasta Xanadú. Como resulta más prudente, la evitaremos: si hay guardia, allí es donde debe de estar. Nosotros iremos a pie y tomaremos en cambio este sendero de montaña, que parece bastante practicable... al menos visto por Internet. Nada, es un paseo, nos vendrá bien algo de ejercicio. Cuando lleguemos arriba, a la villa, ejercitaremos la improvisación radiante: es decir, nuestra especialidad.

—¡Humm! —gruñeron a la vez el Doctor y el Profesor.

Más optimista y combativo, el Comandante silbó: ¡fiuuu...!

De modo que dos días más tarde volaron casi de madrugada a Mallorca: entre los tres sólo facturaron una maleta grande, llena de mudas superfluas para envolver armas que con un poco de suerte tampoco resultarían necesarias. En el puerto de Palma los esperaba el yate *Dardanelos*: al Profesor le recordó a primera vista aquel *Orca* que en la célebre película de Steven Spielberg terminaba siendo hundido en la batalla contra el gran tiburón blanco. Un atezado tripulante mallorquín, con quien no les resultó demasiado fácil comunicarse, se encargaba de pilotarlo. Cuando zarpó, el *Dardanelos* remolcaba una amplia zodiac con el motor fueraborda en alto, como el estoque de un esgrimista que saluda a su adversario y espera la primera finta. Así navegaron rumbo a su incierto destino, bajo la amplitud del sol.

La travesía duró escasamente tres horas y transcurrió

en la bella serenidad luminosa propia de un mar hasta cuyo simple nombre resulta entrañable y humanista. Cuando llegaron a Leonera apenas comenzaba la tarde. Atracaron frente a un rosario de villas y bloques de apartamentos con envidiables terrazas, entre embarcaciones cuyo diseño iba desde el ancestral y elegantísimo minimalismo de los *llaüts* característicos de esas islas hasta semitrasatlánticos privados de imponente eslora, que pertenecerían sin duda a mafiosos del Este o del Oeste, pero siempre mafiosos. El Príncipe transmitió sus instrucciones al tripulante, repitiéndolas un par de veces y haciéndoselas repetir a él para asegurarse de que las había comprendido correctamente: si en cinco horas no había recibido noticias suyas por el móvil, debía telefonear a cierto número que le pasó anotado en un papelito. Después, en todo caso, tendría que esperar allí hasta las diez horas del día siguiente. Luego podría volver a Palma y olvidarse de todo el asunto. Aunque lo más probable es que se reunieran de nuevo sin novedad dentro de un rato... Y le obsequió con una de sus gratas y cálidas sonrisas de compañerismo.

Abordaron la zodiac con desigual soltura: el Doctor y el Príncipe sin problemas, el Comandante como si la tomase al abordaje (estuvieron a punto de zozobrar bajo su vehemente acometida) y el Profesor con tan indecisa cautela que —tras tratar de agarrarse al brazo solícito del Doctor— no acabó yéndose al agua de puro milagro. El Príncipe se sentó a popa y empuñó la barra del timón, tras encender el motor fueraborda casi al primer intento: evidentemente no era la primera vez que navegaba en semejante tipo de lancha. Petardeando y saltando de plano sobre la superficie, comenzaron a recorrer la línea costera. El Comandante, muy erguido en la proa, asestaba sus prismáticos hacia tierra con cierta grandilocuencia de almirante frustrado. De pronto señaló un punto y gritó: «¡Allí está!», como quien da la voz canónica de «¡Por allí resopla...!». La orilla se replegaba en ese punto formando una cala pedregosa, cuyas aguas sumamente trasparentes estaban tachonadas de innumerables medusas. El Doctor se las señaló al Profesor, mientras la zodiac penetraba al ralentí buscando el mejor lugar de desembarco:

—¿Ves? Están acabando con todos los atunes del Mediterráneo...

—¿Qué? ¿Las medusas se comen a los atunes?

—No, hombre, qué cosas tienes. Es la pesca incontrolada la que extermina a los atunes. Y como son los atunes quienes devoran a las crías de las medusas, pues ya ves, cada vez hay más. Se rompe el equilibrio ecológico, ¿comprendes? Dentro de poco no habrá quien se bañe en estas playas...

—Bueno, de todas formas a mí no me gusta bañarme aquí. El agua está demasiado caliente...

—Vaya, pues entonces no he dicho nada —gruñó indignado el Doctor, mientras se ajustaba por enésima vez las gafas en la nariz—. Si al señor no le gusta bañarse, ¡vivan las medusas!

Con pericia, el Príncipe condujo la lancha hasta una estrecha lengua de arena grisácea. Después de saltar a tierra, replegaron el motor y la arrastraron hasta ponerla a cubierto bajo la concavidad de una gran roca. A continuación hicieron un breve conciliábulo para consultar el plano y volver a orientarse.

—En efecto, ésta tiene que ser la cala que buscábamos —confirmó el Príncipe—. De modo que podemos subir por ahí, a la derecha. El sendero de montaña debe empezar más o menos a doscientos metros...

Se pusieron en marcha y, tras unos breves tanteos que los obligaron a dispersarse para cubrir más terreno, el Comandante volvió a ser el afortunado que lanzó un ¡eureka! Allí comenzaba una trocha de tierra y pedregullo, bastante empinada pero perfectamente inequívoca y practicable. El ascenso se inició guardando una improvisada pero no demasiado rígida formación de la tropa: a la cabeza el Comandante, que en esta ocasión prefería abstenerse de sus habituales tonadas aunque en ciertos momentos no podía contener algún suave y estimulante silbido armónico; detrás el Príncipe y cerrando la marcha casi a la par el Doctor y el Profesor, que se echaban de vez en cuando una mano en los puntos más empinados del escabroso recorrido. Avanzaron durante más de veinte minutos, que se les hicieron largos. En un punto donde el pedregullo llegó a ser especialmente resbaladizo, el Comandante se dio una monumental costalada. Inmediatamente se levantó, reanimándose con una retahíla de blasfemias de sorprendente variedad e inventiva. Después advirtió a los demás, poniendo una voz de experto algo cavernosa por la sordina: «¡Cuidado aquí, que resbala!» El Doctor y el Profesor intercambiaron una rápida mirada de complicidad maliciosa, aguantándose la risa.

—Es curioso —comentó, casi para sí mismo, el Príncipe— que no haya cabras. No sé dónde se habrán metido las cabras.

¿Las cabras? ¿Qué cabras? El Doctor se interesó por el asunto, siempre enciclopédico. Lo normal, según explicó el Príncipe, es que por esos cómodos riscos nunca faltaran cabras domésticas. Pero no se veía ni se oía a ninguna, ausencia completa de esquilas y berridos, ni tampoco sus características bolitas de excremento adornaban el camino —propiamente caprino— que seguían. El Profesor inició un forzado chiste sobre que quizá habían sido devoradas por las medusas. Y en ese momento, precisamente entonces, oyeron rugir por primera vez al león. Todos se detuvieron a la vez, sin necesidad de que nadie diese la señal de alto. El Príncipe levantó en silencio la mano derecha, como pidiendo atención. Después, sin comentarios, reanudaron la marcha: un poco más despacio, sin duda, y ya no por culpa de lo empinado del terreno.

Desde hacía un rato el sendero se había hecho más estrecho, entre el escarpado risco que se precipitaba casi a pico a la derecha y una verja de hierro, algo herrumbrosa pero aún sólida, que los acompañaba a la izquierda subiendo junto al caminillo. Tras superar otro repecho apareció ante ellos el león, la cabeza alta, inmóvil como una estatua heráldica salvo por el rabo que azotaba perezosamente sus flancos. Afortunadamente estaba al otro lado de la verja, la cual quedaba así de lo más inapelablemente justificada. La expedición volvió a detenerse, cada uno en la postura en que le había sorprendido la visión de la fiera, como los niños que juegan a aproximarse por detrás a otro cuando éste se vuelve de repente para intentar descubrir y señalar el movimiento de alguno de ellos. Al fondo, más allá del primer león, divisaron a otro aún mayor que tumbado sobre una roca disfrutaba de los últimos y tibios rayos del sol de la tarde.

—Algo de esto había oído —comentó pensativo el Príncipe—, pero supuse que sería una especie de leyenda motivada por el nombre de la isla...

—¡Venga, coño, que no pasa nada! —zanjó animoso el Comandante—. Están en su jaula, como en el zoo. Mucho grrr, grrr... pero de ahí no pueden salir.

—Por si acaso, será mejor no acercarse demasiado —aconsejó el Doctor—. Me parece que, en cambio, puede sacar la zarpa perfectamente por entre los barrotes...

El Comandante refunfuñó un poco sobre lo impresionables que son ciertas personas y reemprendieron el ascenso. En efecto, la proximidad de la verja y de quienes aguardaban tras ella resultaba algo incómoda. Tanto más cuanto que el primer león los acompañaba a lo largo del camino, unas veces a su propio paso majestuoso y otras trotando como un enorme ternero melenudo. En alguna ocasión se les adelantaba y entonces se detenía y los esperaba, volviendo la cabeza, como el perro que precede a su amo en un plácido paseo. Si le arrojásemos un palo a lo lejos, quizá se molestase en ir a buscarlo, pensó el Profesor, y después le susurró al Doctor que tanta docilidad le daba mala espina. No, ciertamente no era lo mismo que ver a la gran bestia en el parque zoológico. Y mientras el otro que esperaba en retaguardia, haciéndose el adormilado... Los cuatro aventureros procuraban mantenerse lo más alejados posible de la cerca metálica. Pero cuando alguna vez éste o aquél daban un tropezón o un bandazo, el león se acercaba en seguida a olfatear y ronronear, mostrando una solicitud nada tranquilizadora. «Está pendiente de nosotros —rumió el Profesor—. Espera la ocasión.»

Y lo más parecido a esa ocasión se presentó un poco más adelante. En ese punto, el sendero se angostaba hasta medir poco más de medio metro. Barranco en caída libre a un lado, jaula de fieras al otro... La verja estaba allí especialmente maltratada, vencida hacia fuera, como si hubiera soportado demasiados embates desde dentro y estuviese a punto de claudicar. Después el camino se ensanchaba de nuevo, incluso se apartaba decididamente en la subida de la verja, que a partir de entonces giraba hacia la izquierda. Pero durante casi dos metros el arriesgado viajero estaba indudablemente al alcance de las zarpas, a poco que el león se esforzase en alargar la pata entre los barrotes oxidados. De modo que a los expedicionarios se les presentaba una ordalía: la prueba del león. Volvieron a detenerse y esta vez se agruparon, considerando la situación. El corpulento felino también hizo un alto un poco más arriba, precisamente en la zona crítica: se volvió para mirarlos con sus ojos amarillos, y en su facha adusta —la boca semiabierta mostraba como por descuido los enormes colmillos— parecía apuntar una chispa de ironía, como diciendo «¡Aquí os quería yo tener!».

Esta vez ni siquiera el siempre farruco Comandante parecía tener prisa por dar el primer paso. Tras la vacilación de un instante —porque sólo un instante duró, por larga que se les hiciera a quienes vacilaban—, el Profesor se adelantó, suspirando con resignación humorística:

—Bueno, vamos allá. Más vale un final con horror que un horror sin final…

—Oye, un momento… —protestó el Doctor.

Pero fue el Príncipe quien echó a andar delante de todos, dando al pasar una cariñosa palmada al Profesor.

—Con permiso, profe. Es mi turno.

Con paso vivaz y decidido, sin mirar a derecha ni a izquierda, cruzó el estrecho peligroso. El león se aproximó rugiendo a la verja, pero no fue más allá de esa reconvención ominosa. Con un «¡Me cago en…!», el Comandante apartó de un empellón al Profesor y siguió al jefe, aunque caminando tan al borde del barranco para alejarse de los barrotes que un momento estuvo a punto de perder pie. Después fue el Profesor y, pisándole los talones, el Doctor. Demasiadas provocaciones para el inquilino de la jaula. Con un torvo rugido, el león cargó contra la verja, que tembló y pareció inclinarse bajo el peso de su tremenda acometida: su potente brazo, rematado por una ancha almohadilla llena de guadañas, apareció entre los barrotes buscando al Profesor. Pero el Doctor llevaba en la mano una fuerte rama, terminada en una punta aguzada, que venía utilizando como bastón en la subida: con esa improvisada lanza de leño aguijoneó desde atrás el flanco de la fiera, poniendo toda su fuerza en el golpe. Gruñendo ofendido, el gran felino retrocedió, revolviéndose y tratando de morder el palo. El Doctor se lo cedió de buen grado, para que se entretuviera mientras su compañero se ponía a salvo un par de metros más allá. Después él mismo empezó a su vez a cruzar aquel peligroso estrecho, pero con las prisas tropezó y se fue de bruces justo cuando el león volvía de nuevo al ataque. Gateó con premura para ponerse fuera de su alcance, estimulado y casi ensordecido por los maullidos gigantescos y los rabiosos gruñidos que le perseguían.

Un poco más arriba, ya en terreno seguro, se dio cuenta de que había perdido las gafas. Allí estaban, en medio del sendero fatídico, brillando como joyas en el escaparate de Tiffany's. El Doctor sentía por sus antiparras la sólita adhesión de los miopes, hasta el punto de que por un momento pensó en jugarse el todo por el todo y volver a por ellas. Pero el león se encargó de disuadirle: sacó de nuevo la frustrada zarpa por entre los barrotes, propinó un contundente manotazo y las aplastó magistralmente con un chasquido de adiós. Era lo menos que se podía conceder, después de haberse quedado sin presas mejores. Siguió por un rato enredando con los cristales pulverizados, mientras resoplaba y babeaba lleno de santa cólera. El otro león se había puesto en pie sobre la roca que le servía de pedestal y le miraba con conmiseración, reprochándole tan indecoroso berrinche. Luego levantó la cabeza con los ojos cerrados y bostezó largamente, las fauces distendidas de par en par apuntando al cielo como si quisiera zamparse el sol.

—¿Todos sanos y salvos? —indagó el Príncipe cuando se reunieron un poco más adelante, en un pequeño ensanchamiento del camino.

—Yo me he quedado sin mis gafas —se quejó el despojado cegato.

—No te preocupes —le tranquilizó el Profesor, con tono de burlesco melodrama—. De ahora en adelante, yo seré tu lazarillo…

—¡Anda y que te den!

El Comandante los interrumpió, de nuevo impaciente.

—¡Venga, sigamos de una vez, que ya queda poco y la tarde se nos echa encima!

De modo que continuaron cuesta arriba, por un terreno cada vez más fácil y accesible. Ya tenían a la vista, entre los árboles, el edificio de la villa, con sus terrazas y sus anchas escaleras de piedra. Cruzaron una zona un poco más boscosa y llegaron a un claro muy pedregoso. Allí, sentado en una roca de forma propicia cubierta de musgo, estaba un hombre fumando. Al verlos se levantó sin prisa, tiró el cigarrillo y lo aplastó cuidadosamente con el pie.

—¡Hola! Os habéis hecho esperar bastante. Los leones estaban abajo, ¿eh?

Era un tipo alto, muy fornido, completamente calvo. Llevaba gafas negras y una camisa ligera de manga corta, desabrochada hasta el esternón, que dejaba ver una abundante vegetación pectoral como compensación a su alopecia en la zona superior. Tenía una voz cultivada y agradable, casi dulce, aunque su sonrisa resultaba demasiado irónica para poder considerarla francamente amistosa.

—Adelante, adelante... Me llamo Tizón y estoy aquí para darles la bienvenida.

—¿Nos esperaba? —preguntó el Príncipe, sorprendido.

—Pues sí, ya lo ve. Y también sé que van ustedes armados. ¡Me lo ha dicho un pajarito! Les ruego que saquen toda la artillería y la dejen en el suelo. Sin gestos bruscos, por favor, no pongan nerviosos a mis muchachos... —Hizo un gesto amplio con la mano derecha, abarcando generosamente el paisaje a su alrededor. Fue como si efectuara un pase de magia. Saliendo de tras los árboles a sus espaldas aparecieron otros cinco personajes, desplegados en semicírculo. Todos llevaban también gafas oscuras y esgrimían convincentes pistolas.

Tres de los aventureros obedecieron la orden del llamado Tizón y depositaron con melindrosa reluctancia sus armas ante ellos. Todos menos el Comandante, que sencillamente se cruzó de brazos y comenzó a silbar muy ufano la sintonía de «Bonanza», como si no hubiera en su vida el menor motivo de preocupación. Tizón le miró con cierto fastidio y se limitó a comentar:

—Bueno, tú no hace falta.

—De modo que has sido tú quien los ha avisado de nuestra llegada —resolvió el Profesor, constatando por fin lo evidente—. Eres de los suyos. Debí sospechar algo cuando me hiciste entrar en aquella carbonera para que me liquidara el cíclope. ¡Buen amigo estás hecho!

—Yo nunca he sido tu amigo —puntualizó el Comandante—. Me das bastante asco. Pero debo reconocer que te las arreglaste bien aquella noche… y desarmado. Aunque supongo que todo fue más bien cuestión de suerte.

El Príncipe le miró largamente, como si le viese por primera vez. Con una voz átona, igual que si repitiera un viejo verso memorizado tiempo atrás, estableció:

—Fuiste tú quien mató a mi padre.

—¡Yo, naturalmente! Nadie más podría haberlo hecho. Sólo confiaba en mí.

—Entonces… ¿por qué?

—En primer lugar, por dinero —enumeró el Comandante en tono pedagógico—. Por mucho dinero. El Sultán paga muy bien este tipo de servicios, mientras que el Rey se había vuelto un poco tacaño en los últimos tiempos. No pasaba una buena racha. Pero el dinero no fue todo, ¿eh? ¡Nanay! Se trataba de algo entre nosotros, algo que no entenderéis los… los civiles. Yo le admiraba, le admiraba más que a nadie. Era un auténtico guerrero, impecable. ¡Ar…! Pero yo sabía que era tan bueno como él. Ni más ni menos. Y sólo había un modo de probarlo.

—Le traicionaste…

—¡Psche! Técnicamente, quizá sí. ¡Cuidado! Le di todas las oportunidades. Lo de la emboscada lo inventé luego; en realidad, estuvimos solos él y yo. Tenía su pistola y fue cara a cara. ¡Sin ventajas ni trampas! —Se quedó un momento pensativo, y luego siguió en un murmullo—: Salvo la sorpresa. No se lo esperaba. De mí, nunca se lo esperó.

—¿Y el honor, maldita sea? —rugió el Doctor, fuera de sí como nunca nadie le había visto antes—. ¿Dónde queda el honor?

—Venga, doc, que no somos niños —comentó displicente el Comandante—. Soy un militar, aunque de fortuna, mercenario. Entiendo de estas cosas más que tú. Y sé muy bien que el honor es la victoria. Vencer o morir, lo demás son cuentos.

—¡Qué vergüenza! —masculló el otro—. Y qué vergüenza que ni siquiera te avergüences...

Los hombres de Tizón recogieron las armas depuestas, sin dejar de encañonarlos con las propias. Y el jefe parecía tener cierta prisa en despachar cuanto antes a su cómplice, el Comandante.

—Bueno, Comandante, ya puedes irte. Nosotros nos encargamos ahora de todo. Te aconsejo que bajes por la carretera, irás con mayor comodidad y rapidez... además de no tener que saludar de nuevo a los leones. Si te das un poco de prisa, aún puedes tomar el último avión de la tarde. Es el que va a Malta, si no me equivoco.

El gigantón se mostró puntilloso:

—No te preocupes por mí, sé muy bien lo que tengo que hacer. ¡Bah! Lo importante es que no te olvides *tú* de lo acordado. Ya me entiendes. Con esos dos puedes hacer lo que quieras —abarcó con su manaza al Doctor y al Profesor— porque nadie va a echarlos de menos. *Bye-bye, Kaputt!* Pero al Príncipe tienes que tratarle como es debido. Le retienes un mes, como al otro —aquí guiñó aparatosamente el ojo—, y luego le sueltas en Marsella o en algún otro puerto del Mediterráneo. Sin tocarle ni un pelo, ¿eh? ¡Cuidadito! Sano, salvo y todo lo demás.

—Irá a buscarte —aseguró Tizón, lúgubre.

—Eso no es asunto tuyo. Ya me las arreglaré. Tú preocúpate solamente de cumplir lo acordado.

—Y tú no te preocupes ya de nada más. —El calvo parecía un poco molesto por el tono exigente del Comandante—. Lárgate tranquilo, que conozco muy bien mis obligaciones. Yo también soy un profesional, como tú. No me gusta que desconfíen de mí cuando llevo un asunto entre manos. Haré lo que tengo que hacer.

—Más te vale —advirtió el Comandante.

Después giró bruscamente sobre sí mismo, con el movimiento mecánico de esos soldados de morrión alto que hacen el cambio de guardia ante los palacios. Y echó a andar con grandes zancadas campo a través hacia su izquierda, en busca de la carretera de bajada. Al pasar frente a ellos, su mirada se cruzó un breve instante con la de sus antiguos compañeros, pero no se detuvo: se encogió un poco de hombros, engalló la testa hirsuta y se alejó silbando *Una vez nada más*.

Tizón y su pandilla invitaron de manera perentoria a los tres prisioneros —era imposible ya no considerarlos así— a que continuaran ascendiendo por el camino que llevaba al palacete. Los trataban con cierta expeditiva amabilidad. Caminando junto a Tizón, el Príncipe entabló conversación con él:

—¿Puedo preguntarle algo?

—Claro, adelante.

—Me gustaría saber si tienen a Pat Kinane en la villa.

—Bueno, sí, está en la casa grande. Pero yo no diría que le «tenemos», ni siquiera que le retenemos, en sentido estricto. Por el momento, al menos. La verdad es que no le dejaríamos irse, pero tampoco lo ha intentado hasta la fecha. Vino por su voluntad, de modo que ahora hacemos todo lo posible porque esté contento y no piense en marcharse. Es un personaje curioso… No conozco a ningún otro jockey, pero me extrañaría que hubiese muchos como él. Es interesante… ¿cómo decirlo?... es *profundo*. Y ya ve qué cosas, le gusta mucho hablar conmigo. O por lo menos que yo le escuche.

—¿De modo que se han hecho amigos?

—No tanto, no tanto… —Tizón sonrió, divertido ante esa idea—. Pero lo cierto es que cuando se marche voy a echarle de menos.

El Príncipe se detuvo de pronto, como para pensar mejor, obligando al otro a parar también.

—Escuche… ¿no podría verle, aunque fuese un momento? Le conozco, seguro que se alegrará de verme.

—No, lo siento. No es una buena idea. Usted sabe bien que Pat debe seguir con nosotros, en la isla, al menos un mes más. Hasta que pase la Copa. Si es posible, hasta que se olvide la Copa. Ahora está tranquilo, pensando en sus… filosofías. Si usted aparece de pronto le perturbará, vendrá a recordarle obligaciones y compromisos, en una palabra: le despertará. Y no nos interesa que despierte, no todavía… Sigamos, por favor.

Llegaban casi al pie de la escalinata que subía hasta la terraza y entonces Tizón ordenó torcer a la izquierda, por una senda emparrada. Se alejaron de la casa, lo cual no auguraba nada bueno. El sol estaba a punto de ocultarse y las sombras se alargaban, tan enormes como desvalidas.

—Tizón, se lo pido formalmente. Es más, se lo exijo.

No quiero en ningún caso separarme de mis hombres. Lo que a ellos les espere, que sea también para mí.

—Claro, hombre. —Tizón se puso serio, casi melancólico—. Todos vais a… a lo mismo, no te preocupes. Al Comandante le hemos contado un bulo, para que se marchase tranquilo. ¡Qué fastidio de hombre! No sé quién se ha creído que es. Tiene una obsesión contigo: a ti no se te puede tocar ni un pelo. ¿No estará enamorado, verdad? Es broma, no me hagas caso… En fin, la verdad es que el Sultán se ha propuesto acabar de una vez con todo lo que queda de la banda del Rey. Una vieja cuenta que pretende saldar definitivamente. Y claro, viniendo aquí de forma clandestina se lo habéis puesto muy fácil… En fin, lo siento. Ya sabes que no es nada personal. Me caéis bien. —Suspiró, con aire pensativo—. Es curioso, pero a mí todo el mundo suele caerme bien. No me gusta tener que liquidar a la gente, aunque supongo que a veces le haré un favor a alguien, ¿no?

Al salir del emparrado se dirigieron hacia el calvero que se abría en medio de un encinar.

—Mira, todavía tengo sombra —le comentó el Profesor al Doctor.

—¿Qué quieres que mire? Bastante tengo con intentar ver dónde piso. Así, sin las gafas… ¿De qué diablos de sombra hablas?

—Según los taoístas, cuando uno deja de ver la propia sombra es señal de que su materialidad se ha depurado definitivamente y ya es imperecedero. Pero yo veo mi sombra todavía. De modo que aún puedo perecer…

—Si aún ves algo, no te quejes. Yo no veo ni gota.

—Oye, Karl…

—Venga, suéltalo ya.

—Nada, que ha sido un privilegio conocerte. Yo no he tenido muchos privilegios en la vida, ¿sabes?, más bien lo contrario. En fin, para qué voy a quejarme. Pero quería que lo supieras. Ha sido hermoso cabalgar a tu lado y cazar juntos.

—¿Cabalgar? ¿Cazar? ¡Siempre con tus cursilerías! Acaba de hacer pucheros. Mira lo que te digo, Alan: es muy sencillo, somos compañeros. Y pienso que eres el tío más legal que he conocido en este puñetero y asqueroso mundo.

—Hombre, quizá «legal» no sea precisamente la palabra más adecuada… —dijo el Profesor con una sonrisa.

—¿Ah, no? Pues lo siento mucho, pero creo que ya no me va a dar tiempo a encontrar otra…

Tizón dio el alto al llegar al claro del bosque. El Príncipe supuso que no debía de ser la primera vez que allí se realizaba una ejecución.

—Bien, ya estamos. Ya os digo que lo siento, chicos, pero así son las cosas.

—¿Vais a usar silenciador? —se interesó, muy profesional, el Doctor—. Porque de otro modo los disparos se oirán en media isla.

—Sin duda se oirán —explicó Tizón—. Pero nadie les dará importancia, porque aquí hacemos prácticas de tiro todos los días. La gente está acostumbrada. Lo de hoy ya ha pasado otras veces, sin despertar alarma. De los restos se encargan los leones, que son estupendos en tareas de limpieza. Eso sí, se los damos bien troceados para que no los relacionen con la forma humana. No queremos que cojan malos hábitos y luego nos miren a nosotros como posibles filetes… —Lanzó una breve risita, poco coreada—. Ahora voy a pediros que os arrodilléis y pongáis las manos en el suelo ante vosotros. ¡Venga, rápido! A pesar de la hora que es, sigue todavía haciendo calor...

Se pasó el pañuelo por la calva para quitarse el sudor. Luego se sobresaltó, porque alguien estaba silbando la sintonía de «Kojak». De detrás de una encina salió el Comandante y se quedó mirándolos muy tieso, con los brazos cruzados, como una torre amenazadora.

—Vaya, veo que he hecho bien entreteniéndome por aquí. Por lo visto me tomas por un pardillo, ¿eh, Tizón? No es esto lo que habíamos acordado. Bueno, se acabó. Ahora el Príncipe se vendrá conmigo.

—Mira, Comandante, es mejor que lo dejemos estar. No quiero líos contigo, pero tengo órdenes que cumplir. Vete a tomar tu avión y todos tan amigos.

—¡Qué coño! No soy amigo vuestro, faltaría más. Ya me has oído, me llevo al Príncipe. Y ahora mismo, antes de que me enfade de verdad.

—¡Y dale con el puto Príncipe! ¿Qué pasa, acaso eres su niñera?

—¡Cuidado con lo que dices, que no estás hablando con uno de tus gorilas! No tengo por qué darte ninguna explicación. Pero oye bien lo que voy a decirte... y que lo oiga también el interesado. ¡Atentos todos! Fue el Rey quien me lo mandó, para que lo sepas. Varias veces, además. Me decía: «Cuando yo no esté, tú cuidas del chico. En mi ausencia, como si fueras su padre.» Me lo encargó a mí porque no confiaba en nadie más. Lo que pasó luego entre el Rey y yo es cosa nuestra. Pero algo tiene que quedar claro: nunca, ¿entiendes, sicario?, nunca desobedecí una orden del jefe. Yo sé lo que es la disciplina, no soy un piojoso aficionado. Príncipe, ven aquí. Nos vamos.

Tizón se afianzó sobre las piernas un poco abiertas y luego hizo un breve gesto de atención a sus hombres.

—Se acabó la discusión. El Príncipe está bien donde está y de ahí no va a moverse hasta que yo lo diga. El único que tiene que largarse, y ahora mismo, eres tú, Comandante. Te doy medio minuto para perderte de vista. ¡Ya!

—¡Cómo! ¿Te atreves a darme órdenes a mí? ¿A mí vas a mandarme tú, jodido matón de discoteca? ¡Yo soy un soldado, para que te enteres! ¡Maldita sea! ¡Yo sé lo que es la guerra, y no tiene nada que ver con dar una paliza al borracho de turno que se niega a pagar! ¡Te cagarías patas abajo si hubieras estado en sitios donde yo hice la siesta tranquilamente, mariconazo rapado! ¡A ver si te atreves ahora a darme órdenes! ¡Venga, tú y yo solos, de hombre a hombre!

El Comandante cargó a toda máquina, avanzando con enormes zancadas hacia Tizón. «¡Abajo con él!», voceó el calvo. Disparó inmediatamente uno de los sicarios desde la derecha y un instante después otro desde la izquierda. En la camisa deportiva del Comandante, pegada al torso por el sudor, aparecieron varias condecoraciones oscuras y chorreantes. Así marcado pareció toser o gruñir, quién sabe, pero no acortó el paso. En cambio llevó la mano al bolsillo trasero y esgrimió la Uzi, que tan pronto se hizo presente empezó a escupir su retahíla de balas. Tizón fue despedido hacia atrás súbitamente, como si estuviera uncido de modo invisible a un fórmula uno que acabase de arrancar en dirección opuesta. Luego, con un ronco aullido, cayó el sicario de la izquierda. Los demás seguían disparando al ogro feroz que se les venía encima.

Con un exacto puntapié, el Príncipe desarmó al pistolero que tenía más cerca y se hizo con su pistola. Ya inerme, el tipo echó a correr. Mientras, el Profesor, secundado más o menos a tientas por el Doctor, noqueaba a otro gañán y le aligeraba también de la artillería. El resto de la banda desapareció en un santiamén con rumbo desconocido pero previsiblemente lejano. La batalla había concluido y el campo ya era del Príncipe y sus compañeros.

Primero cayó al suelo la Uzi y después el Comandante, de rodillas, como el toro bravo al que por fin la estocada no del todo certera del matador termina por hacer letal efecto. Con la cabeza baja y la barba arriscada sobre el pecho, parecía murmurar una oscura letanía. El Príncipe se acuclilló a su lado.

—Comandante…

—Los cabrones han conseguido… ¡Psche! —Ya resbalando sobre el suelo encharcado con su sangre, miró al Príncipe, irónicamente, aunque sus ojos estaban turbios—. Chico, comparado con tu padre no vales nada. Lo intentas, pero… Él sí que era grande. Ya no quedan de ésos. Y él sabía que yo, que yo también… Lo hicimos todo juntos, el Rey y yo. No merece la pena… pero antes… Siempre fui yo, sólo yo… con el Rey.

Enseñó un momento los dientes, última mueca de ferocidad, y se fue a la nada.

—Vamos a la casa —ordenó el Príncipe.

Al pasar junto al cuerpo de Tizón, el Doctor lanzó una breve ojeada a su cráneo partido, del que rebosaba una espesa mermelada rojiza, llena de grumos.

—Es curioso, nunca creí que este tipo tuviese tanto cerebro.

—¡Por favor, doc! —se escandalizó el Profesor al oír el chiste impío.

La puerta principal de la villa estaba abierta. Cruzaron un salón grande, confortable y hasta lujoso, decorado con un estilo rural pero de diseño: muebles de aparatoso bambú, esteras de esparto que seguramente llevaban la cotizada firma del artista en el revés, una rocosa chimenea con aire de no haberse encendido jamás, etc. Al fondo sonaba un televisor: la voz apresurada, entrecortada y enfática, retransmitía una carrera de caballos.

Sentado en un sofá ante el aparato estaba un hombre de estatura algo menos que mediana pero ancho de hombros. Su cabello era de un rubio tan claro que las cejas parecían blancas, como si fuese un anciano. Fumaba un petardo de algo que obviamente no olía a tabaco de Virginia. Seguía con tanta atención la carrera televisada que no advirtió la presencia de los visitantes hasta que estuvieron junto a él.

—Hola, Pat. ¿Cómo lo llevas? —saludó el Príncipe.

—¡Príncipe, tú por aquí! Y el profe… ¿Qué, habéis venido de visita? ¿Estáis de vacaciones?

—Algo así. Se te echa de menos, Pat. Te fuiste sin avisar y muchos están preocupados por ti.

El otro dio una honda chupada al porro y contrajo la cara al tragarse el humo.

—Ya, comprendo. He quedado mal con… Ahora no recuerdo bien. —Sonrió beatíficamente, mostrando la mojada colilla con aire de gratitud—. Esta maría es cojonuda, de veras. Oye, ¿quién dices que se ha preocupado por mí?

—Para empezar, Wallace.

—¡El viejo Wally! Está fastidiado, ¿eh? ¿Cómo anda ahora?

—No muy bien. Pero ya sabes que cuenta contigo para el *Espíritu* en la Copa. Y como no sabe dónde te has metido, está cada vez más inquieto.

—¡Caramba, no quiero que Wally se preocupe! Con lo que tiene ya encima... Además, a mí me gustaría mucho montar al *Espíritu* otra vez. Me entiendo bien con ese cabronazo.

—Pues entonces... —El Príncipe hizo una pausa, buscando las palabras—. En fin, Pat, ¿qué coño estás haciendo en esta isla? ¿Darle al porro y ver la tele? La acción está en otra parte, ya lo sabes.

Pat Kinane se echó a reír silenciosamente.

—Tampoco aquí se está nada mal, no creas. Lo malo es que no consigo ver en la tele más que carreras francesas, de provincias. ¡Hasta pruebas de trotones me he tragado, imagínate! De lo que pasa en Leopardstown y en Newmarket, ni enterarme.

Hizo una pausa para apurar las últimas caladas y se quedó pensativo.

—Verás, he andado últimamente dándole vueltas a las cosas. Buscaba algo... Me dijeron que aquí podrían ayudarme y vine. Hay un tipo, Tizón, probablemente le habréis conocido. Hemos hablado mucho, es interesante. Pero en seguida me di cuenta de que sólo querían retenerme en la isla, que no me fuera. Es curioso... Con todas las comodidades, eso sí. Pero soy una especie de prisionero. Me vigilan... —Bajó la voz y miró a derecha e izquierda—. ¿Sabes que tienen leones?

—Sí, los hemos visto... Bueno, ya se acabó. Ahora podrás irte cuando quieras.

—¿De verdad? ¡Estupendo! Ya empezaba a aburrirme. Porque, fíjate, encontré lo que buscaba. Era muy sencillo, no sé cómo me costó tanto.

—Y… ¿qué buscabas?

—Te va a parecer una tontería. Son esas cosas que… A la mayoría de la gente no le interesa el asunto, pero a mí me ha tenido obsesionado. Deben de ser manías mías, ya sabes que soy un poco raro… Verás, quería saber en qué consiste de veras la buena suerte. No me refiero a tener de vez en cuando un buen golpe, una racha afortunada, no. Yo quería saber en qué consiste el premio gordo, la Buena Suerte con mayúsculas, la de verdad, la definitiva. Al principio supuse que debía de ser la belleza…

—¿Cómo la belleza? ¿Qué belleza?

—Pues ya sabes, tener belleza o ser capaz de producir belleza. La belleza es lo que convence sin tener que dar explicaciones: lo irrefutable porque no hay que argumentar. ¿Puede uno tener suerte mayor que ser dueño de la belleza? Pues luego me di cuenta de que sí, de que hay algo más allá… algo mejor, indudablemente.

—¿El amor? —apuntó el Doctor, acordándose de Siempreviva.

—¡No, hombre, qué cosas se te ocurren! —Pat pareció regocijarse con la sugerencia—. ¡Menuda zozobra, el amor! Más que buena suerte se parece a una maldición. No, la gran suerte, la mayor suerte, la definitiva buena suerte es la muerte por sorpresa.

—No te entiendo —se asombró el Príncipe.

—Sí, claro, la muerte furtiva. La que llega de repente, sin aviso ni preámbulo, sin padecimiento.

—*Sicut latro…* —murmuró el Profesor.

—No la tememos cuando se acerca, no la notamos

cuando se cumple. No me cabe duda de que ésa es la mejor suerte de todas. ¡Lástima que uno no pueda darse cuenta de ella precisamente cuando nos beneficia! Aunque, claro, si nos diésemos cuenta ya no habría tal suerte. En fin…

Se puso en pie y se desperezó, como si saliera de una buena siesta. El Príncipe se le acercó, le puso la mano en el hombro y le miró de frente, sonriendo un poco pero sin asomo de burla ni ironía.

—Entonces, si ya has encontrado lo que buscabas… puedes venirte con nosotros, ¿no?

—¡Naturalmente! Recojo unas cosas y podemos irnos en cuanto queráis. Cuanto antes, mejor; ya tengo ganas de volver al trabajo. No vaya a ser que Wally se enfade conmigo por esta bobada, imagínate…

14

LA GRAN COPA

Es un hecho notable que la mayoría de los ma-
míferos viven una media de un billón y medio
de latidos del corazón.

S. BUDIANSKY,
La naturaleza de los caballos

El entrenador Wallace rogó a la enfermera que levantase un poco el cabezal articulado de la cama.

—¿Para qué? Estás más cómodo así y podrás dormir un poco.

Wallace la miró de reojo y rezongó. La chica debía de tener casi cuarenta años menos que él y desde luego no eran novios: ¿por qué le tuteaba, entonces?

—Es que quiero ver un rato la tele.

—¿Y no estaremos mejor durmiendo? —Este tono maternal, ese plural absurdo, protector—. Ha dicho el doctor que tenemos que estar tranquilos, que no nos conviene excitarnos…

Wallace alzó una mano, tensando el tubo del gota a gota que llevaba prendido a ella.

—Por favor, señorita… —Le molestaba balar de un modo tan suplicante, tan desvalido, pero no quería correr riesgos—. Será sólo un ratito, hasta que traigan la merienda. Después de todo, ni siquiera he encendido todavía el aparato en los dos días que llevo aquí, compréndalo.

Hasta zalamero tenía que ser: estaba en sus manos. La displicente joven le alzó el cabezal casi un palmo y luego cogió el mando a distancia para encender el televisor.

—De acuerdo… ¿qué canal vamos a ver?

—Si no le importa dejarme el mando, yo mismo lo buscaré. No estoy seguro… —mintió. Así, astuto, mejor que no sepa lo que quieres ver.

—Muy bien, toma. Pero sólo hasta que llegue la merienda, ¿eh? Y después dormiremos un poco, como nos han mandado. ¡Jesús, cuántos caprichos! Venga, hasta luego. Si necesitas hacer pipí, llama al timbre.

Viéndola por fin salir del cuarto, Wallace se sintió absurdamente jubiloso, casi triunfante. Aferró el mando como si fuera un precioso trofeo y empezó a apretar un botón tras otro. El inevitable concurso de preguntas y respuestas imbéciles, un estruendoso grupo musical, un documental en que aparecían grandes leones soñolientos, otro concurso aún más estúpido, los dibujos animados y sus voces chillonas… ¡aquí estaba, por fin! La emoción fue tanta que el mando se le escapó de la mano temblorosa, resbaló por la sábana y cayó al suelo con un golpe ahogado. Ya daba igual, ahora estaba donde quería y no pensaba cambiar de canal.

«—… que todos los aficionados al *turf* estaban esperando con impaciencia. ¡Por fin ha llegado el tan deseado momento de la Gran Copa! De modo que sin más dilación vamos a conectar con el hipódromo del Centro, para que desde allí nos informe nuestro enviado especial. ¡Buenas tardes, Federico!

»—Hola, Iñaki, buenas tardes desde el hipódromo del Centro. Y un cordial saludo también a todos nuestros espectadores, que seguramente están ansiosos por presenciar esta fabulosa jornada hípica. Aquí la animación es enorme y, aunque el recinto está ya abarrotado, no para de llegar gente. No es para menos: aunque siempre la Gran Copa es un momento destacado, yo diría que el más destacado de todos, en el calendario turfístico, este año la expectación que rodea a la prueba es verdaderamente colosal, tanto por la calidad elevadísima de los participantes como por cierto tufo a revancha que se palpa en el ambiente. Hay emoción, mucha emoción, Iñaki.

»—Sin duda así es, Federico. Por lo que vemos, te encuentras ya en el *paddock*...

»—En efecto, estoy en el *paddock*, Iñaki, a la espera de que vayan saliendo los caballos que ahora están siendo ensillados. Pero ya tenemos por aquí a muchas personas importantes y significativas, que espero también puedan ver los espectadores gracias a la eficacia profesional de nuestros cámaras. No olvidemos esa labor callada pero fundamental de los cámaras, Iñaki.

»—Tienes mucha razón, Federico, un aplauso para ellos.

»—Bien, como te digo ya podemos ver en el *paddock* a mucha gente ilustre del mundo hípico. Por ejemplo, ahí tenemos al jeque Mohammed de Dubay, rodeado por su séquito. Está hablando con el preparador Saeed Bin Suroor y quizá acuerdan la estrategia a seguir en la prueba, Iñaki.

»—Permíteme que lo dude, Federico. Más bien creo que el preparador está recibiendo las últimas órdenes. Hace mucho que estoy convencido de que, en lo tocante a su cuadra, lo que el jeque decide va a misa... en fin, quizá no sea ésa la expresión adecuada, pero seguro que va a la mezquita o algo así, Federico.

»—Puede que tengas razón, Iñaki, no me extrañaría. En cualquier caso se trata de un gran criador y propietario. No es el único al que vemos por aquí; acaban de llegar ahora mismo John Magnier y Michael Tabor, también el japonés Tanaka, el barón Von Ullmann... Y encuentro cerca de nosotros nada menos que al Aga Khan, charlando con el actor Omar Sharif, que jamás se pierde ninguna de las grandes citas de los hipódromos. ¡Atención! Ahí tenemos a alguien que seguro interesa a nuestros espectadores. Es don José Carvajal, acompañado de su bellísima esposa, que como sabes fue Miss Mundo o Miss Universo, algo así. ¡Y a la vista está que podría volver a ganar el título si quisiera! La señora Carvajal lleva una pamela rosa muy elegante y también una... no sé cómo se llama... de color granate, ¿no? O quizá sea magenta. En cualquier caso, la señora está francamente estupenda, Iñaki.

»—Ya lo vemos, Federico, y nos congratulamos mucho de ello tanto por su marido como por la alegría estética de la comunidad hípica en general. Pero dime, si no me equivoco, cuando antes hablaste de revancha... quizá pensabas en el señor Carvajal, ¿no, Federico?

»—Tienes razón, Iñaki, no se te escapa una. En efecto, como ya saben todos los aficionados, don José Carvajal es el propietario de *Espíritu Gentil*, sin duda un verdadero campeón pero que fue derrotado el año pasado en esta prueba. Sólo pudo llegar tercero, una colocación honrosa para cualquier otro aunque no para él, que partía de favorito. Sin duda hoy busca reivindicar su buen nombre y con más razón porque vuelve a enfrentarse con los dos caballos que le batieron la otra vez, Iñaki.

»—Muy interesante, Federico. Pero además se comenta que entre el señor Carvajal y el propietario de los otros dos contendientes hay algo más que una rivalidad **exclusivamente hípica**. ¿Me equivoco, Federico?

»—No, Iñaki, estás en lo cierto. El otro propietario es el señor Ahmed Basilikos, al que tanto sus amigos como sus muchos enemigos suelen llamar el Sultán. Allí lo tienes, acompañado por su preparador y por tres evidentes guardaespaldas. Se le ve muy tranquilo, sonriente y confiado. Al pasar ha hecho un breve saludo al señor Carvajal y ha sido cortésmente correspondido. Pero todo el mundo sabe que entre ellos hay mar de fondo… O sea que a cada uno de ellos no le importaría ver a su adversario en el fondo del mar, Iñaki.

»—¡Ja, ja, eso es muy bueno! Se ve que estás en forma, Federico. Pero ya empiezan a salir los caballos a la ronda del *paddock*, ¿verdad? Los espectadores y también yo confiamos en que nos ilustres con tu gran sabiduría sobre cada uno de los participantes. Después de todo, ellos son los verdaderos protagonistas de la jornada, Federico…»

Acabada la ración de frivolidades tópicas, ahora empezaba lo que de veras interesaba a Wallace. En ese momento apareció por la puerta una monja bajita y regordeta, pero muy vivaracha, que ejercía como jefa de enfermeras en aquella planta del hospital.

—¿Cómo estamos? Te veo un poco destapado. ¿No nos estaremos agitando demasiado, verdad?

—No, no, señorita… señora. Me encuentro bien, sólo estoy mirando un rato la tele.

—Ya. Pero ¡si se te ha caído el mando al suelo, válgame Dios! Tanto moverse, tanto moverse… Anda, toma, por si quieres cambiar de canal. Aunque todos son iguales, muchos tiros, mucho fútbol y muchas bailarinas.

—Por el momento seguiré en éste, gracias.

—Ya sabes que dentro de un par de horas, en el veinticuatro, retransmiten la misa vespertina.

—No soy creyente, señora. —Wallace estaba cada vez más impaciente, hacía esfuerzos por contenerse.

—¡Cómo que no! Pero ¿no eres irlandés?

—No, señora: escocés.

—Ah, entonces... Hasta luego, tápate bien. Si tienes ganas de...

—Tocaré el timbre, muchas gracias.

Con un resoplido de cólera y alivio volvió a concentrarse en la pantalla, por donde desfilaban los caballos, cabizbajos y como meditando algunos, otros altivos, desafiantes.

«—... el alemán *Talos,* propiedad del barón Von Ullmann, que es hijo del gran *Manduro* y va a ser montado por Andreas Starke. Un potro consistente, muy puesto... Fíjense qué contraste con esta yegua francesa, *Joie du Roi,* pequeñita y poco impresionante pero que viene de ganar por sorpresa el premio Arco de Triunfo. ¡Cuidado con ella, la monta el campeón Olivier Peslier y es capaz de repetir hoy! Aquí tenemos al más veterano de la carrera, el japonés *Mitsubishi Ghost,* que cuenta ya seis años y participa en la Copa por tercera vez, montado por Yutaka Take, Iñaki.

»—El año pasado quedó cuarto, ¿verdad, Federico?

»—Exactamente, Iñaki. Pero no se rinde este kamikaze, quiere volver a intentarlo... Un respeto, que ahora vienen nada menos que tres ganadores de Derby seguidos. El primero es *Fiscal Panic,* el héroe de Epsom, que contará con la monta seguramente enérgica de Kieren Fallon, de nuevo en la pista después de haber estado sancionado un año por dar positivo en un test de drogas...

»—¡Este Fallon! Siempre metido en líos, pero un grandísimo jockey, Federico.

»—¡Y que lo digas, Iñaki! Ahí tienes al ganador del Derby de Kentucky, *Federalist,* con el que por fin ha conseguido el jeque Mohammed y los colores azules de Godolphin su triunfo en la gran prueba americana. Lo montará Frankie Dettori, claro, de modo que no hace falta decirte que es uno de los favoritos. Pero a mí aún me gusta más *Irish Pride,* que se ha llevado este año el Derby irlandés en el Curragh y contará con la ayuda de Pat Smullen... Iñaki.

»—Ya te conocemos, siempre vas con los caballos irlandeses, Federico.

»—Tengo debilidad por ellos, Iñaki. Sin los irlandeses... ¿qué sería del *turf,* eh, sin los benditos irlandeses, sin sus caballos, jinetes y aficionados? La yegua que viene tras él llega de muy lejos, de otro país en que también hay gran afición hípica, pero mucho más al sur: Argentina. Se trata de *Dama de Urtubi,* propiedad del Haras Saint Francis, y ha ganado el último premio Pellegrini montada por Jorge Valdivieso, que también se reunirá hoy con ella. Bueno, seguimos hablando en español porque este otro participante viene precisamente de España. Es la primera vez que un caballo entrenado allí intenta conseguir la Gran Copa. Se trata de *Matusalén* y según dicen mis referencias ha ganado dos veces seguidas la Copa de Oro de San Sebastián. El equipo hispánico se lo ha tomado muy en serio, porque esta mañana, cuando llegué al hipódromo, pude ver al entrenador Mauri Delcher y al jinete José Luis Martínez recorriéndose la pista para comprobar el estado del terreno, Iñaki.

»—Eso nos interesa a todos, Federico. ¿Cómo está la pista?

»—Pues yo diría que perfecta, Iñaki. A comienzos de

semana parecía que iba a estar demasiado dura, pero con las lluvias de hace un par de días se ha quedado ligera, muy cómoda. No molestará a los amigos del barro pero tampoco a los que detestan los charcos... nadie puede quejarse. Vamos a ver, el que desfila ahora es el italiano *Santo Subito,* ganador en San Siro del Jockey Club y al que montará Mirco Demuro... ¡Vaya, los gladiadores más cotizados se han hecho esperar! Pero ahí salen por fin los dos representantes del Sultán: delante viene el tordo *Kambises* con su aspecto desgarbado de siempre, aunque nadie debe engañarse porque es capaz de cualquier cosa. En los metros decisivos pocos logran resistir su remate final... Y ése es *Invisible,* el ganador del año pasado, que será montado de nuevo por Malcom Bride. Ya lo ves, muy oscuro, casi negro del todo y de talla más bien pequeña, como la de su ilustre bisabuelo *Mill Reef,* al que llamaban *Little Wonder.* Muestra sin duda un aspecto impecable, qué digo, casi resplandece con luz tenebrosa: créeme, Iñaki, el que quiera ganar tendrá que batirle.

»—Federico, oigo aplausos y veo que la gente se arremolina con cierto tumulto. ¿Puedes decirnos qué pasa?

»—Claro que sí, Iñaki, es muy fácil de explicar. Llegan al *paddock* los otros dos aspirantes más celebrados, los de la cuadra del señor Carvajal. Ése es *Nosoygato,* sólido y fiable, muy honrado pero cuya función será sin duda solamente marcar el paso que mejor convenga a su compañero de cuadra. ¡Y ahí le tenemos, señoras y señores! El único, el auténtico, el incomparable... *¡Espíritu Gentil!* Es curioso este fervor que le rodea, Iñaki: a pesar de su derrota del año pasado sigue siendo el gran favorito y para muchos el número uno, el incomparable, el... en fin, eso ya lo he dicho.

»—¡Caramba, Federico, tú también te emocionas cuando le ves!

»—¡No me dirás que no está precioso, Iñaki! ¡Qué garbo en el paso, que magnífica altanería! Pero también tengo ahora otro motivo de emoción. Con el señor y la señora Carvajal está solamente Yukio Osabe, el ayudante del entrenador Wallace. Porque ese veterano, al que tanto queremos y admiramos los aficionados, no va a poder esta tarde asistir al hipódromo por razones de salud. Pero yo estoy seguro de que al menos estará siguiendo esta retransmisión, de modo que vamos a mandarle un saludo. ¡Wally, maestro, haznos el favor de recuperarte pronto! Este juego no es lo mismo sin ti…»

—Pues ya podéis iros acostumbrando… —gruñó Wallace, sintiendo a su pesar una leve ráfaga de acongojada gratitud.

«—Wally, nos habría gustado también tenerte aquí para que contases en directo a los espectadores, como otras veces, si *Espíritu Gentil* está en tan buena forma como parece…»

—¿Buena? ¡Ya me gustaría a mí estar la mitad de bien que él! —refunfuñó el entrenador.

«—… pero en cualquier caso ahí tenemos al campeón, dispuesto a recuperar su corona. Contará por fin con la monta de Pat Kinane, el jinete de sus mejores triunfos. Como recuerdan todos los aficionados, el año pasado no pudo montarle en la Copa y bastantes, no uno ni dos sino más bien muchos, atribuyen precisamente a eso su derrota, Iñaki.

»—Por lo que vemos ya están bajando al *paddock* los jinetes, Federico. La verdad es que impresiona bastante ver ese elenco de primeras fustas, porque pocas veces se reúnen tantos maestros, ¿verdad, Federico?

»—Puedes decirlo bien alto, Iñaki. Aunque naturalmente no están todos los que son, resultaría imposible, sin duda son de lo mejorcito todos los que están. Lo cierto es que la Gran Copa se ha convertido en lo más parecido al campeonato mundial de los purasangres y debemos estar orgullosos por ello. Pero... ¡atentos! Acaba de sonar el aviso para que los jinetes monten. ¡Esto ya se pone en marcha, Iñaki, no hay quien lo pare!

»—Muy bien, Federico, la conexión es tuya. Ahora todos quedamos pendientes de ti y de lo que las cámaras nos muestren, para disfrutar por fin de esta gran carrera.»

Wallace se irguió un poco más en su lecho de hospital. Durante los próximos minutos, tan breves, ay, pero tan intensos, el dolor mordería en vano y el miedo —sordo, constante— quedaría aparcado hasta peor ocasión. Hay quien dice que los que están a punto de ahogarse o van a ser fusilados contemplan en unos brevísimos segundos los recuerdos agolpados de toda su vida. A Wallace le ocurrió más bien lo opuesto: olvidó todo lo que había sido su larga vida, sus éxitos y sus fracasos, perdió de vista incluso la presencia atroz e invasora de su enfermedad y el perfil de la muerte, ya tan cercano. Para él sólo contaba lo que iba a ocurrir en la pista, la competición inminente, el esfuerzo de hombres y bestias bajo el alto clamor de la tarde, *Espíritu Gentil* y la Gran Copa, la Copa y su caballo del alma, el último de sus campeones, *Espíritu Gentil...*

«—... y sólo quedan por entrar en los cajones de salida cuatro caballos. En este momento entran otros dos. Está a punto de darse la señal de partida. ¡Ahora! ¡Ya han salido! Los participantes tienen ante ellos milla y media de competición implacable. ¡En esta guerra no se hacen prisioneros! Toma la cabeza decididamente *Nosoygato,* como estaba previsto. El joven Johnny Pagal ha estado bien despierto en el momento inicial y ahora marca un paso muy vivo, tal es sin duda el papel que se le ha encomendado. Detrás marchan *Federalist, Santo Subito, Mitsubishi Ghost* y los demás, todos aún muy agrupados salvo *Kambises,* que va el último y un poco descolgado, según su costumbre. Están recorriendo las ondulaciones de la larga recta de enfrente, a buen ritmo, y se mantienen las posiciones. Ahora se nota el avance por el interior del pelotón de *Matusalén* y también de *Invisible,* que se acercan a los de cabeza. En cuanto a *Espíritu Gentil,* marcha bastante atrás, pegado a la cuerda y algo encerrado para mi gusto. Levanta mucho la cabeza y parece que no va contento...»

—Sácalo de ahí —ordenó a media voz Wallace.

«—... que sigue en cabeza marcando el paso y tras él *Federalist, Mitsubishi Ghost, Matusalén, Invisible* y ahora también *Joie du Roi,* que ha iniciado un avance realmente espectacular hacia los primeros puestos. *Kambises* sigue el último, pero ya ha tomado contacto con el pelotón. *Espíritu Gentil* continúa encerrado, ahora incluso un poco más rezagado que antes.»

—¡Sácalo ya de ahí, coño! —El entrenador arrugaba furioso la sábana con la mano engarfiada.

«—... en la cabeza ha cedido *Mitsubishi Ghost* y *Joie du Roi* le disputa la segunda posición a *Federalist.* Los demás, igual, aunque viene fuerte *Fiscal Panic* y *Kambises* ha rebasado ya a un par de caballos en la cola y empieza poco a poco a remontar. ¡Y sí, *Espíritu Gentil* ha logrado salir de su encierro y ahora empieza a avanzar por el exterior del paquete! Pat Kinane ha preferido perder un poco de terreno para elegir una vía más despejada: por lo demás sigue completamente quieto sobre el caballo, como si estuviese dormido...»

Wallace lanzó un suspiro hondo, casi tétrico. Le habría gustado beber un poco de agua, pero la tenía fuera de su alcance.

«—... están comenzando a tomar la curva, siempre bajo el mando de *Nosoygato,* que ya va decididamente empujado por Pagal para mantenerse mientras pueda en cabeza. Detrás *Joie du Roi, Federalist, Matusalén, Invisible...* ahí está ya también *Fiscal Panic,* con *Espíritu Gentil* casi emparejado a él. Viene *Dama de Urtubi,* también *Irish Pride* y se acerca poco a poco *Kambises.* Varios caballos están siendo ahora seriamente exigidos, pero otros jockeis aguardan a que finalice la curva para lanzar el ataque decisivo.»

—Un poco más, espera un poco más... —Estaba tan lejos, tan solo, en aquel hospital de mierda, donde ya nada importaba lo que dijese y con nadie podía compartir la emoción, la agonía.

«—... no puede ya más, cede por fin *Nosoygato,* que ha cumplido su misión hasta casi el último tranco de la curva. Toma la cabeza *Joie du Roi, Federalist* intenta seguirle a punta de látigo, *Matusalén, Invisible...* Por fuera, *Espíritu Gentil* ha rebasado ahora a *Fiscal Panic* y llegan *Irish Pride, Kambises...*»

Aunque nada quería más que ver, seguir viendo, no dejar nunca de ver, cerró los ojos. Como para aspirar fuerzas de la noche infinita que aguardaba tan próxima. Crispadas, las manos retorcían retales de sábana y él gimió, para nadie, para nada:

—¡Ahora, hijo mío!

«—En este momento salen de la curva. Colocación: *Joie du Roi, Matusalén, Invisible, Espíritu Gentil, Fiscal Panic...* ¡Ya están en la recta final!»

Madrid, 3 de mayo de 2008.

Henrythenavigator *acaba de ganar en Newmarket las 2.000 Guineas.*

ÍNDICE

NOVELAS GALARDONADAS
CON EL PREMIO PLANETA

1952. *En la noche no hay caminos*. Juan José Mira

1953. *Una casa con goteras*. Santiago Lorén

1954. *Pequeño teatro*. Ana María Matute

1955. *Tres pisadas de hombre*. Antonio Prieto

1956. *El desconocido*. Carmen Kurtz

1957. *La paz empieza nunca*. Emilio Romero

1958. *Pasos sin huellas*. F. Bermúdez de Castro

1959. *La noche*. Andrés Bosch

1960. *El atentado*. Tomás Salvador

1961. *La mujer de otro*. Torcuato Luca de Tena

1962. *Se enciende y se apaga una luz*. Ángel Vázquez

1963. *El cacique*. Luis Romero

1964. *Las hogueras*. Concha Alós

1965. *Equipaje de amor para la tierra*. Rodrigo Rubio

1966. *A tientas y a ciegas*. Marta Portal Nicolás

1967. *Las últimas banderas*. Ángel María de Lera

1968. *Con la noche a cuestas*. Manuel Ferrand

1969. *En la vida de Ignacio Morel*. Ramón J. Sender

1970. *La cruz invertida*. Marcos Aguinis

1971. *Condenados a vivir*. José María Gironella

1972. *La cárcel*. Jesús Zárate

1973. *Azaña*. Carlos Rojas

1974. *Icaria, Icaria...* Xavier Benguerel

1975. *La gangrena*. Mercedes Salisachs

1976. *En el día de hoy*. Jesús Torbado

1977. *Autobiografía de Federico Sánchez*. Jorge Semprún